KB181311

인 문 학 동 행

문학 속 삶과 죽음, 치유의 길

인 문 학 동 행

문학 속 삶과 죽음,
치유의 길

박해랑 지음

국학자료원

가을 하늘이 맑고 푸르다. 길을 걸으면 기분이 좋아지는 계절이다. 무더운 여름도 지나가고, 조금은 여유를 가질 수 있는 시원한 계절이 왔다. 살다보면 조금, 아니 아주 많이 힘들 때가 있다. 그럴 때마다 그만할까 늘 고민한다. 그러다가 '아니야. 조금만 더 기운내서 다시 해보자. 그러면 조금은 더 나아질 거야.'라고 스스로를 다독이며 다시 시작한다. 그러기를 무한 반복하는 게 인생인 것 같다. 인생의 반 정도를 살아온 시점에서 나의 반세기를 되돌아보게 된다. 나는 지금 나의 삶에 어느 정도 만족하고 있는지, 과연 만족은 하는지 궁금하다. 그러고 보니 다시 스스로에게 많은 '?'을 던지게 된다.

가끔 너무 행복해서 감사할 때가 있다. 그럴 때는 이 행복이 곧 사라질까 두렵기도 하다. 그래도 행복을 느끼는 순간보다 힘들다고 투정부리는 시간이 더 많은 건 사실이다. 긴 고통의 세월 속에 찰나적 행복을 느끼기 위해 인간은 살아간다고 말한다.

이 책은 지금까지 연구한 논문의 일부를 정리하여 쓴 글이다. 내 삶에 대한 작은 결실이 바로 이 책인 것 같다. 막상 책으로 엮으려니 부끄러운 마음보다 벅찬 감정이 앞서간다. 그리고 이렇게 나의 열매를 하나씩 쌓아서 부끄럽지 않게 한 권의 책으로 만들어가자고 다짐한다. 그러면 언젠가 내 서재에 나의 책이 차곡차곡 쌓이고 그걸 바라보면 너무 행복할 것 같다. 그 행복을 나는 놓치고 싶지 않다.

이번 책은 세 개의 테마로 나누었다. 첫 번째가 비극적 삶과 죽음이 초래하는 상흔이다. 여기에 김성한의 단편소설에 드러나는 비극성과 최인훈의 『광장』과 이청준의 「병신과 머저리」에 나타나는 전쟁의 폭력 양상, 황석영 소설 『바리데기』의 생사관(生死觀)에 관한 것이다. 인간은 삶과 죽음을 떼어서 생각할 수 없다. 인간은 모두 태어나서 삶을 유지하고, 언젠가 죽음을 맞게 된다. 이것은 변함없는 사실이다. 어떤 사람은 자신의 삶이 매우 행복하다고 느낄 수 있으나, 대부분의 사람은 자신의 삶이 행복하지 않다고 느끼는 경우가 많다. 왜 그럴까? 여기에 대한 의문을 풀고자 문학 속에 드러나는 비극적인 삶과 죽음에 대한 다양한 상흔에 대해 연구하였다. 문학 속에 드러나는 많은 허구들은 인간 삶의 진실을 그대로 보여주고 있다. 김성한의 1950년대 단편소설에 드러나는 많은 비극적인 현실은 전쟁을 경험한 당시 세대의 삶을 그대로 반영한 것이다. 김성한은 인간의 삶을 그대로 반영하기도 하지만, 동물이나 다른 것들에 비유하여 인간의 삶을 풍자한다. 1950년 전후 당시의 인간 삶의 비극적인 모습을 그대로 투영하고 비판하고 있는 것이다. 최인훈의 『광장』과 이청준의 「병신과 머저리」는 전쟁이 우리 삶에 끼치는 비극적인 상황들을 정신적, 육체적 폭력 양상으로 분석하였다. 결코 전쟁은 다시 일어나서는 안 되고, 이러한 위기 상황을 조장하는 사회 현실도 용납되어서는 안 된다. 전쟁은 다수 국민의 염원에 의해 일어나는 것이 아니고, 소수 지도자의 국제적인 이권과 이기심에 의해 발발하는 경우가 많기 때문이다. 그리고 전쟁의 피해는 승부와 상관없이 다수의 국민들이 감내하는 몫으로 돌아온다. 이것은 황석영 소설 『바리데기』에서 나타나는 전쟁에 대한 민족의 비극적인 참상의 연속선상이다. 『바리데기』의 주인공 바리가 겪는 비극적인 현실은 삶과 죽음에 대한 인간의 의지를 시험하는 것이다. 인간은 이러한 삶과 죽음이 초래하는 비극적인 상황에 대해 현실적으로 굴복할 수밖에 없다. 그 상혼에 맞서 싸우기에 인간은 나약하고 작은 존재이다.

두 번째 테마는 내 안에 새겨진 상혼에 대한 치유의 과정이다. 김승옥 소설 「무진 기행」에서 주인공 윤희중은 전쟁이라는 사회적 환경과 주변인으로 인한 자신의 의지를 제대로 표현하지 못하고 깊은 내적 상처를 가지게된다. 이러한 자신의 내적 상혼을 치유하기 위해 무진이라는 고향을 방문하지만 그곳은 자신의 현실 도피처로의 역할을 할 뿐이다. 이러한 현실 도피에서 비롯되는 자신의 무책임한 행동은 자신의 내적 상혼을 치유하기 위한 하나의 방법으로 볼 수 있다. 김원일의 「미망(未忘)」은 시할머니와 시어머니라는 두 노인 간의 대립과 갈등을 한국전쟁이라는 사회적 환경에서 비롯된 것임을 보여준다. 개인의 잘못이라기보다 사회적 환경이 초래한 현실의 비극적 상황으로 살아가는 동안 서로 끊임없이 미워하고 대립하게 된다. 서로 간의 상처는 한 사람의 죽음을 초래하고, 죽음 앞에서 서로가 조금은 치유되기를 바란다. 황석영 소설 『바리데기』에서 주인공 바리의 삶은 고난의 연속이다. 그녀가 맞이하는 고난은 그녀의 의지와 상관없이 사회적 상황과 환경에 의해 비롯된 것이고, 그녀는 이러한 과정에서 환경에 굴복하지 않고 맞서 나아가게 된다. 주인공의 비극적인 상황은 결국 자신의 상혼에 대한 치유의 과정을 거쳐서 회복되는 것이다.

세 번째 테마는 거울 속 나의 내면 바라보기이다. 인간은 '나'에서 출발하여, '너'라는 타인을 이해하고, '우리'라는 공동체 속에 살아가는 사회적 동물이다. 먼저 자기 스스로에 대한 이해가 우선 되어야 한다. 자기에 대한 이해가 우선해야 타인에 대한 배려도, 이해도 가능한 것이다. 그리고 우리가 함께하는 공동체 생활도 충분히 가능한 것이다. 결국 자기 이해는 내면의 나를 들여다보고, 나의 상처를 치유하고 회복하는 것이다. 이청준 소설 「눈길」은 아들과 어머니의 소통 부재와 사회적 상황에 의한 감정 대립으로 갈등을 초래한다. 그러나 아내를 매개로 한 아들과 어머니의 간접적 소통은 서로 간의 애틋한 사랑을 확인하게 되고, 서로의 대립적인 감정은 해소된다. 아들은 자신에 대한 어머니의 깊은 사랑을 확인할 기회를 얻고, 자기 내면의 어머니에 대한 진정한 사랑을 깨닫고 반성의 눈물을 흘린다. 최인훈 소설 『西遊記』는 최인훈 소설의 전반적인 상호텍스트성을 전제한 것이다. 이 소설은 최인훈 자신의 다양한 실험적 양상을 자기반영성이라는 관점에서 출발한 것이며, 작가의 역사의식을 작품 속에 표출한 것으로 볼 수 있다.

현대 사회는 급속하게 변화하고 있으며, 그 과정에서 우리는 크고 작은 상처를 입는다. 그 상처가 치유되기도 전에 또 다른 상처를 입고, 우리는 사회 혹은 타인으로부터 무수한 공격을 받으며 쓰러지기도 한다. 아니면, 그 공격을 방어하기 위해 스스로를 외부와 단절시키고, 꽁꽁 감싸고 동여매기까지 한다. 소통이 부재하는 것이다. 왜 이리 우리 모두는 여유 없이 바쁘게만 살아가고 자기를 돌아보지 않는 것일까. 이것을 사회와 타인의 책임으로 돌리기에 가끔 염치없어 보인다. 상처가 있으면 그 상처가 아물 수 있는 시간을 스스로에게 주자. 그리고 나로 인해 상처받은 누군가가 없는지 조용히 주변을 살펴보자. 그 정도의 여유는 내가, 우리가, 스스로 만들어 가야 하지 않을까 조심스레 물어본다.

항상 응원하고 격려를 아끼지 않은 사랑하는 남편에게 감사합니다.

엄마가 게을러지지 않게 늘 깨우침을 주는 멋진 아들 원현과 지치고 힘들 때 비타민 같은 존재가 되어준 예쁜 딸 예원에게 고맙고 사랑합니다.

이 책이 나오기까지 수고해주신 국학자료원 여러분께 감사드립니다.

2019년 10월에
저자 박해랑

목 차 ────────

III. 거울 속 나의 내면 보기

I.

비극적 삶과 죽음이 초래하는 상흔

김성한 단편소설에 나타난 비극성

1950년대 소설을 중심으로

1950년대 김성한 단편 소설에서 나타나는 주된 정서는 비극성이다. 전후 사회 상황과 관련한 그의 소설은 현실에서 겪는 비극적 상황에서 주인공이 굴복하거나, 비극적 현실과 맞서는 두 가지로 나누어진다. 소설 속 주인공이 겪는 비극적 상황과 그러한 현실을 극복하기 위해 맞서는 과정을 고찰하여 작가가 말하고자 하는 소설의 진정한 의미를 파악하는 데 의미를 두고자 한다.

1950년대 한국의 현실은 전쟁으로 인해 개인의 삶이 왜곡되고, 개인과 사회의 관계가 부조화를 이루는 상황이었다. 이 시기의 소설가들은 사회에 대해 위기감을 느끼고, 새로운 가치관을 확립할 필요성을 인식하였다. 김성한은 사회에 대한 주제 의식이 강한 작가 중에 한 사람이었다. 그는 전후 민족현실을 문학적 불모지(不毛地)로 인식하고 문학적 태도에 있어 새로운 소설 창작방법을 찾으려고 하였다.

1. 연구사 검토

김성한의 단편소설은 대개 1950년대에 발표되었고[1], 그 당시는 일제강점기와 광복, 동족상잔의 비극인 6·25를 겪고 난 직후의 피폐한 상황이었다. 극심한 경제적 궁핍은 개인과 사회의 가치관을 혼란시키고, 도덕적 타락으로 이어졌다. 또한 전통 사회를 해체시키고, 기존 질서를 붕괴하였다.

그가 1950년에 「無明路」를 발표하고, 활발한 활동을 벌인 약 10년 동안의 기간을 문학사적으로 '전후문학'의 시기로 불려진다(구인환, 1997).[2] 이 시기의 작가들은 죽음과 인간의 존재 의미를 중점적으로 다루었으며, 인간 생존을 위협하는 현실의 극단적 위기를 극복하기 위해 인간성 회복을 주장하였다. 소설은 전후 현실의 암울성과 대응하는 문학정신의 전개로 치열함을 보여주며, 현장 문학 혹은 보고 문학적 성격, 고발 문학적 성격, 교훈주의에 입각한 문학, 극한 상황의 설정, 가해자 대 피해자의 인물 설정, 풍자 문학적인 경향으로 나타났다(천이두, 1985).

김성한은 앞선 세대 작가들과 다른 새로운 윤리적·사회적 가치관을 만들고자 하였다. 당시의 시대 상황 속에서 부조리한 현실과 부정적 인간들을 고발하고 비판하며, 그것을 교정하고 개선하고자 하였다. 이러한 새로운 문학적 기반을 확립하기 위해 풍자적 기법, 알레고리적 기법,

---

1) 1950년 1월에 데뷔작인 「無明路」가 『서울 신문』 신춘문예에 당선된 이후 1958년 「학살」에 이르기까지 김성한의 20여 편의 단편소설들은 대개 1950년대에 발표하였다.
2) 전후문학은 6·25전쟁 이후부터 4·19무렵까지이며, 문학적 경향은 주로 전쟁 전후에 등단한 신진 작가들에 의해서 주도되고, 전쟁으로 형성된 황폐한 사회 상황과 직접적으로 밀착된 작품군을 지칭한다.

몽타주 기법 등 다양한 서술기법을 창작원리로 선택하였다.

　김성한 소설에 대한 기존 논의를 살펴보면, 첫째는 문학사나 문학론 기술에 포함된 작가에 대한 평가들이다(김영화, 1980:전영태, 1990). 둘째는 특정한 작품을 대상으로 한 작품론이고(권영민, 1981), 셋째는 김성한의 여러 작품을 유형화하여 소설의 전반적인 특성을 밝히는 학술연구 성격의 작가론이다(이상운, 1986). 넷째는 다양한 서술기법에 대한 논문들이다(김준현, 2006).

　박수현(2008)은 김성한 소설에서 인간이기에 태생적으로 가질 수밖에 없는 한계들을 '인간 한계성'이라는 용어로 규정하고, 인간 지성의 불구성과 인간의 생래적인 권력 추구 속성과 선악의 가치가 전도된 현실을 인간 한계성으로 분석하였다.

　최애순(2004)은 김성한 소설을 까뮈의 부조리 이론에 맞추어 분석하였다. '눈뜬 의식'에 대한 나름의 기준을 정하여 부조리와 마주하지 못하는 '눈뜬 의식'이 없는 타락한 인간, '의식'은 있으나 반항하지 않는 무력한 인간, 부조리한 현실에서 양심을 지키는 성실한 인간으로 나누어 분석하였다.

　김학균(2011)은 김성한 단편소설에 나타난 풍자와 죽음을 분석하고, 전후 도덕적 타락과 사회적인 혼란상을 극복하기 위한 대안을 제시하고자 했다. 신이 죽은 시대에 사회구조적인 타락을 해결할 수 있는 대안을 인간의 행동에서 찾고, 사르트르의 무신론적 실존주의 사상을 담고 있다고 주장하였다. 그러나 그의 명료한 분석에도 불구하고 일부 작품에 대한 오기로 인해 논문의 가치를 하락시키는 결과를 초래하였다.

　그외 최용석(2005)은 김성한 전후소설에 나타난 작가의 현실인식을 연구하였고, 홍원경(2005)은 김성한의 초기작품을 중심으로 전후소설에 드러난 욕망의 양상을 연구하였다. 김진기(2005)는 김성한 소설의 자유주의적 특성을 연구하였고, 이은자(1993)는 김성한의 지식인 소설에 대해 연구하였다.

김성한 소설은 다양한 서술방법과 창의적인 내용 구성에도 불구하고 전후 암울한 시대에 적합한 대안을 제시하지 못하였다는 이유로 평가절하 되어왔다. 연구자는 소설에서 묘사되는 비극적인 현실에서 주인공이 겪는 비극적인 상황과 그로인한 주인공의 비극적인 세계 인식을 고찰하여 주인공이 이를 극복해가는 과정을 분석하고자 한다. 이를 통해 김성한 소설의 가치를 높이는데 기여하고자 한다.

2. 비극적 세계 인식

2.1. 신의 부재, 인간 타락 -「五分間」

김성한의 「五分間」은 1955년 『사상계』에 발표되어 1958년에는 제5회 자유문학상을 수상했다. 신화를 패러디하여 1950년대 한국 사회에 대한 위기의식을 우화적 기법으로 표현했다. 프로메테우스와 제우스(神)의 행동과 대화 가운데 인간들의 타락한 현실을 서술하고 있다. 그 내용을 살펴보면 다음과 같다.

> *제우스와 프로메테우스
> · 프로메테우스가 2000년 동안 묶였던 쇠사슬을 끊음 → 제우스가 프로메테우스에게 천사를 보내 회담을 요청함 → 프로메테우스가 神의 사자인 천사를 조롱하고 무시함 → 제우스가 아인슈타인의

얼을 먹음 → 제우스가 늙고 힘이 빠짐 → 중립지대에서 프로메테우스와 제우스의 회담 → 5분 만에 회담 결렬 → 제三 존재의 출현을 기대함

  *인간 세상
  · 종교분열 후 종교전쟁, 종교비판 → 인간들의 성적 타락, 윤리 상실(이정민, 김목사, 강전도부, 박스님, 유강도, 법관 등)

  그림자 같이 밤낮 따라다니는 천사를 코오카사스로 보내고 나서 신은 혼자 조용히 앉아 투명한 아인슈타인의 얼을 집어삼켰다. 연전에 모한다스 · K · 간디의 얼을 씹어먹은 이후 처음 맛보는 성찬이었다.…… 푸로메슈스가 왼눈을 똑바로 뜨고 쳐다본다. 신은 질렸다. 예전같이 젊어서 기운이나 팔팔하면 담박에 내려가서 없애버리겠지만, 이제 늙어서 그 힘이 없다. 더구나 지상에는 푸로메슈스균(菌)이 우굴우굴하는 판이다.

—「五分間」, 208 – 210.3)

「五分間」에서 인간의 역사는 프로메테우스와 제우스(神)의 투쟁의 역사이고, 그 투쟁이 지금 한계에 도달했다. 프로메테우스는 과학적이고, 합리적인 인간의 지성인 로고스를 상징하고, 제우스는 보편적인 절대기준을 상징한다. 제우스는 늙고 힘이 없어 프로메테우스와 인간을 다스릴 능력이 없다. 신이 힘을 발휘하지 못하는 시대이다. 「五分間」에서 신은 무능한 존재인 것이다.

  루시앙 골드만(Lucien Goldmann)은 『숨은 신(*Le Dieu Caché*)』에서 비극적 세계관을, 타락한 현실 세계에 신은 깃들지 않으므로 그러한 세

---

3) 김성한, 「五分間」, 『五分間』, 을유문화사, 1957. 이하 소설의 인용쪽만 기재하기로 한다.

계를 부정할 수밖에 없다고 한다. 그러나 그러한 세계를 떠나서는 또 다른 삶의 공간이 없기 때문에 타락한 현실 세계에 살면서 신이나 진정한 가치를 추구할 수밖에 없는 인간의 세계 인식이라고 말한다. 비극적 세계관은 서로 모순되는 두 요구, 자아의 진실과 세계의 허위 속에서 고뇌하는 인간이 생각할 수 있는 인생태도이며, 절망적인 인식이다(L. 골드만, 1986:57-76).

신이 있으나 신이 무능하여 힘을 상실하고, 신이 인간에게 보편적 기준을 제시하지 못하는 시대는 가치관이 혼란하고 도덕성이 무너진 사회이다. 「五分間」은 전후 한국 사회의 모습을 보편적 절대기준이 무너진 혼란한 사회임을 말하고 있다. 인간 세상에 프로메테우스균이 우글거린다는 것은 인간 지성의 무한 발달이 무분별한 개발과 타락으로 이어져 결국 인류의 멸망을 초래할 것을 예견한다.

인간의 힘이 강해서 신을 무력화시키는 것인지, 신이 무능해져서 인간이 강해진 것인지 신과 인간의 투쟁은 인류가 생존하는 날까지 계속될 것이다. 「五分間」에서 신은 존재하지만 그 힘을 쓸 능력이 없고, 신의 힘을 뒷받침해줄 프로메테우스를 인간과 신의 중재자로 이용하려고 애를 쓴다. 신의 힘이 약해져서 인간 세상에 우글거리는 프로메테우스균을 어쩌지 못하고, 인간들은 점점 혼돈의 세계로 빠져들고 있다.

①닥아오는 검은 구름을 입바람으로 불어버리고 유심히 내려다보았다. 지상은 날나리판이었다. 활개치는 푸로메슈스의 아들딸들은 괴상한 곡에 맞춰서 룸바를 추고 있었다. 산과 들과 강과 바다, 앉아 돌아가고 거꾸로 돌아가고 서서 돌아가고, 입춤·어깨춤·팔춤·다리춤,—내일은 없고 오늘만이 존재하고, 자기만이 우뜸이고 남은 보잘것없고, 긁어서 속여서 빼앗아 배만 채우면 그만이었다.(210)

②성격분렬중에 걸린 이정민은 중절모를 넌지시 젖혀쓰고 종로
三가 여관 대문간방을 뚫어지게 들여다보면서 알맞은 여성을 물색
하는 중이었다. 지게꾼 개똥쇠는 하루 품삯 이백환에서 이십환을 떼
어 막걸리 한잔 걸치고 남대문 지하실로 휘청거리며 들어갔다.

김목사는 강전도부와 교회 뒷간에서 키스하였다. 금산사 주지 박
스님은 개고기에 약주 한 잔 얼근히 취해서 장과부를 껴안았다. 유
강도는 황집사네 맏딸을 강간하는 중이었다. 뇌물을 받아먹고 예심
으로 형무소에 갇힌 법관은 고물고물 생각하였다.

"가만 있자, 그 자는 수십년 친구라구 해 두자. 친구끼리 돈을 주
고 받는다, 이건 무상으로 할 수 있는 노릇이니까……."

떨레스는 성명서를 발표하였다.

"……이것은 적당한 시기와 적당한 장소에서 원자탄을 포함하는
모든 무기에 의한 대량적 보복을 의미한다."…… 네바다에서는 또
원자탄이 터졌다.(218-219)

①, ②은 제우스가 하늘에서 내려다본 인간 세상이다. 인간 세상은
타락하고 혼란한 상태이다. 타인을 배려하지 않고 자신의 이익만을 생
각하는 이기적인 사회이다. 종교인은 부패하여 종교가 인간에게 어떠
한 진리도 가르쳐 줄 수 없는 무능한 상태임을 보여준다. 인간의 성적
문란성과 종교인과 법관의 부도덕한 행위를 통해 윤리가 상실하고, 규
범이 무너진 당시 사회 모습을 보여주며, 전쟁으로 인한 무분별한 무기
개발을 암시한다.

제우스가 바라본 인간 세상은 곧 인류의 종말을 예견하는 혼돈된 상
태이다. 이러한 인간 세상을 바로 잡기 위해 제우스는 프로메테우스를
신하로 삼아 협력하기를 요구하지만 프로메테우스는 제우스의 신하가
되기를 거절한다.

회담은 오분간에 끝나고 제각기 자기 고장을 향해서 아래 위로 떠났다. 도중에서 신은 혼자 중얼거렸다. "아! 이 혼돈의 허무 속에서 제三 존재의 출현을 기다리는 수 밖에 없다. 그 시비를 내 어찌 책임질소냐."

이정민은 행길에 나서 크게 숨을 내쉬었다. "후ー, 세상은 여전하구나, 찧차두 가구, 앗다 기생은 웃구, 하아야가 달리구. 사내자식은 휘청거리구, 더ー럽다 더ー러워, 관성의 법칙이로구나."(224)

인간 세상은 지의 다양성과 분렬대립성에 의해 계속 폭발하여 그 한계에 도달하였고, 더 이상의 발전은 인류 생존에 위협임을 암시한다. 결국 제우스와 프로메테우스의 회담은 5분 만에 끝난다. 혼돈의 허무 속에서 제三존재의 출현만을 기다리는 제우스는 더 이상 인류를 구원하는 신(神)이 아닌 것이다. 신이 부정되는 타락한 현실은 비극적인 세계이지만 인간은 신이 없는 세계를 떠나서 살 수 있는 또 다른 공간이 없기 때문에 그 타락한 현실 세계에 살면서 신이나 진정한 가치를 추구할 수밖에 없다.

「五分間」은 전후 사회에 대한 비극적 현실을 신화 세계에 투영한 소설이다. 소설에서 김성한은 제우스와 프로메테우스를 인격화시켜 보여줌으로써 당시 사회의 위기의식을 표현하고 있다.

2.2. 의식의 비극 ―「개구리」

「개구리」는 1955년 『사상계』에 발표된 작품이다. 발표 당시에는 「제우스의 自殺」이란 제목이었으나 이후 「개구리」로 개작되었다. 작품에서 주목되는 문제는 정치적 우행에 대한 풍자이다. 김성한은 주인 공 '얼룩이'를 통해 자유를 포기하고 권력에 집착하는 인간의 어리석은 행동을 지적한다. '제우스(神)'의 설정을 통하여 인간의 그릇된 '의식'을 지적하며, 그릇된 '의식'으로 인한 인간의 어리석은 행동을 질타한다. 또한 인간의 그릇된 의식이 불행의 근본적인 원인이 된다고 한다.

소설 「개구리」에서 의식의 조작에 따른 내용을 살펴보면 다음과 같다.

①평화로운 개구리 사회에 독수리 왕의 출현으로 통치 질서를 희구함 → 얼룩이는 권력에 대한 욕망을 갖게 됨
②제우스신에게 통치자를 간청함 → 제우스는 개구리들의 '노예 근성'을 '의식의 비극'이라고 탄식함
③황새의 폭정에 시달림 → 권력에 대한 욕망으로 개구리 사회에 불행과 파국 초래, 얼룩이의 그릇된 의식에서 비롯됨
④제우스를 찾아가 황새를 불러 올려달라고 함(초록이와 검둥이) → 자기중심의 망상
⑤제우스는 자신을 침뱉고 물어뜯으라고 함 → 제우스라는 환각 은 파괴되고, 허무주의가 노출됨

「개구리」는 의식의 조작이 비극을 초래하는 과정을 보여주는 부분과 제우스의 말을 통하여 작품의 주제를 표면화하는 부분으로 나눌 수있다. 평화로운 개구리 마을에 독수리 왕과 사자 왕의 출현으로 개구리 사회는 일대의 혼란을 겪는다. 얼룩이는 왕이 무엇인지 모르는 개구리 무리들 앞에서 나름의 명분을 세우며 왕이 되기를 자처하지만, 초록이 는 '자빠라질 자유, 낮잠잘 자유, 제멋대로 거꾸로 설 자유'(51)를 박탈

하는 지도자와 질서는 필요없다고 반박한다. 동료들로부터 신임을 받지 못한 얼룩이는 제우스에게 가서 지도자를 간청하고, 제우스는 이들의 '노예근성'을 '의식의 비극'이라고 탄식한다. 김성한은 제우스의 입을 빌어 '의식은 절대적인 것이 아니라 가변적인 것이며 너희 스스로 만든 것'이라고 비판한다.

얼룩이는 독수리왕과 사자왕의 엄격한 통치와 질서에 현혹되어 자신의 자유를 망각하고, 상상 속에 개구리 사회의 통치와 질서를 꿈꾸며, 자신의 능력을 가장하고 착각하여 왕이 되고자하는 알라존과 같은 인물이다(N.프라이, 2000:108).[4] 그러나 자신의 능력을 인정해주지 않는 현실에 직면하여 새로운 통치자를 요구하는 자기 기만적인 인물이다. 새로운 통치자에 편승하여 자신을 힘을 과시하고 권력을 쟁취하고자 하는 것이다.

개구리들의 요구에 의해 제우스는 통치자로서 통나무를 보내나 만족하지 않자, 황새를 새로운 지도자로 보낸다. 황새는 개구리를 먹이로 하여 눈에 보이는 대로 잡아먹어 개구리 사회는 일대 혼란을 겪게 된다. 물속에 숨어 있던 초록이와 검둥이는 기회를 보아 제우스에게 찾아간다. 제우스에게 황새를 다시 불러 올려달라고 애원하지만 제우스는 너희들이 원하고 행동하고 이루었으므로 자신의 힘으로는 어쩔 수 없다고 한다. 지옥과 천국의 모든 것은 의식의 조작이고, 비극의 근원도 의식에 있다고 한다.

제우스는 초록이와 검둥이에게 자신을 침뱉고 물어뜯으라고 명령한다. 초록이와 검둥이는 시키는 대로 하고나서 제우스를 쳐다보았으

---

4) 비극의 인물 유형인 알라존(alazon)은 자기 기만적인 인물로 자기를 실제 이상의 존재인 것처럼 가장하거나 그렇게 되고자 애쓰는 자를 말한다.

나, 앞에는 아무것도 없었다. 제우스라는 환각을 파괴해버린 것이다. 모든 것이 의식에 의해 조작되며, 의식의 조작에 의해 비극을 초래한 것이다.

개구리라는 동물 세계를 빌려 내용을 이야기하고 있지만 작가가 소설을 통해 말하고자 하는 것은 인간 세상에서 일어나고 있는 여러 가지 제도와 모순에 대한 풍자이다. 인간 세상을 풍자하기 위해 등장인물의 부정적인 면을 강조하고 있다.

「개구리」에서 제시된 의식에 대한 비판의 모습은 허무이다. 그릇된 의식의 조작이 허상의 의식을 파괴하면 남는 것은 허무뿐이다. 허상을 파괴한 초록이 앞에 제우스 신전은 없고 나무와 풀과 돌멩이만 있다. 소설에서 그려진 의식에 대한 비판은 긍정적인 방향에 이르지 못하고, 의식의 조작으로 인해 비극을 초래하는 인간들의 어리석음을 비판하는데 그친다.

제우스라는 신(神)이 존재하는 자유로운 개구리 사회에 새로운 왕을 달라고 요청하는 것은 신의 존재를 인정하지만 신을 부정하는 행위이다. 신이 있는 자유세계보다 왕이 통치하는 세계를 원하기 때문이다. 왕을 달라고 해서 통나무를 주었으나 통나무를 부정하고, 새로운 왕을 달라하여 황새를 내려 보내니, 황새의 폭정에 개구리족은 모두 죽을 지경이다. 처음부터 자유를 즐기며, 왕을 반대한 초록이는 검둥이를 데리고 신(神)을 찾아가 새로운 왕을 없애달라고 애원한다. 신은 '너희들이 원하고 행동하고 이루었으니, 내 힘으로도 어찌할 수 없구나.'(70)라고 말하며, 신이 세상을 구제할 능력이 없음을 말한다. 신은 개구리족의 운명을 걱정하는 이들에게 '될대로 될 것이다.'(70)라는 무책임한 말을 한다. 죽어가는 개구리들이 불쌍하지 않느냐는 말에 신은 '자기중심의 망상이로다. 개구리 몇 천 마리쯤 죽어 없어졌다고 하늘과 땅이 뒤집힐 줄 알았더냐?'(71)라고 말한다. 또한 천국은 없으며, 천국과 지옥은 모두 '의식의 조작'(71)이며, 개구리들이 하는 착한 일이나, 나쁜 일은 모두 세상 만물 위치에서는 작은 일일뿐이라고 말한다. 신은 '간악도 힘이다. 힘 있는 자가 없는 자에게 이기는 것은 대자연의 철칙이다.'(72)라고 말함으로 신은 세상을 다스릴 능력이 없고, 신이 존재하나 새로운 왕을 원하는 이들에게 신은 부정된 존재일 뿐임을 암시한다. 간악이 힘이고, 힘 있는 자가 힘 없는 자를 이기는 것이 대자연의 철칙인 인간 세상은 윤리와 이성이 상실되고, 신이 부재하는 비극적인 사회임을 말하고 있다.

루카치는 다음과 같이 말한다.

> 일상적 삶은 명백한 것과 모호한 것이 뒤섞인 무정부상태이다. 아무 것도 전적으로 실현되지 않고 아무 것도 그것의 본질에 도달하지 못한다. 모든 것은 유동적이고 장벽도 없이 불순하게 혼합된다. 모든 것은 깨어지고 파괴된다. 아무 것도 진정한 삶에 도달하지 못한다. 왜냐하면 인간은 삶 속에서 모호하고 불확실한 모든 것을 사랑하며……인간들은 일의적(一義的)인 모든 것을 증오하고 두려워한다.……그들의 삶은 희망과 갈망으로 형성되며, 운명이 그들에게 금지하는 모든 것은 쉽고 값싸게 영혼의 내적인 부(富)가 된다. 일상적 차원에서 사는 인간은 그의 인생의 강(江)이 어디에 도달하는지 결코 알지 못한다. 왜냐하면 아무 것도 실현되지 않는 곳에서는 모든 것이 가능성으로 남아있기 때문이다.(L.골드만, 1986:53)

인간의 삶에 법과 질서가 없으면, 모든 것이 혼란스러운 무정부상태가 된다. 그러나 인간은 근원적으로 모호하고 불확실한 것을 사랑하며,

자유를 갈망한다. 법과 질서라는 테두리 안에 인간을 가두었으므로 인간은 자유를 갈망할 수밖에 없다. 자유가 없는 인간의 삶은 자유를 향한 끊임없는 갈망으로 불확실한 모든 것을 희망하며 내적인 영혼의 부(富)를 이룬다. 그럴수록 인간의 현실은 더욱 비극적이다. 현실의 비극성은 자아와 세계의 불화를 이루며, 인간의 본성은 내적으로 침잠한다. 아무것도 실현되지 않는 현실은 모든 것이 가능성으로 남아 있는 인간의 비극적인 현실이기 때문이다.

> "비극의 근원은 의식에 있다. 내가 어찌 전지전능의 신일 수 있겠느냐? 나는 오히려 의식의 세계에 돋은 버섯이다. 의식과 더불어 운명을 같이하는 존재다. 비근한 예를 들자. 너 초록 개구리야, 고개를 들어 나를 보아라, 네 눈에는 내가 초록 개구리로 보이지?"……
> "결국은 나는 없는 것이다. 너희들이 만들어낸 것이다. 의식의 조작이다. 의식에 뿌리박은 노예근성의 조작이다."……
> "섬기지 않고는, 굽신거리지 않고는 배기지 못하는 노예근성이여, 의식의 비극이여!……헤브라이의 신을 섬기다가 섬기는데 지친 의식은 이십세기 후에 이즘(Ism)이란 것을 꾸며내 가지고 그 밑에 굽신거리고, 이 있지도 않은 허깨비 같은 새로운 신의 명령이라 하여 피를, 많은 피를 흘리고 쓰러지리라. 간단없는 의식의 조작이여, 네 죄가 진실로 크도다."
>
> ─「개구리」, 73─76.

제우스(神)는 '비극의 근원은 의식에 있다.'(73)고 말한다. 신은 의식에 돋은 독버섯과 같은 존재이며, 모두가 바라는 모습으로 존재하는 의식이 만들어낸 존재일 뿐이라고 한다. 의식에 따라 신은 존재할 수도 있고, 존재하지 않을 수도 있다. 또한 신은 원하는 모습으로 존재하며, 원하지 않으면 존재하지 않은 것이라고 한다. 인간의 의식에는 무언가에 끊임없이 매달리고, 애원하는 노예근성이 자리하고 있는 것이다. 왜 그럴까? 인간은 본능적으로 현실에 만족하지 못하고 끊임없이 새로운 것을 욕망하는 존재이다. 그러므로 인간에게 현실은 비극적인 것이다. 이 소설이 발표된 당시가 비극의 시대이다. 전후 혼란된 사회에서 희망은 찾을 수 없고, 도덕적 가치는 타락하고, 사회는 부정부패가 난무하고, 양심을 가진 사람은 그 사회를 살아갈 수 없는 혼란한 상황인 것이다. 김성한은 전후 이러한 사회 상황을 고발하고 인간의 의식에 눈을 뜨고자 하는 의지를 표출한 것이다. 작가는 인간의 노예근성과 의식의 조작이 20세기에 이즘(ism)을 만들어 신을 부정하고, 이즘에 매달리는 비근한 모습을 비판한다. 그는 자기 환상에 떠는 인간의 모습에서 노예근성을 지적하고, 의식이 만들어낸 조작에서 인간이 벗어나길 바란다.

「개구리」에서 얼룩이는 권력을 욕망하고, 초록이는 자유를 욕망한다. 그들은 모두 신을 향해 그들이 원하는 것을 요구하지만 신은 이 모든 것은 의식에서 조작된 것이며, 너희가 가진 노예근성에서 비롯된 것이라고 말한다. 신은 자신의 존재를 부정한다. 김성한은 인간 사회를 개구리 사회로 비유하여 인간의 욕망을 표현한 것이다. 결국 인간은 자아와 세계 사이의 모순적 존재 상황을 비극적 현실로 인식하고 비극적 세계 안에서 벗어나도 또 다른 세계가 없음을 알고 그 세계 안에서 자신을 포기하고 살아가는 것이다. 비극적 세계를 인식한 것이다.

3. 비극적 현실에 대한 극복 의지 표출

3.1. 제의적 희생 -「極限」,「歸還」

「極限」은 1956년 5월, 『文學藝術』에 발표된 작품이다. 주인공 야마모토 다쯔꼬의 비극적인 삶을 묘사하고 있다. 그녀와 슈바이처를 숭배하는 목사 남편은 자신의 조국 일본이 저지른 만행을 용서받고자 만주로 건너가 봉천(奉天)이란 곳에서 고아원을 운영하였다. '믿음이 굳센 자의 기도는 하늘에 통한다'(81)는 그의 신념은 아내의 불평에도 불구하고 고아원 아이들을 사랑과 사명으로 돌보았다. 그러나 일본이 패망하자 남편은 고아원 아이들의 몽둥이에 맞아 죽고, 다쯔꼬는 공포에 질려 도망쳐 나온다.

> "하느님이시여, 이들을 용서하소서⋯⋯. 자 어서 나를 때려 죽여라. 너희들 손에 죽어서 뼈를 이 땅에 묻는 것이 내 소원이다."
> 소원을 풀어 준다고 대문 밖으로 끌고 나갔다. 그 때까지도 다쯔꼬는 이불 속에서 꼼짝을 못했다. 제 정신이 들어서 뛰어 나갔을 때는 피에 주린 무리들이 이미 한 생명을 처치하고 자기의 목숨을 노리면서 달려오는 길이었다. 그는 어둠을 타고 뺑소니를 쳤다.
> 이 때부터 다쯔꼬는 허공에 뜬 존재가 되었다. 세상에서 제일 위대한 하느님을 거점으로 하던 남편도 별 수가 없었다. 내리갈기는 방망이에는 얻어맞게 마련이요, 맞으면 죽고, 죽으면 어느 땅 속이나 개굴창에서 썩게 마련이었다. 위대하다던 제국도 하루 아침에 쓰러지거든 계집 한 사람이 무엇이 어떻다고 날뛸 계제가 되느냐 말이다. 그러기에 남쪽을 향해서 헤매다가 피란민 열차를 집어탄 덕분에 뜻하지 않은 봉변을 당했을 때에도 그는 태연하였다.⋯⋯

인간에 대한 불신, 세상에 대한 저주가 남아서 꿈틀거릴 뿐이었다. 악착 같이 살 생각도 없는 반면에 구태어 죽는다고 수다를 떨 맛도 없어서 흐르는대로 흘러다니다 보니 지금 이 순간은 우동장수가 된 것이었다. 되려고 된 것은 절대로 아니었다. 보따리장수를 할 때도 보따리장수를 면하려고 애쓴 일도 없고, 지금도 이 하꼬방을 면할 의욕은 없었다.

—「極限」, 84-85.

다쯔꼬는 사랑과 헌신으로 돌보아준 아이들에게 맞아죽은 남편을 뒤로한 채 겁에 질려 도망치고, 피난민 열차를 타고 남쪽으로 내려오는 열차 안에서 러시아 병사에게 강간을 당한다. 러시아 병사에게 강간을 당하면서도 그녀는 어떠한 부끄러움보다 인간에 대한 불신과 세상에 대한 저주만으로 지금까지 살아온 것이다.

노스럽 프라이(Northrop Frye)는 문학에서 비극은 대표적인 양식 중 하나이고, 이러한 양식적 원형인 비극 드라마도 일정한 사회사적 토대와 관련되어 있다고 한다. 프라이는 상위모방 양식에서 비극은 영웅적인 것과 아이러니적인 것이 뒤섞여 있으며, 주인공의 죽음은 사회적·윤리적 사실이라고 한다. 사회 계급적 몰락은 비극적 세계관의 시초가 되고, 비극에서 주인공의 행위는 상위모방 양식과 하위모방 양식, 아이러니 양식으로 구분한다. 상위모방 양식의 비극은 공포와 연민이라는 감정이 중심이고, 일상생활에서 공포와 연민을 쾌락의 형식으로 받아들인다(N.프라이, 2000:103-104).

일본의 멸망은 일본인의 사회 계급적 몰락으로 이어져 그들 삶의 비극적 세계관의 시초가 된다. 다쯔꼬와 남편의 헌신에도 불구하고 조국 일본의 만행과 멸망으로 그들은 비극적인 삶을 살게 된다. 남편이 죽고 인간에 대한 불신과 세상에 대한 저주로 살아온 다쯔꼬는 서울의 하꼬방에서 우동 장사를 하며 명명한다. 잘 살아보겠다는 의지도 희망도 없이 무의미한 삶을 살아가고 있는 것이다. 자신의 존재에 의미를 두지 않은 것이다. 죽은 남편에 대한 연민과 인간에 대한 공포는 그녀의 삶 전체를 지배한다. 다쯔꼬는 알라존과 반대인 에이론(eiron)이라는 인물 유형으로 자신을 실제 이하로 낮추고, 비하시킨다(N.프라이, 2000:110). 그러면서 가능한 과거 자신의 삶에 대해 말하지 않으며, 삶의 대한 어떠한 의지도 없이 살아간다. 이러한 다쯔꼬의 삶은 사회로부터 소외되고 고립된 존재로 살고 있으며, 그녀가 겪게 되는 비극적인 상황들은 결국 그녀가 불행의 희생물이 되게 하고, 그녀가 저지르는 행위에 대한 책임을 지게 한다.

다쯔꼬는 자신을 죽은 것이나 다름없다고 생각하며 자신의 존재를 부정하고 살아왔다. 그녀가 살아온 지금까지의 삶 자체가 자신의 의지와 상관없는 비극적인 삶이었다. 그래서 자신은 존재하지 않는다고 생각한다. 그러던 그녀에게 자신의 존재를 깨닫게 하는 일이 일어난다. 다쯔꼬의 우동가게에 매일 밤늦은 시간에 찾아와 추근대는 중국인 남자가 다쯔꼬에게 혼쭐이 난 후 열흘 동안 얼굴을 내밀지 않자, 다쯔꼬는 그가 그리워진다. 그녀는 중국인 남자의 얄궂은 언행이 매우 불쾌했음에도 불구하고 그가 그리워지는 것이 이상하다고 생각한다. 다쯔꼬는 자신의 존재를 부정했지만 자신이 존재하는 것은 사실이고, 그리움이라는 감정에서 자신의 존재를 인식하기 시작한다. 그녀가 느끼는 인간에 대한 공포와 세계에 대한 저주는 자신과 인간에 대한 연민으로 자라난다. 중국인에 대한 그리움은 그에 대한 애정의 감정이라기보다 다쯔꼬 자신에게 느끼는 자신의 존재에 대한 연민의 감정인 것이다.

다쓰고는 피란민 열차에서 당하던 때와 마찬가지로 하는대로 내
버려두었다.

─나는 없다. 허공에 뜬 존재가 아니라 허공자체다. 줄 것도 없고
빼앗길 것도 없다. 맘대루 해라.─

사나이는 일을 마치고 도로 다다미에 올라가 자뿌라졌다. 이윽고
코고는 소리가 들려왔다. 다쓰꼬가 잠을 깬 것은 이른 새벽이었다.
하꼬방 속은 훤하게 밝아오고 이웃에서 닭이 우는 소리가 들려왔다.
다다미 위를 쳐다보니 사나이가 아니라 검은 무더기였다. 엉키고 성
킨 추(醜)의 덩어리였다. 증오가 불길처럼 일었다.

다쓰고는 반사적으로 뛰어 일어나 구석에 있는 도끼를 들어 힘껏
골통을 내리쳤다. 중절모 사나이는 끽소리 한마디 없이 대가리가 담
박 부숴졌다. 팔과 다리를 한두번 움찟 할 뿐 조용하였다. 여자는 도
끼를 한손에 쥔 채 아무 생각없이 멍하니 서 있었다.

다음 순간 도끼를 내던지고 찬장에 손을 넣어 쥐약을 집어들었다.
역시 아무 생각없이 입에 넣고 물을 마셨다. 모든 것이 평정(平靜)하
였다. 생도 사도 없었다. 무(無)로 돌아가는 초조한 향수가 있을 뿐
이었다. 모든 사고에서 해방되어 거점이 무한으로 확대되는 기쁨을
느꼈다.

─「極限」, 90─91.

자신의 존재를 부정하던 다쓰꼬는 자신이 느끼는 감정에 연민을 가
지게 되고 자신의 존재를 인식하게 된다. 다쓰꼬는 열흘 만에 찾아온
중국인을 막상 만나니 그리움은 간 곳 없고, 자신의 존재는 다시 허허
벌판에 떠도는 무의미한 존재가 된다. 중국인은 돌아가지 않고 다쓰고
의 하꼬방에 드러누워 결국 다쓰꼬를 겁탈한다. 다쓰꼬는 피란민 열차
에서 당하던 대로 내버려둔다. 자신의 존재를 허공에 띄우고 더 잃을
것이 없는 무의미한 존재로 둔다. 그러나 다쓰꼬는 피란민 열차에서 당

하던 때와는 달리 동이 트자 중국인의 모습에 불같은 화를 느끼고, 도끼로 그를 죽인다. 다쯔꼬는 자신이 그동안 받았던 인간에 대한 불신과 세상에 대한 온갖 저주와 분노를 한꺼번에 쏟아낸 것이다. 그를 죽이고 그녀는 모든 사고에서 해방되는 무한의 기쁨을 느낀다. 그녀는 자신이 당한 비극적 현실에서 도피하는 것이 아니라 그를 죽임으로써 현실과 맞서 싸운 것이다. 이것은 그녀가 자신의 존재를 인식하면서 생겨난 자신의 의지인 것이다.

비극은 비애(pathos)라는 말로 특징지을 수 있다. 비애는 주인공이 어떤 약점으로 인해 고립된 존재임을 나타내고, 우리 자신도 주인공과 똑같은 약점을 가지고 있어 동정심을 불러일으킬 만큼 호소력이 있다. 비애는 한 사람의 인물에게 집중된다. 우리와 동등한 수준에 있는 개인이 속하고 싶어 하는 사회 집단으로부터 배제시키는 것이 비애의 근본 개념이다. 우리 자신과 비슷한 인간이 내적인 세계와 외적인 세계의 대립, 상상적인 현실과 사회의 공동의지에 의해서 구축된 현실과의 대립 등으로 인하여 몰락해가는 과정을 보여주는 이야기가 비애 문학의 중심이다(N.프라이, 2000:106).

다쯔꼬는 자신이 대륙을 침범하여 약탈하고 멸망한 일본인이라는 약점을 가지고 있으며, 봉사와 헌신으로 살았지만 개죽음 당한 남편의 삶을 가슴에 묻고 살아왔다. 그녀가 당한 여러 번의 강간은 자신의 존재를 무의미하게 하였으며, 이러한 그녀의 삶은 비극적일 수밖에 없다. 다쯔꼬의 비극적인 삶은 그녀가 자신의 존재에 대해 깨닫고 인식하는 동안에 그녀가 그동안 눌러왔던 분노를 한꺼번에 폭발하게 한 것이다. 이러한 그녀의 비극적인 삶은 비극적인 현실에 굴복하여 무의미한 존재로서 삶을 영위하는 것이 아니라 의미 있는 존재로서 삶에 맞서는 현실 극복 의지를 일깨운 것이다. 그녀가 선택한 죽음은 비극적인 현실에 대한 굴복이 아니라 그녀가 자신의 존재를 인식하고 현실에 맞서는 의지를 보여준 것이다. 이것이 김성한이 의도한 비극적 세계관에 대한 극복 의지의 한 방법이다.

「歸還」은 1957년 9월, 『文學藝術』에 발표된 작품이다. 주인공 김경석과 그의 아내 혜란의 삶을 이중구조로 대비하여 서술하고 있다. 대학교수인 김경석은 1950년대 군 입대를 회피하는 지식인들 사이에서 자원입대를 한 행동하는 지식인이다. 김경석이 참전한 전선의 상황을 긴박하게 묘사하고, 아내 혜란은 생활을 위해 전전(轉傳)하는 모습을 보여준다.

> ①二十메터도 못가서 전방에서는 모든 화기가 불을 토하였다. 소총·중기, 一빗발치는 일제사격이었다. 엎드렸던 분대장은 후퇴를 명령하였다. 이번에는 뒤에서 일제사격이 왔다. 땅에 딱 붙었다. 없던 적이 나타난 것이다. 이제 마지막이로구나! 경석은 아무 생각도 없었다. 그저 습성으로 분대장의 옆에 닥아갔다. 아홉명은 원형으로 머리를 모았다. 무전으로 지원을 요청한 분대장은 주먹으로 이마를 받친채 말이 없었다. 앞뒤에서 퍼붓는 이 숱한 총탄을 뚫고 나가는 재주가 인간에게 있을 리 없었다. 경석은 저도 모르게 명룡의 손을 꽉 잡았다. 그도 힘을 주는 것이었다. 우군의 단말마의 비명은 연달아 날아오고 적의 사격은 조금도 덜한 줄을 몰랐다.
>
> ─「歸還」, 228.

> ②경석은 손가락으로 귀를 막으면서 땅에 엎드렸다. 슈 슈 소리에 이어서 꽝 하고 터졌다. 몸둥이가 움칠했다. 머리를 쳐들었다. 옆

엣 분대에서 비명이 올랐다. 그는 코를 울리고 입에 들어간 흙을 뱉었다. 전무는 빙그레 웃었다.

"미쓰, 아니 미쎄즈 황, 조용히 얘기할 거 있는데 다섯시반에, 아냐 오늘은 토요일이지. 열두시반에 에덴에 나와 주실까?"

혜란은 대답하였다.

"네."

— 「歸還」, 239.

①은 김경석이 처한 위급한 전시 상황을 알려준다. 총알이 빗발치는 전쟁터에서 안전이란 의미가 없다. 전쟁은 모두가 처한 비극적 현실이다. 모두의 생명을 담보하는 전쟁은 누구를 위한 것인지 알 수 없다. 아군도 적군도 모두 죽는 것이 전쟁이다. 1950년 한국 전쟁은 그 시대를 살아온 모두의 아픔이고, 비극적 현실이다. 전쟁 중에 겪어야 할 상황들과 전쟁이 끝난 후에 겪는 사회 현실은 전쟁이 누구를 위한 것인지 인간의 실존을 의심하게 한다. 김경석은 지식인 대부분이 피하는 전쟁터에 자원한다. 아내의 만류에도 아랑곳하지 않고, 그가 어떠한 애국심이나 영웅심, 반공정신에 취해 입대한 것이 아니다. 그는 당시의 현실에서 비롯되는 지식인들의 현실 도피성을 질타하고, 지식인들의 현실 참여를 독려한 것이다.

②는 김경석의 긴박한 전쟁 상황을 묘사하면서 그의 아내 혜란의 생활을 대비하여 묘사하고 있다. 혜란은 후방에서 담배장사를 하며 혼자 생활한다. 그러다가 남편 친구의 도움으로 무역회사에 취직한다. 담배장사를 할 때보다 생활은 편하지만 전무의 추근거림으로 혜란의 직장 생활은 녹록치 않다. 그로인해 남편에 대한 원망과 그리움은 더욱 커지게 된다.

①전무는 팔을 내밀어 상 위에 얹힌 혜란의 손을 슬그머니 잡았다.

달리던 경석은 옆구리에 도끼로 찍히는 듯한 충격을 느끼면서 모로 쓰러져 딩굴었다. 삼각건을 끄집어 내리고 애쓰다가 그냥 지쳐서 숨만 허덕였다. 고통이 덜하면서 의식이 차차 멀어져 갔다. 혜란은 반사적으로 뿌리치고 불쑥 일어섰다. 전무는 두 눈으로 지켜보았다.

"왜?"

혜란은 핸드백을 집어들고 층층대를 달려 내려왔다. 뒤에서는 "미쓰·황"이 연달아 따라왔다. "거—지 같은 년" 할 무렵에는 이미 아래층에 다달았다. 경석은 완전히 의식을 잃었다.

— 「歸還」, 241—242.

②천막에서 나올 때 각오가 부족한 것은 아니었다. 여러 밤과 여러 낮을 두고 갈고 닦은 각오였다. 면회사절·굶주림·멸시 속에서 단련한 각오였다. 그이가 돌아올 때까지 무슨 짓을 하든 간에 목숨만은 부지하자. 죽더라도 이 가슴에 맺힌 것을 확 풀어놓고야 죽으리라.

— 「歸還」, 246.

①, ②은 혜란의 심리 변화 과정이다. 전시 상황이라는 혼란한 시절에 의지할 곳 없는 혜란은 전무의 유혹에 잠시 갈등하나 단호히 거절하고 요리집을 나온다. 그녀는 남편이 돌아오는 날까지 살아만 있자고 각오하고, 자신이 겪은 굶주림과 멸시 속에서 자신의 한을 꼭 풀겠다는 의지를 다짐한다. 그녀는 자신의 비극적 현실에 굴복한 것이 아니라 비극적 현실에 맞서 싸울 것을 결심한 것이다. 그러던 차에 남편의 편지를 받고 혜란은 남편과의 재회를 꿈꾸며, 남편을 만나러 간다. 혜란의 현실은 더 이상 비극적이지 않다. 남편을 만날 수 있다는 희망은 혜란이 다시 살아갈 수 있는 힘과 용기가 된 것이다.

"너 뭘 하러 전쟁에 나왔댔니?"

무표정한 얼굴은 입을 비스듬히 벌린채 대답을 기다리고 있었다. 다난(多難)하던 과거를 담은 그 눈초리에는 어떤 쓸쓸함이 고여서 경석의 눈으로 들어오고, 이어서 가슴에 퍼졌다. 경석은 대답이 없었다. 말이란 너무나 빈약한 연장이었다.

"우리 같은 거야 아깝지 않은 농군이니까 무더기루 쓸어내다가 죽어두 괜찮지만, 네가 나온 건 좀 이상하단 말이다 대학에 댕기는 아이딜두 나라에 쓸 사람이라구 빼놓는데 대학 선생님이 나올 턱이 없잖아? 그게 이상해서 묻는 거다."

베개 위에 모로 얹힌 얼굴에는 무엇인가 바라는 간절함이 있었다. 경석은 침대 위에 일어나 앉았다.

"으—ㅁ, ……그건 말하자면 잘못된 점이다. 아까운 사람, 아깝잖은 사람, 그런 구별이 어떻게 있을 수 있어? 사람은 다 매한가지 아냐?……"

경석은 말을 끊었다가 이렇게 덧붙였다.

"……사람은 모두 형제다."

— 「歸還」, 253.

김경석은 명룡의 질문에 전쟁에서 아깝고 아깝지 않은 사람은 없다고 말한다. 모든 사람은 형제라고 말한다. 김경석의 인간평등과 인간애에 대한 신념은 소설 「極限」에서 다쯔꼬의 남편이 생각하는 죄의식과 인류애에 대한 신념과 상통하는 부분이다. 이 두 사람은 인류에 대한 진정한 사랑과 믿음으로 자신의 삶을 결정하고 행동하는 지식인이다.

전쟁에서 인간은 한낱 희생물일 뿐이다. 르네 지라르는 제의적 희생(le sacrifice rituel)을 모든 종교적, 문화적 활동의 원형이라고 한다. 이것은 전 세계에 널리 퍼져 있는 인간이나 동물 같은 희생물을 바쳐 신의 노여움을 풀고 신의 선의를 기대하는 제의이다. 단일한 희생물로 모든 가능한 희생물을 대치시키며, 좋은 폭력으로 나쁜 폭력을 막는 기능까지의 종교적 기능을 수행한다. 제의적 희생은 카타르시스적 기능을 한다. 복수의 길이 막힌 희생물에게 모든 격렬한 반응을 보임으로써 재난의 폭력을 정화하는 방도이다. 그러므로 희생물은 상상적인 신에게 봉헌되는 것이 아니라 거대한 폭력에 봉헌되는 것이다(김현, 1987:44-45). 전쟁은 폭력이상의 재난이다. 전쟁이라는 폭력 앞에 수많은 인류가 희생되고, 희생물로 받쳐지는 것이다. 전쟁으로 인한 인류의 희생은 강대국의 이익과 욕망에 대한 제의적 희생이다. 인류의 희생으로 강대국은 수많은 이권을 차지하고, 그들은 더욱 강한 대국이 된다. 힘없는 약소국가의 국민은 그들에게 카타르시스적 기능을 하는 희생물일 뿐이다. 약소국가의 국민들은 강대국의 폭력에 봉헌되는 것이다.

김경석과 이명룡은 전쟁이라는 폭력아래 제의된 희생물이다. 전쟁에 참여한 모든 인간은 희생물이다. 조국을 위한 애국심으로 참전한 이들도 결국은 전쟁이라는 폭력 앞에 제의된 희생물이다. 전쟁은 그들이 죽어야만 끝날 것이다. 또한 그들은 죽어야만 전쟁터를 벗어날 것이다. 전쟁은 누구를 위한 것인가. 김성한은 이것을 묻는 것이다. 일본의 대륙 침략 발판이 되어 희생된 많은 우리 젊은이들과 남과 북으로 나뉘어 일어난 한국 전쟁에서 희생된 용사들은 무엇을 위한 누구를 위한 희생인지를 질타하는 것이다. 「極限」에서 다쯔꼬의 남편은 일본의 대륙침략으로 인한 폭력의 희생물이다. 폭력의 희생물이 되는 다수가 선량한 사람들이다. 전쟁이 끝난 뒤 그들에게 돌아온 현실은 어떠한가. 그들은 온전한 몸으로 온전한 정신으로 현실을 살아갈 수 없다. 김경석과 이명룡과 다쯔꼬의 남편은 이러한 전쟁이라는 폭력 앞에 제의된 희생물인 것이다. 작가 김성한은 소설 속 인물들의 희생을 통해 전쟁의 폭력성을 인식하라고 외치는 것이다.

　김경석은 아내 혜란을 만날 수 있다는 희망으로 벌써 죽어야 할 치명상을 입고도 버티었다. 그러나 결국 아내를 만나기 전에 죽는다. 혜란은 남편을 곧 만나리라는 희망으로 새로운 용기와 희망을 가지고 기차를 탄다. 주인공의 파국이 비극적 상황과 마땅히 관련되고 있다는 것이 비극의 핵심이다. 아이러니의 비극적 상황으로부터 주인공은 불행의 희생물이 된다.

　결국 김경석은 죽고, 혜란은 남편을 만날 수 없다. 주인공들은 비극적인 현실로 인해 비극적 상황으로 끝난다. 그러나 이들은 비극적 현실에 그대로 주저하거나 굴복하지 않는다. 그들은 나름의 방법으로 비극적 상황을 극복하려는 의지를 표출한다. 김경석은 자신이 가진 신념으로 전쟁에 자원입대하고, 혜란은 그러한 남편에 대한 원망보다 함께 할 수 있다는 희망으로 자신의 삶을 무장한다. 적어도 그녀는 남편을 만날 때까지 자신의 의지를 다짐할 것이고, 그후 남편의 죽음을 맞이하더라도 이전의 나약한 모습이 아닐 것임을 짐작할 수 있다.

3.2. 자유와 의지, 실존 -「바비도」

　「바비도」는 1956년 5월에 『사상계』에 발표한 작품이다. 주인공 바비도는 1410년 영역성서를 읽었다는 이유로 이단(異端)으로 지목(指目)되어 분형(焚刑)을 선고받는다. 당시 영국 종교계는 부패하여 교회를 지키기 위해 '이단분형령(異端焚刑令)과 스미스피일드(Smithfield, 영국 런던의 지명)의 사형장을 유일한 방패로 삼는다'(161)고 소설 서두에 제시하고 있다. 소설의 시대를 제시하여 당시 종교계가 부패한 시대임을 암시한다.

바비도는 '어저께까지 옳았고 아무리 생각하여도 아무리 보아도 틀림없이 옳던 것이 하루아침에 정반대인 극악(極惡)으로 변하는 법이 있을 수 있는 일이냐?'(161)라고 의심하고, '가난한 자 괴로워하는 자를 구하는 것이 크리스도의 본의일진대'(161)라고 배우지 못한 자가 자신의 말로 번역된 성서를 읽는 것이 극악무도한 짓인지에 울화가 치민다. 그러면서 로마 교황과 사제에 이르는 거대한 조직체가 일개의 재봉직공인 자신을 억압하고, 선택의 자유를 박탈하고 죽음과 굴복만이 존재하는 현실에 비탄한다.

> '불행의 시초는 도대체 인간 세상에 태어났다는 사실에 있다.
> …… 나는 왜 내가 옳다고 생각하는 것을 내 자신만 행할 권리, 가슴에 간직할 권리조차 없단 말이냐?'
> 식은땀이 온 몸을 적셨다.
> '힘이다! 너희들이 가진 것도 힘이요, 내게 없는 것도 힘이다. 옳고 글은 것이 문제가 아니라 세고 약한 것이 문제다. 힘은 진리를 창조하고 변경하고 이것을 자기 집 문지기 개로 이용한다. 힘이여 저주를 받아라!'
> 바비도는 가래침을 뱉았다. 흉측한 힘의 낯짝에 검푸른 가래침을 뱉아 짓밟힌 자의 불붙은 증오심을 내뿜고 싶었다.
> ―「바비도」, 164-165.

바비도는 불행의 시초는 인간 세상에 태어났다는 사실에 있으며, 인간 세상을 지배하는 것은 힘이라는 결론에 도달한다. 결국 인간 세상은 옳고 그름의 이치에 따른 것이 아니라 힘이 있느냐, 없느냐에 따라 지배되는 것이라고 생각한다. 자신에게 없는 것은 힘이므로 이러한 세상을 저주하고 가래침을 내뱉는다. 바비도의 가슴에는 이러한 세상에 대한 중오심으로 가득하다. 바비도는 신의 존재를 믿지만 현실에서 행해지는 이러한 비극적 상황들은 신이 부재하는 모순적 상황이고 절망적인 현실로 인식한다. 그러나 신이 부재한 현실을 떠나서 자신이 존재할수 있는 공간이 없음을 알고 세상을 저주한다.

그러나 바비도는 더 이상 이러한 비극적 현실에 굴복하지 않는다. 그는 눈에 보이는 귀족의 옷을 내동댕이치고, 짓밟으면서 자신의 분노를 표출한다. 그동안 자신이 당연하다고 받아들였던 신분과 성실한 삶이 힘의 논리에 의한 억압과 지배였다는 사실을 깨닫고, 자신의 자유와 의지를 지키기 위해 부당한 삶의 현실과 맞설 것을 결심한다. 회개를 강요하는 사교에게 당당하게 '사람을 위한 교회가요, 교회를 위한 사람인가요?'(170)라고 질문하며 사람이 교회의 도구에 불과하다는 사교의 말을 비웃으며 '산다는 것과 존재한다는 것은 다른 문제죠. 당신같이 썩은 사람은 살아 있지도 않고 살 가망도 없습니다. 산 송장이죠, 구데기가 이물이물하는.'(171)라고 말한다. 바비도는 인간의 존엄성에 대해 질문하며, 구데기가 이물하는 산 송장처럼 사느니 자신의 존재를 인식하고 자신의 삶을 선택할 수 있는 진정한 자유를 선언한다. 잘못이 없는데 잘못을 인정하고 죄인처럼 사는 삶보다 자신의 존엄성을 인정하는 진정한 삶을 선택한 것이다. 이것이 그가 믿는 신앙이고, 신념인 것이다.

> "…나는 대대로 종살이 하는 가난한 집에 태어나서 앉으라면 앉고 서라면 서고 일년 삼백육십여일을 일만 해왔습니다. 이손을 보시

우, 남한테 싫은 소리 한마디 한 일 없고 남의 것을 넘겨다 본 일도 없고 양심대로 살아오고 양심대로 말한 결과가 사형입니다."

— 「바비도」, 176−177.

신을 보고 신의 말씀을 듣는 것, 그것은 비극을 넘어선다. 파스칼에 있어서 '숨은 신'의 존재는 모든 경험적 감각적 현존보다 더 실재적이고 중요한 '영원한 현존', 즉 유일하고 본질적인 현존이다. 신은 언제나 부재하며 언제나 현존한다. 그것은 비극적 세계관의 중심 사상이다(L. 골드만, 1986:50). 바비도는 대대로 종살이하는 가난한 집에서 태어나서 평생을 일만하며 성실히 살아온 사람이다. 신분의 차이가 있던 시절의 바비도는 이것이 당연한 운명이라고 생각하며 살아왔다. 그러나 자신이 잘못이라는 것을 인정할 수 없는 일에 대해 죄를 인정하고 회개하면 살려주겠다는 억압에 자신의 존재 이유를 생각하며, 자신의 삶에 대해 깊이 깨닫게 된다. 그의 깨달음은 인간 존재의 이유와 실존에 대해 생각하게 한다. 또한 신이 진정 존재하는지에 대해 의심하게 되고, 신이 있다면 이러한 현실은 부당하다고 여긴다. 그러나 바비도는 신의 존재를 부정하지 않고, 신이 존재하는 현실의 비극적 상황에 굴복하지 않으려고 자신의 의지를 표출한다. 바비도는 자신의 실존에 대해 깨닫고, 산송장보다는 죽음을 선택하여 자신의 존재 가치를 높인다. 바비도는 죽음으로 새로운 신의 영역에 들어서는 것이다. 그는 자신이 원하는 새로운 삶을 살기 위해 지금 현재의 비극적인 상황에 굴복하지 않고 맞서 싸운 것이다. 그의 죽음은 새로운 삶의 시작이며, 존재의 실현이다.

루카치는 다음과 같이 에세이를 시작했다.

비극은 하나의 놀이이다. 즉 인간과 그의 운명의 놀이, 신이 관람하는 놀이이다. 그러나 신은 단지 관객일 뿐이다. 그는 말과 행동으로써 배우들(인간)의 말과 행동에 결코 개입하지 않는다. 단지 신은 그들을 바라볼 뿐이다.

인간의 삶은 비극적이다. 비극적인 삶에서 인간이 살 수 있는 방법은 신에게 의지하는 것이다. 신은 존재하지만 인간의 삶에 관여하지 않는다. 신에게 있어 인간의 삶은 하나의 연극에 불과하다. 신은 인간의 삶을 관람하는 관객일 뿐이다. 인간은 그의 말과 행동으로 그의 삶을 결정할 뿐, 신의 의지대로 인간이 살아가는 것은 아니다. 신은 언제나 부재하며 언제나 현존한다. 인간 삶의 결정은 인간 자신에게 있는 것이다.

루카치는 '신의 잔혹하고 냉정한 심판은 용서나 시효(時效)를 모른다'고 한다. 신은 죄를 용서하는 하는 것이 아니라 잊어버리고, 신의 시선은 그러한 죄들을 보지 않고 어떠한 영향도 받지 않은 채 그것들 위로 미끄러지는 것이다. 신은 인간의 죄를 용서하는 것이 아니라 그들의 죄 위로 미끄러지는 것이다. 인간은 신의 시선 아래에 사는 것이다(L.골드만, 1986:52).

「바비도」에서 바비도는 이러한 인간의 비극적인 삶을 신 앞에서 보여주고 있는 것이다. 신 앞에 있는 무대에서 바비도는 자신의 비극적인 삶에 굴복하거나 안주하지 않고, 자신의 실존에 대해 깨달으며, 진정한 삶의 의미를 찾고 있는 것이다. 바비도의 삶을 통해 김성한은 비극적인 현실에 맞서는 의지를 표현한 것이다.

4. 비극적 세계 극복

김성한 단편소설의 주된 정서는 비극성이다. 작가는 전후 혼란한 현실을 사람들이 겪는 시대의 아픔으로 소설에서 비극적인 현실로 묘사하고 있다. 하지만 전후 혼란한 상황이 비극적인 세계 인식에서 그치는 것이 아니라 그러한 현실을 비판하고, 그것을 극복해나가고자 하는 작가의 의지를 표출하고 있다.

문학에서 비극은 사회사적 토대와 관련되고, 주인공의 죽음은 사회적·윤리적 사실이다. 사회 계급의 몰락은 비극적 세계관의 시초가 되고, 비극에서 주인공의 행위는 공포와 연민이 주된 감정이다. 주인공이 맞는 파국은 비극의 핵심이고, 주인공은 불행의 전형적인 희생물이 된다.

김성한은 「五分間」과 「개구리」를 통해 전후 한국 사회의 위기를 신이 부재하고, 인간이 타락한 비극적 현실로 표현한다. 그러나 비극적 현실에 굴복하여 비극적 세계 안에 머무르지 않는다. 비극적 현실에 맞서기 위한 극복 의지를 표출한다.

「極限」과 「歸還」에서 전쟁은 폭력이며 전쟁에 참여한 모든 인간은 전쟁이라는 폭력에 제의된 희생물이다. 일제 강점기와 한국 전쟁까지 우리 민족은 나라 잃은 식민지 민족에서, 같은 동족끼리 총칼을 겨누는 비극적인 현실에서 살아왔다. 이것은 그 시대를 살았던 사람들에게 지울 수 없는 상처이고, 시대의 아픔이다. 그 시대를 조금 지나간 지금의 우리도 그 때를 생각하면 가슴 한구석이 저려 온다. 그러나 우리 민족은 지금까지 굳건히 살아오고 있다. 그것은 우리가 비극적 현실에 머물러 주저하지 않고, 비극적 현실과 맞서며 지금까지 살아왔기 때문이다.

「바비도」에서 재봉직공 바비도는 부패한 종교계에 맞서 자신의 가치와 신념을 굽히지 않는 시대의 양심적인 인물로 대표된다. 바비도는 죽음을 선택하여 자신의 존재를 인식하고, 진정한 자유를 얻는다. 그의 죽음은 새로운 삶의 시작인 것이다.

김성한 소설에서 주인공들이 맞는 죽음은 끝이 아니라 새로운 시작이며, 또 다른 세계, 신의 영역으로 나아가는 것이다. 이것이 김성한이 표현하고자 하는 비극적 세계에 대한 극복 의지이다.

김성한은 다수의 소설에서 비극적 현실을 묘사하고, 비극적인 상황으로 끝난다. 그러나 이러한 과정에서 주인공은 비극적 현실에 굴복하여 주저하지 않고, 자신의 비극적 상황을 극복하고 맞서는 의지를 보여준다. 「極限」에서 다쯔꼬가, 「歸還」에서 혜란이, 「바비도」에서 바비도가 그러한 인물이다. 「개구리」와 「五分間」에서 인간의 신에 대한 환상을 깨뜨리게 한다. 인간 삶의 결정은 인간 자신에게 있는 것이다.

다섯 작품 모두 신의 영역을 부정하고 있지만, 신을 부정하고 새로이 살아갈 수 있는 또 다른 세계가 없다. 그것을 아는 인간의 비극적 세계 인식을 말하고 있다. 이러한 비극적 세계를 인식하면서 인간은 이러한 현실에 굴복하거나 주저하지 않고, 비극적 현실에 맞서면서 살아가는 것이다. 이것이 비극적 세계 안에 사는 비극적 인간이고, 우리 모두의 삶이다.

비극적 인간은 절대로 희망을 포기하지 않는다. 단지 희망을 세계에 두지 않을 뿐이다. 그렇기 때문에 세계의 구조에 관한 것이건, 세계내적인 존재에 관한 것이건 어느 진리도 인간을 짓누르지는 못한다.

김성한은 소설에서 신이 부재하는 인간의 타락한 현실을 비판하고, 신에게 매달리는 인간의 노예근성을 비판한다. 그리고 개인의 희생을 강요하는 전쟁의 폭력성을 비판한다. 결국 그가 소설에서 말하고 싶은 것은 인간의 자유 의지와 실존에 대한 인식인 것이다.

김성한은 그의 소설에서 주인공들이 겪는 비극적 현실을 비극적인 결말로 끝나지만 결코 그들이 비극적인 세계 안에 머무르기를 바라지 않는다. 그들이 비극적 현실에 맞서 싸워 나가기를 바란다. 또한 주인공들이 선택하는 죽음은 비극적 세계에 맞서는 진정한 의지의 표출이다.

이상으로 김성한 단편소설에서 작가가 말하고자 하는 비극적 세계 인식과 비극적 현실에 대한 극복 의지를 고찰하였다. 이를 통하여 김성한 소설에 대한 가치를 높이는 계기가 되었으면 한다.

『광장』과 「병신과 머저리」에 나타나는
전쟁의 폭력 양상

이 연구는 1960년대 소설 최인훈의 『광장』과 이청준의 「병신과 머저리」에 나타나는 한국 전쟁이라는 환경에서 야기된 여러 폭력 양상과 인지 상실 등의 상흔을 연구하고자 한다. 두 작품을 연구하는 것은 두 작가가 1960년대를 대표하는 작가이기도 하지만, 두 작가가 문학에서 제시하는 폭력과 억압에 의한 인간의 내적 참상을 고찰하여 현대사회에 만연해져 있는 전쟁과 테러 등에 의한 인간성 상실 문제를 환기시키고자 한다.

1950년 한국전쟁은 그 시대를 살아온 많은 이들에게 삶에 대한 회의와 상처로 다양하게 기억되고 있다. 일제강점기의 고통스런 식민지 현실을 벗어나 새로운 삶에 대한 희망을 기대하는 시점에서 맞게 되는 한국전쟁은 그 시대를 살아간 많은 이들의 꿈과 희망을 짓밟았다. 전쟁은 극단적 폭력상황을 수반한다. 한국전쟁은 모든 이에게 삶과 죽음의 양극단을 새기고 이타성을 매몰시켰다. 그러한 전쟁의 비극적 상황은 전쟁이 끝난 후에도 '전후 세대'라는 용어처럼 그들의 몸과 마음에 큰 상처를 새기게 된다. 민주주의와 공산주의 이데올로기 대립에 따른 공권력에 의한 폭력이 일반화되고, 사회적 억압에 따른 공포와 개인 간 보복성 폭력이 만연하였다. 이런 불합리한 문제들은 전후시기 많은 사람의 정체성에 심각한 문제를 일으키고, 이로 인해 개인의 가치관 혼란과 사회적 가치나 질서의 부재가 발생하여 많은 고통을 가져오게 되었다.

이러한 당대 문제에 대해 전후 소설인 『광장』은 외형적이고 구조적으로 드러나는 전쟁의 극단적 폭력성, 이념 대립에 의한 폭력과 억압현상, 가학에 따른 피학자의 폭력성 승계현상 등 심각한 부조리와 이기적 욕망들을 직접적으로 보여주고 있다. 이에 비해 「병신과 머저리」에서는 전쟁이라는 외부환경의 폭력성은 직접적으로 제시하지 않으면서 개인의 생존 욕구와 이기적 태도, 가학에 대항한 폭력을 등장인물을 통해 강조하고 있다. 이 두 작품은 전쟁이 초래하는 여러 문제들을 상이하게 다루고 있지만 그것들이 공통적으로 인간 정체성 상실의 문제를 발생시키고 있음을 강조한다. 이 연구에서는 두 작품의 면밀한 분석을 통해 정체성 상실과 여러 고통의 문제를 살펴볼 것이다. 이것은 작품을 분석하는 중요한 의미가 될 것이다.

1. 연구사 검토

1950년대 전후소설은 전쟁의 비극적 현실을 묘사하는데 그쳤다면, 1960년대 소설은 전쟁의 비극성과는 별개로 혼란한 사회현실에 대한 비판 정신을 치밀하게 묘사하고 있다. 폭력과 억압 등에 의해 인간의 존엄성이 무너지고, 정의가 사라진 사회 모습을 통해 문학은 당대의 암울한 모습을 반영하여 그러한 현실을 비판하고, 개인의 순수성을 회복할 것을 강조하였다. 문학은 전후 한국사회를 반영하고, 전후세대 작가들은 이러한 사회의 혼란한 상황을 비판하고 저항하는 의지를 보여주었다.

지금까지 한국전쟁에 대해 연구된 논문의 방향은 크게 다섯 가지로 구분할 수 있다. 첫째, 전쟁의 원인에 대한 연구이다. 한국전쟁의 원인을 국제전적 관점과 내전적 관점으로 구분하였으며, 정병준(2006)의 논문은 한국전쟁의 원인에 대해 세밀한 자료 확인과 논리성을 이용해 한국전쟁의 내전적 요소를 분석하고 당시의 국제 정세를 면밀히 밝혀 국제전적인 요인을 강조하였다. 이완범(1990)은 한국전쟁을 미 · 소 냉전이라는 국제적 상황과 좌 · 우 대립이라는 국내적 상황이 상호작용하여 발생한 복합적 상황이라고 주장하였다.

둘째, 한국 전쟁이 국내 정치, 경제, 군사에 끼친 영향에 대한 연구이다. 한국전쟁은 군사 분야 연구뿐만 아니라, 전쟁으로 인한 중요한 정책과 인물에 관한 연구와 한국전쟁이 경제에 미친 영향에 대한 연구가 있다. 정토웅(2000)은 한국 전쟁의 결과로 심각한 인적, 물적 피해로 인한 경제적 황폐화 문제와 반공 체제 강화 현상을 제시하고, 그로 인한 군사력 강화와 군사정권의 초래와 미국에 의존한 경제 개발을 통하여 엄청난 수출과 산업화를 이루었다고 주장하였다. 안철현(1990)은 한국전쟁 이후 환경에 의해 한국의 자본이 미국에 종속되고 정치적 독재체제가 생성되었고, 이로 인해 분단 상황을 극복하지 못하고, 정치적으로 왜소화되었다고 주장하였다.

셋째, 한국전쟁이 국제 사회에 끼친 영향에 대한 연구이다. 한국전쟁은 많은 국제적 참전 속에서 치러진 전쟁이다. 그에 따른 국제적 영향 또한 다양하게 전개되었다. 이수형(2010)은 한국전쟁 이후 유럽에서는 냉전을 상징하는 대칭적인 다자동맹이 형성되었고, 동북아에서는 한반도 정전체제의 수립과 동맹구조의 정립으로 냉전의 갈등이 지속될 수 있는 안보지형이 형성되었다고 한다. 김재천 · 안현(2010)은 한국전쟁을 계기로 미국이 국가적 합의를 통해 군사화에 기초한 세계전략을 수립하게 되었으며, '군사적 관리 전략'은 현시점까지 미국의 세계경영 전략의 중요한 부분으로 남아 있다고 한다.

넷째, 여성과 사회학적 관점에서의 한국전쟁 연구이다. 예전부터 많이 다루어진 사회적 주제가 민간인 학살이었다면(엄찬호, 2013:이나미, 2012), 최근 연구 주제의 방향이 여성과 사회학적 관점으로 확산되고 있다. 과거에 전쟁은 남성의 영역으로 한정되어 연구되어 왔다면 현대에서는 전쟁에서 소외되고 은폐되어 왔던 전쟁 속 여성의 모습을 다루는 연구들이 진행되고 있다. 함한희(2010)는 전라북도 임실지역 주민을 대상으로 구술 증언한 내용을 바탕으로 한국전쟁 이후 여성의 삶을 분석하였다. 이임하(2003)는 한국전쟁이 발생시킨 경제적 피폐로 인해 여성들이 노동시장으로 내몰린 과정과 그 노동형태와 특징에 대해 연구하였다.

다섯째, 한국전쟁에 대한 문학 관련 연구이다. 이경제(2012)는 한국전쟁기 소설에 나타나는 여성의 모습을 다양한 각도에 분석하였다. 기존의 연구에서 여성에 관한 연구가 주로 여성에 의해 이루어진 경향이 있었으나, 남성의 입장에서 여성의 전사적인 모습을 소설 속에서 분석하고, 여성이 도구화 · 열등화 되어 전쟁에 동원된 문제도 증명하였다. 신영덕(2001)은 황순원 소설을 통한 한국전쟁의 추악한 현실 속에서 순수한 이상세계에 대한 희망과 동경의식에 대해 역설했다.

최인훈의『광장』은 지금까지 광장과 밀실의 대립 구도에서 남한과 북한의 체제와 이데올로기에 대한 비판적인 연구가 다수이다. 김윤식과 정호웅(2000)은 전후 소설의 극복이라는 관점에서『광장』의 관념의 한계에도 불구하고 '자유'와 '평등'의 문제를 제기하고 이데올로기의 벽 속에 폐쇄되었던 전후소설의 발판을 마련했다고 한다. 백철(1960)은『광장』이 '남한과 북한의 현실을 그리되 어느 편에 동정을 하거나 호의적인 입장을 취하지 않고, 양쪽을 냉정하게 비판 폭로하고, 남북통일에 대한 큰 암시를 지닌 작품'이라고 평가했다. 이에 반해 신동한(1960)은 백철의 비난은 지나친 해석이며, 주인공 이명준을 '비열한 패배의식의 소유자'이며, '행동 정신이 결여된 자의식 과잉 속에서 자신을 지탱하지 못하는 창백한 지식인 청년'이라고 비난했다. 김병익(1996)은『광장』의 사랑이 인간에게 열려있는 구체적인 인간을 향해 열려있는 사랑이고, 이데올로기와 그 현실적 체제를 넘어서는 사랑이라고 주장한다. 오생근(1999)은 창(窓)의 이미지를 분석하면서 이명준의 밀실과 광장 사이에 창이 있으며, 이명준은 창 앞에서 몽상에 잠기기만 한 것이 아니라 창밖의 삶 속에 뛰어들었다고 한다. 신철하(2000)는 개인의 실존적 자유를 억압한 분단 이데올로기에 대한 전면적인 도전이라고 하였다.

이청준의「병신과 머저리」는 한국전쟁에 참여한 인물의 트라우마적 삶에 대한 연구가 다수이다. 서영채(2016)는 한국 전쟁을 '동족상잔의 비극'으로 보고, 전쟁의 참혹함을 경험한 개인에게 트라우마일 수밖에 없다고 한다.「병신과 머저리」에 등장하는 가해자의 의지는 네이션의 트라우마를 자기 것으로 길들이고 스스로 수용 가능한 것으로 상징화하고자 하는 주체의 무의식적 기제가 작동한 결과라고 주장하였다.

김효은(2019)은 이청준 초기 소설 「퇴원」과 「병신과 머저리」를 비교하여, 등장인물의 특징을 일상생활에 쉽게 적응하지 못하거나, 불안과 공포를 지닌 불안정한 존재들이며, 그들 불안의 원인을 정신적 외상과 원체험에서 비롯된 트라우마라고 주장하였다. 송기섭(2009)은 이청준이 「병신과 머저리」에서 젊음을 표현하기 위한 내면적 아이러니 전략을 구사하고 있으며, 젊음의 내면성을 지배하는 것은 자기도취의 환각이 아니라 자기각성의 환멸이라고 말했다.

이처럼 한국전쟁과 관련한 논문은 다수이고, 그 주제는 전쟁의 국내적, 국제적 영향에 대한 통계적 자료를 근거한 논문이 많다. 이에 따라 좀 더 다양한 각도에서 전쟁 관련 논문이 연구되어질 필요가 있다. 특히 문학에서 한국전쟁을 표현하는 소설들은 다수이지만, 그에 따른 연구 성과는 아직 미흡한 편이다. 문학에서 한국전쟁과 관련한 더 많은 작품의 다양한 주제에 대한 논의가 필요한 시점이다.

이러한 시점에서 동시대 작가인 최인훈의 『광장』과 이청준의 「병신과 머저리」 두 작품의 인물들을 연속선상에서 연구하여 전쟁이 수많은 개인에게 끼친 공통적 문제를 면밀히 살펴보는 것은 인간의 실존적 가치를 규명하는 데 그 의미가 있을 것이다. 두 작품의 논의를 통해 우리 문학 속에 표현된 전쟁의 모습을 되새겨보고, 전쟁이 불러오는 각종 폭압과 불합리에 대한 올바른 인식을 갖는 것은 현대 사회가 나아가야 할 방향을 제시하는 계기가 될 것이다.

2. 『광장』에 나타난 폭력 양상

최인훈은 원산고등학교 재학 시 한국전쟁이 발발하자 전 가족이 해군 함정 LST를 타고 월남하게 된다. 목재상이었던 아버지의 경제적 능력으로 생활고를 크게 겪지는 않았으나, 그는 초중고교시절 전쟁의 참상을 고스란히 겪게 된다. 최인훈은 북한과 남한의 혼란한 사회상을 그의 작품에서 자세히 묘사하였고, 본인이 겪은 현실과 그러할 것이라는 당시의 상황을 등장인물을 통해 작품 속에서 보여주며 비판의 목소리를 높였다. 최인훈의 작품 『광장』은 1960년 11월 『새벽』에 발표한 그의 대표 소설이다. 전쟁 후 혼란했던 사회 상황에 4.19혁명이라는 감격의 순간을 맞으며 발표한 작품이다. 그는 소설 『광장』에서 당시의 혼란한 사회 상황과 개인이 겪어야 할 이념의 갈등에 대해 이야기하면서 남한과 북한 사회에 대한 비판을 거침없이 쏟아냈다. 1961년 5.16군사정변을 겪으면서 한국 사회가 겪게 되는 혼란한 사회 상황은 이후 발표한 『회색인』에서 방황하는 젊은 청년의 모습으로 묘사하였다. 이는 당대 많은 젊은이의 방황하는 모습이기도 하지만 작가 자신의 모습을 반영한 것으로 볼 수 있다.

2.1. 남한 현실의 사디즘적 폭력

소설 『광장』에서 나타나는 전쟁의 모습은 주인공 이명준의 사유와 행동을 통해 표현하고 있다. 광복 후 이명준의 아버지는 월북하고, 이명준은 아버지의 친구 집에서 기숙하며 물질적인 도움을 받으며 살아가고 있다. 별다른 어려움 없이 무료할 정도의 생활을 하던 이명준에게 월북한 아버지의 대남 방송은 그의 삶의 방향을 전환하는 큰 영향을 주게 된다. 그는 S서 사찰계 취조실에 끌려가 폭력적인 심문과 취조를 받게 된다.

① 명준은 겁에 질려 오뚜기처럼 벌떡 일어선다. 곧바로 얼굴에
주먹이 날아온다. 명준은 아쿠 외마디 소리를 지르면서 뒤로 나자빠
진다. 의자에 걸려 모로 뒹군다. 끈적끈적한 코밑에 손을 댄다. 마구
코피가 흐른다. 한 손으로 땅을 짚고 한 손을 코에 댄 꼴이 흡사 개
같다 싶어, 엉뚱하게 웃음이 흘러나왔다. 그는 쿡 웃는다. 그러자 여
태까지 무서움이 씻은 듯 가신다.

"어? 이 새끼 봐, 웃어? 오냐 네 새끼레 그런 줄 알았다. 이 빨갱이
새끼야!"

이번에는 발길이 들어왔다. 간신히 피한 발길이 어깨에 부숴지게
울린다. 명준의 알 수 없는 품으로 밸이 틀린 나으리는 발을 바꾸어
가면서 매질을 거듭한다. 어깨, 허리, 엉덩이에 가해지는 육체의 모
욕 속에서 명준은 오히려 마음이 가라앉는다. 아, 이거구나, 혁명가
들도 이런 식으로 당하는 모양이지, 그런 다짐조차 어렴풋이 떠오른
다. 몸의 길은, 으뜸 잘 보이는 삶의 길이다. 아버지도? 처음, 아버지
를 몸으로 느낀다.

"엄살부리지 말고 인나라우. 너 따위 빨갱이 새끼 한 마리쯤 귀신
도 모르게 죽여버릴 수 있어. 너 어디 맛 좀 보라우."

명준의 멱살을 잡아 일으켜서 또 주먹으로 갈긴다. 또 한 번 명준
은 나뒹군다.(65-66)[1]

② 일주일 후, 명준은 두 번째 S서 형사실에 앉아 있다. 이번에는
여러 사람이 자리에 있는 시간이다. 명준을 맡은 형사 옆에 앉은, 얼
굴이 바둑판같이 각이 진 친구가 명준을 흘끗 쳐다보더니 묻는다.

"뭐야?" / "이형도씨 자제분이야."

"이형도?"/ "이형도가 누구야?"

다음다음 자리에 앉았던 친구도 서류에서 눈길을 떼면서, 그들의
이야기에 끼여든다.

---

1) 최인훈, 『광장/구운몽』최인훈 전집1, 문학과지성사, 2006.

"박헌영이 밑에서 남로당을 하다가 이북으로 뺑소니친 새끼야."

저편 자리에서 소리가 난다.

"응 알아. 요사이 민주주의민족통일전선인가에서 대남 방송에 나오는 놈 말이지?"

"그래." / "이 새끼가 그 새끼 새끼란 말이지?"

와 웃음이 터진다. 명준은 고개를 숙이고 발끝을 내려다본다. 아버지 이름이 놀림을 받는 자리에서 아버지에 대한 사랑이 태어나는 것을 알았다. 얻어맞고 터지더라도 먼젓번처럼 취조관하고 단둘인 편이 오히려 나을 성싶다. 여럿의 노리개가 되는 건 더 괴로웠다.

"그래, 이 자식은 뭘 하는 놈이야?"

"철학자라네." / "철학? 새끼 꼭 아편쟁이 같은 게 그럴싸하군."

"이런 새끼들 속이란 더 알쏭달쏭한 거야. 내 사찰계 근무경험으로, 극렬한 빨갱이들 가운데는 이 새끼 같은 것들이 꽤 많아. 보기는 버려지도 무서워할 것 같지, 이런 일이 있었어……."(70─71)

남한에서 평화로운 생활을 하던 이명준은 S서에 끌려갔다 온 후로 자신이 처한 현실을 인식하게 된다. 자신에게 더 이상 평화로운 삶은 없으며, 멀리 떨어져 있는 아버지가 이곳 남한에 있는 자신에게 영향을 미치고, 그것은 폭력적인 현실로 나타난다. 이러한 폭력적인 힘의 논리는 자신이 감당하기 어려운 현실로 다가온다. 폭압적인 형사의 태도에서 소통을 거부하는 권력의 힘을 느끼고, 이명준 자신은 법의 보호를 받지 못하는 무기력한 존재임을 깨닫는다.

홉스(Thomas Hobbes)는 '권력을 추구하는 욕망, 죽음으로만 멈추게 할 수 있는 끊임없는 이 욕망'의 존재를 '전 인류에게서 볼 수 있는 일반적인 성향'이라고 말한다. 그에게 권력추구는 악마적인 것이 아니라, 쾌락과 안전을 추구하는 인간 욕망의 극히 합리적인 결과인 것이다. 형사들은 이명준에게 수사권이라는 권력의 힘으로 폭력과 폭언을 거침없이 행사한다. 형사들의 폭력적인 행동은 권력을 가진 인간의 일반적인 성향이라고 볼 수 있지만, 그러한 행동은 사실 폭력적인 행위를 통해 쾌락을 추구하는 사디즘 성향의 모습을 보여주고 있다. 사디즘 성향은 타인을 고통스럽게 만들거나 괴로워하는 것을 지켜보고자 하는 욕망이다. 그 괴로움은 육체적인 것일 때도 있지만 정신적인 괴로움일 때가 더 많다. 그 목적은 적극적으로 다른 사람들을 해치거나 모욕을 주어 곤란하게 하든지, 또는 상처받고 난처한 상태에 있는 인간을 지켜보고자 하는 것이다(E.프롬, 2009:123 - 126). 형사들은 이명준 아버지가 한 행동을 이명준에게 빗대어 '빨갱이'라고 부르고, 이명준에 대해 "이 새끼가 그 새끼 새끼란 말이지?"(71), "철학? 새끼 꼭 아편쟁이 같은 게 그럴싸하군."(71)이라고 말한다. 형사들은 이명준과 그의 아버지를 '빨갱이, 새끼, 아편쟁이' 라는 용어로 모욕하고, 자기들끼리 일제 강점기에 했던 폭압적인 행동들을 회상하며, 그 시절이 좋았다고 한다. 형사들은 일제 강점기부터 그대로 이어져 온 그들이고, 그 당시에 자행되었던 폭압적인 행위에 대해 아련한 추억으로 즐기며, 지금 이명준을 고문하며, 그때 그 시절을 기억한다. 이명준을 고문하던 형사들은 자신들이 하는 폭력적인 행동이 마치 국가를 위한 애국심에서 비롯되는 것인 양 착각하고 있지만, 그들의 폭압적인 행위는 타인에게 육체적·정신적 고통을 가함으로 자신의 권위를 인정받고 싶은 사디즘적인 행위에 불과하다. 비록 이명준의 아버지가 월북한 인물일지라도 이명준은 남한에 있는 한 시민으로 그의 인권은 지켜져야 한다. 국가가 형사에게 준 수사권에 대한 힘은 그들에게 애국심이라는 가면을 쓰고 약한 자를 파괴하고 고통을 주는 사디즘 행위의 도구로 쓰일 뿐이다. 사디즘 성향은 명백한 이유로 말미암아 사회적으로 잘 의식되지 않으며, 대체로 합리화되는 경우가 많다. 이명준의 아버지는 월북했고, 지금 대남방송을 하고 있으며, 그의 아들은 남한에서 살고 있다. 이러한 사실에 근거하여 이명준은 북한에 있는 그의 아버지와 분명히 연락을 주고받고 있을 것이며, 형사들이 심문하면 반드시 실토할 것이라는 전제하에 형사들은 이명준의 인권을 무시하고, 그들의 명백한 이유로 이명준을 고문하는 행위는 지극히 합리적이라는 사실로 은폐된다.

사디즘적 행위의 본질은 타인을 완전히 지배하고자 하여, 그를 자신의 의지에 대해 무력한 대상으로 삼고, 그에게 군림하는 절대적인 지배자가 그의 신이 되어 마음대로 조정하는 것이다(E.프롬, 2009:133). 타인을 지배하는 힘으로 타인에게 고통을 주고, 자기방어를 할 수 없는 자에게 고통을 참고 견디게 하는 일은 큰 권력을 가져야만 가능하다. 결국 이명준은 형사들의 폭압적인 행위에 남한 사회에서의 자기방어는 불가능하다는 것을 깨닫고 월북을 결심하게 된다. 이 때 이명준의 남한사회에서의 정체성은 일차적으로 손상을 입게 된다. 남한사회에서의 삶을 지속할 수 없다는 것은 자신이 서야 할 자리를 잃은 것이고, 남한사회에서 자신의 존재감에 대한 무력감을 느끼게 된 것이다. 이명준의 월북은 그가 진정으로 원해서 이루어진 것이 아니라 형사들의 폭압적인 행위의 결과이다. 그러나 결과적으로 형사들은 이명준의 월북 행위를 예정된 사실로 받아들일 것이고, 형사들은 그들의 폭압적인 행위의 정당성을 스스로 인정하게 될 것이다.

이명준에 대한 남한 사회의 폭압적인 현실과 형사들의 사디즘적 행위는 국제적인 냉전 상황과 실질적인 전쟁 상태가 개인에게 야기하는 상흔이다.

2.2. 마조히즘과 사디즘의 혼재

이명준은 남한에서 삶이 평화롭지 않고, 자신의 존재에 대한 무력감을 깨닫고, 자신의 정체성을 회복하기 위해 아버지가 있는 북한으로 간다. 그러나 이념을 찾아 북한으로 간 혁명전사 아버지는 북한에서 편안한 부르주아의 삶을 살고 있다. 이명준은 남한에서 아버지 때문에 자신이 당한 폭압적인 현실에 비해 북한에서의 아버지의 안일한 모습에 실망하고 환멸을 느끼게 된다.

> 명준은, 대들려고 고개를 들었다가, 숨을 죽였다. 그를 향하고 있는 네 개의 얼굴. 그것은 네 개의 증오였다. 잘잘못간에 한번 윗사람이 말을 냈으며, 무릎 끓고 머리 숙이기를 윽박지르고 있는 사람들의, 짜증 끝에 성낸, 미움에 일그러진 사디스트의 얼굴이었다. 명준은 문득 제가 가져야 할 몸가짐을 알았다. 빌자. 덮어놓고 잘못을 저질렀다고 하자. 그의 생각은 옳았다. 모임은 거기서 10분 만에 끝났다. 명준은 사무친 낯빛을 하고, 장황한 인용을 해가며, 허물을 씻고 당과 정부가 바라는 일꾼이 될 것을 다짐했다. 지친 안도감과 승리의 빛으로 바뀌어가는 네 사람 선배 당원의 낯빛이 나타내는 움직임을 지켜보면서 명준은, 어떤 그럴 수 없이 값진 '요령'을 깨달은 것을 알았다. 슬픈 깨달음이었다.(127)

아버지 덕분에 신문사에서 일을 하지만 조선인 꼴호즈에 대한 기사를 쓰고 자아비판을 하게 된다. 무엇을 잘못한지 모르는데 당 위원들은 윽박을 지르고, 무조건 잘못했다고 빌어야만 하는 그들의 사디즘적 성향을 보고, 이명준은 이 시간을, 이 위기를 빨리 벗어나기만을 바란다. 북한에서 당 위원들은 "인민을 위해 새로운 역사를 창조하며, 빛나는 미래를 향하여 전진하고 있는 이 역사적인 마당에, 이명준 동무는 전혀 자신의 주관적 상상에 기인하는 판단으로 트집을 잡으려고 한 것"(127)이라고 그의 자본주의적 성향에 대한 기사를 비판한다. 위원들은 거짓되고 위선적인 정당성에 이명준이라는 약한 존재를 사상적인 정신 교육이라는 명목으로 자아비판을 시킨다. 무엇을 잘못한지 알 수 없지만 약한 존재이기에 무조건 빌어야 만하는 상황은 이명준을 고통스럽게 만들고, 그가 괴로워하는 모습을 지켜보는 것으로 그들은 만족해한다. 만약 이명준이 빌지 않고 버틴다면 그들의 폭압적인 행위와 정신적인 고통은 더 강하게 지속되어 이명준의 삶을 더욱 고통스럽게 할 것이다. 그들의 사디즘적인 성향은 당이라는 명분으로 정당화되어 인민을 위하고 이명준에게 선의를 가지고 그의 정신을 교육시킨다는 착각으로 은폐되고 있다. 이러한 북한의 삶은 다시 이명준의 정체성에 대해 혼란을 야기시키고, 북한에서 삶도 불안하게 지속된다. 이명준은 남한에서도 북한에서도 계속되는 권력자의 사디스트적 행위에 벗어나지 못하고 정체성 상실의 위기를 겪고, 이러한 삶에서 벗어나기 위해 몸부림친다.

① 수갑을 차고 고개를 수그린 태식은, 며칠 내리 받은 고문 때문에 코의 테두리가 허물어져 있었다. 코언저리가 두루뭉술하니 비뚤어진 부은 얼굴은, 얼핏 문둥이처럼 보였다. 그를 보자 솟아난 기쁨을 명준은 풀이할 수 없었다. 풀이만 된다면 웬만한 일은 그런대로 다룰 수 있었다. 악마도 풀이할 수만 있으면 무섭지 않았다. 그러나, 붙들려온 태식을 보고 느낀 기쁨을 그는 풀이하지 못했다. 태식은 그의 친구였다. 은인의 아들이었다. 영미의 오빠였다. 다 그만두더라도, 그와 태식의 사이는 나쁜 편이 아니었다. 어딘지 마지막 한 장이 서먹서먹한 사이긴 했으나, 그 무렵 친구를 들라면 그를 들어야 할 처지였다. 그런데도, 붙들려온 태식은 그에게 전리품으로 비쳤다.(145)

② 순간 그의 주먹이 태식의 얼굴을 갈겼다. 수갑이 채인 손으로 얼굴을 가리며 쓰러지는 태식을 발길로 걷어찼다. 태식의 얼굴은 금시 피투성이가 됐다. 그 핏빛은, 몇 해 전 바로 이 건물에서, 형사의 주먹에 맞아서 흘렸던, 제 피를 떠올렸다. 그때 형사가 하던 것처럼 태식의 멱살을 잡아일으켜, 또 한 번 얼굴을 갈겼다. 제 몸에 그 형사가 옮아앉은 것 같은 환각이 있었다. 사람이 사람의 몸을 짓이기는 버릇은 이처럼 몸에서 몸으로 옮아가는 것이구나. 몸의 길, 그는 발을 들어, 마루에 엎드린 태식의 아랫배를 차질렀다. 꼭 제 몸이 허수아비 놀 듯, 자기와 몸 사이에 짜증스런 겉돎이 있었다. (148-149)

한국전쟁이 일어나자, 이명준은 공산군 장교가 되어 서울에 들어오고, S서 지하실에서 아버지 친구의 아들 태식을 만나 그를 심문한다. 이명준은 태식을 심문하면서 예전에 그가 그곳에서 받았던 폭력적인 심문을 그대로 실현하고, 나름의 쾌감을 느끼게 된다. 또한 이명준의 옛 애인이지만 지금은 태식의 아내가 된 윤애를 겁탈하려는 도착적인 행동을 하게 된다. 진정한 악인이 되기 위해 결심한 이명준의 폭압적인 행동은 전쟁으로 인한 그의 정체성 상실과 내면세계의 분열을 조장하는 부정적 결과를 초래한다.

이명준의 행동은 전쟁이 유인한 '마조히즘과 사디즘이 혼재된 도착(倒錯)' 상태이다. 의식적인 방법을 통해 괴로워하고, 그 괴로움을 즐기거나 타인에 의해 고통이 가해질 때 성적 흥분을 느끼는 마조히즘적 성향이 나타난다(E.프롬, 2009:126). 이명준은 옛 친구 태식에게 폭력을 가함으로써 예전에 자신이 당했던 남한에서의 폭력적인 장면을 연상하고, 이상한 쾌감을 느끼게 된다. S서 형사가 자기 몸에 옮겨 붙은 것처럼 몸놀림을 하며 도착적인 흥분을 느낀다. 예전에 자신의 친구이지만 범접하기 어려운 대상이었던 친구에게 폭력과 모욕감을 주며 느끼는 감정은 이명준의 일시적이고 충동적인 감정일 수도 있고, 오랜 기간 동안 그의 무의식에 자리한 깊은 내면의 감정일 수도 있다. 이명준은 충동과 내면의 깊은 의식에서 초래되는 정체성 혼란의 상태를 경험한다. 이명준은 남한에서도 북한에서도 권력자의 사디스트적인 행위에 벗어나기 위해 무던히 애를 썼다. 그런 그가 공산군 장교가 되어 권력자의 위치에서 그의 옛 친구를 심문하게 되자 이명준 또한 과거의 사디스트적인 권력자와 같은 행위를 하고 있다. 과거의 피학적 상황이 이명준의 사디즘적 행위에 겹쳐져 정신적 쾌락 상태를 발생시키게 된 것이다. 전쟁이라는 폭압적 환경은 이명준과 같이 한 개인이 얼마나 폭력적 성향을 보일 수 있는가를 심리학적 측면에서 확인할 수 있다. 아버지 친구 변성제의 집에서 기거하며 보낸 세월이 그에게 평온한 시절이긴 하였지만 결국 그의 깊은 내면의 감정은 아버지에 대한 배신감과 함께 아버지 친구의 화려한 생활에 대한 깊은 좌절의 시간이었던 것이다. 아버지 친구에 대한 외적인 감사의 감정과 내면의 깊은 배반의 감정은 이명준을 현실에 부적응하게 한다. 현실의 삶에 적응할 수 없는 이명준에게 친구였던 변태식을 향한 이명준의 가학적 행위는 일시적으로 상대를 약화시키거나 무력화시키는 마조히즘적 쾌락을 느끼게 하지만 그것이 그가 얻고자하는 진정한 쾌락의 기쁨이 될 수는 없었다. 이명준은 폭력적인 자신의 행위가 잘못되었음을 자각하고, 친구 태식과 윤애를 함께 풀어주는 행위를 통해 자기분열적 감정이 조금씩 안정을 되찾게 된다. 현실에 적응하기 어려웠던 이명준은 진정한 악인이 되기 위해 전쟁에 참전하였고, 이를 위해 그의 친구 태식을 우연히 만났을 때 자신이 과거의 친구보다 나은 위치의 권력자라는 것에 기뻐하고, 그를 고문하면서 그를 모욕하고, 그에게 고통을 가했다. 그러나 이명준은 자신이 진정한 악인이 될 수 없다는 것을 깨닫고 그들을 풀어준다. 그 이유는 자신이 한 행동이 옳지 않음을 깨닫고 반성할 수 있는 양심 있는 지식인이기 때문이다.

전쟁이 끝나고 포로가 된 이명준은 남한과 북한 어느 곳도 선택하지 않는다. 그것은 궁극적으로 그가 돌아갈 곳이 없음을 나타낸다. 남한의 폭압적인 현실을 벗어나고자 아버지를 찾아 북한으로 갔으나, 북한의 현실은 그에게 그리 녹록하지 않았다. 북한의 삶은 그를 전쟁 속으로 이끌었고, 그는 전쟁 포로가 되었다. 다시 북한으로 가기에 그와 아버지의 신분이 불안하고 그를 마땅히 반겨줄 가족도 없으며 그가 사랑하는 은혜는 전쟁의 포화 속에서 죽었다. 그의 정치적 신념을 펼치고, 자유롭게 외칠 수 있는 광장이 남한과 북한 어디에도 없다는 것을 깨닫게 된다. 전쟁이 지나간 자리에 남은 것은 정체성의 상실이다. 결국 그는 자신의 존재를 숨기고, 자신을 아는 사람이 없는 중립국을 선택하지만, 중립국을 향하는 배 안에서의 폭동과 혼란은 이명준의 내적 상흔을 더욱 악화시켰다. 이명준이 안주할 평화의 장소는 현실에 존재하지 않음을 깨닫고, 그는 배 위에서 사라진다.

3. 「병신과 머저리」에 나타난 폭력 양상

이청준은 한국전쟁에 따른 직접적 참상을 고발하는 것보다 전쟁 후에 마주치는 열악한 사회현실과 개인의 참담한 기억을 중심으로 소설을 묘사하고 있다. 특히 그의 소설 「병신과 머저리」는 한국전쟁에 참전한 형의 사회 적응 모습과 전쟁에 참전하지 않은 동생의 모습을 대비하여 보여주면서 당시 사회의 모순적인 상황들을 명료하게 묘사하고 있다.

「병신과 머저리」에서 형은 한국전쟁에 참전하고, 전쟁 중 패잔병으로 낙오가 되어 그때 경험한 일에 대해 소설로 쓰고 있다. 동생은 형이 쓴 소설을 읽으며 형이 경험한 전쟁의 상흔과 전후 형의 삶에 대해 자신의 감정과 형의 감정을 혼란스럽게 엮어가고 있다.

동생은 형이 6·25사변 때 강계(江界) 근방에서 패잔병으로 낙오되었고, 낙오되었던 동료들을 죽이고 천리 길을 탈출해 나온 일에 대해 한 번 들었을 뿐이다. 그러나 형이 정말 그 동료를 죽였는지, 그 일에 대한 경위는 전혀 듣지 못했다. 그러한 궁금증을 갖고 있는 가운데 형이 쓴 소설을 읽고, 그 사건의 진실이 무엇인지를 조금씩 알아가게 된다. 형의 소설에 드러나는 전쟁의 모습은 총탄이 쏟아지는 격렬한 전투가 아니었다.

3.1. 가학적인 폭력

형의 소설 서두 부분이다. 형의 소설에 주요 등장인물은 오관모와 김일병이다. 소설은 6·25사변이 일어나기 전의 국군 부대 진중에서 시작된다.

① 한 사람은 오관모라고 하는 이등중사(당시 계급)였는데, 그는 언제나 대검(帶劍)을 한 손에 들고 영내를 돌아다니는 습관이 있었다. 키가 작고 입술이 푸르며 화가 나면 눈이 세모로 이그러지는 독

오른 배암 같은 인상의 사내였다. 그는 부대에 신병이 들어오기만
하면 다짜고짜 세모눈을 해가지고 대검을 코밑에다 꼬나 대며 <내
게 배를 내미는 놈은 한 칼에 갈라놓는다>고 부술 듯이 위협을 하
여 기를 꺾어놓는 것이었다. 그리고 그날 밤으로 가엾은 신병들은
관모가 낮에 배를 내밀지 말라던 말의 뜻을 괴상한 방법으로 이해하
게 되곤 하였다. 관모에게 배를 내미는 사람이 몇이나 되었는진 알
수가 없지만, 관모가 그 신병들의 <배 갈라놓는> 일은 한번도 없었
다. 그러던 어느 날, 관모네 중대에 또 한 사람의 신병이 왔다. 그가
바로 형의 이야기에서 초점을 맞추어지고 있는 다른 한 사람인데,
그는 김 일병이라고만 불리고 있었다. 얼굴의 선이 여자처럼 곱고
살이 두꺼운 편이었는데, <콧대가 좀 고집스럽게 높았다>는 점을
제외하면 김 일병은 관모가 세모눈을 지을 필요도 없을 만큼 유순한
얼굴을 하고 있었다. 그런데 어떻게 된 셈인지 바로 다음 날부터 관
모는 꼬리 밟힌 독사처럼 약이 바짝 올라서 김 일병을 두들겨 패기
시작했다.(184－185)[2]

② <그러나 김 일병은 그 눈을 무섭게 까뒤집으며 으으으 하는
신음과 함께 아랫몸을 옆으로 비틀었다. 관모가 울상이 되어 김 일
병에게 달려들어 그 꿈틀거리는 육신을 타고 앉아 미친 듯이 하체를
굴려댔다.>

    <나>는 다음에도 여러 번 그 기이한 싸움을 구경했다. 그때마다
<나>는 김 일병의 <파란 빛>이 지나가는 눈을 지키면서 속으로
관모의 매질에 힘을 주고 있었다. 그런 때 <나>는 그 눈빛을 보면
서 이상한 흥분과 초조감에 몸을 떨면서 더 세게 더 세게 하고 관모
의 매질을 재촉했다.

    <이상한 일이었다. 나는 왜 그렇게 초조하고 흥분했는지, 또 나
는 누구를 편들고 있었는지, 그런 것을 모른 채, 그리고 그 기이한 싸
움은 끝이 나지 않은 채 6·25사변이 터지고 말았다>(186－187)

2) 이청준, 『병신과 머저리』, 문학과지성사, 2011.

형은 처음에는 관찰자적 입장에서 그들의 행동을 바라보기만 한다. ①에서 오관모는 새로운 신병이 오면 대검을 이용해 위협하며 '내게 배를 내미는 놈은 한칼에 갈라놓는다.'(184)라고 말한다. 그날 밤부터 신병들은 오관모의 말을 괴상한 방법으로 이해하고, 그에게 배를 내밀지 않았는지 그가 신병의 배를 가른 일은 없었다고 한다. 그러던 중 김 일병이라고 부르는 신병이 오자 바로 다음날부터 김 일병은 오관모에게 두들겨 맞기 시작한다. 지라르는 집단적 폭력을 입증하는 네 가지 유형이 있다고 한다. 첫째는 사회적, 문화적 위기의 묘사로 일반화된 무차별현상의 묘사이고, 둘째는 무차별화 범죄이고, 셋째는 희생자로 선택될 표지를 갖고 있고, 넷째는 폭력 그 자체이다. 이것의 상투적인 표현은 폭력은 실재하고, 위기도 실재하고, 희생물은 죄 때문에 선택되는 것이 아니라, 표지 때문에 선택되고, 희생물이 이 위기의 책임을 떠맡고 그 공동체에서 쫓겨난다는 것을 확인하게 한다(김현, 1987: 64-65). 형이 묘사한 오관모의 모습은 '키가 작고 입술이 푸르며 화가 나면 눈이 세모로 이그러지는 독 오른 배암 같은 인상'(184)이고, 김 일병은 '얼굴의 선이 여자처럼 곱고 살이 두꺼운 편이었는데, 콧대가 좀 고집스럽게 높았다'(185)고 묘사한다. 당시 사회적 위기는 전쟁이 일어나기 직전의 군대이고, 계급의 차이를 군율로 다스리던 당시의 상황을 생각해보면, 오관모의 행위는 무차별적 범죄 행위이다. 오관모의 무차별적 범죄 행위는 김 일병의 여성적인 외모에서 희생물이 될 표지를 가지고 있었다고 볼 수 있다. 여자처럼 선이 고운 얼굴을 한 김 일병이 상위 계급자 오관모의 말을 듣지 않고, 고집스럽게 버티는 모습은 김 일병이 어떤 죄를 지은 것이 아니라 희생물이 될 표지를 가지고 있었고, 그러한 폭력이 실재하는 군대라는 위기의 장소이기에 가능한 것이다. 형은 오관모가 김 일병에게 폭력을 행사하는 과정을 처음에는 단지 장난스러운 결과로 보았다. 그러나 형이 가지고 가던 통나무를 빼앗아 김 일병을 폭행하던 오관모의 모습과 그 매질을 끝까지 버티던 김 일병의 모습에서 형은 막연히 바라보던 관찰자의 입장에서 그것을 지켜보는 입장으로 바뀐다. 또한 극렬한 폭행을 버티던 김 일병의 눈에서 '파란 불꽃 같은 것이 지나'(186)간 것을 보고 이후의 그들의 행동을 관심 있게 지켜보게 된다. 김 일병에 대한 오관모의 폭력적인 행위도 그것을 지켜보는 형을 포함한 다른 사람들은 김 일병을 희생자로 그에게 무차별적인 집단 폭력을 행사한 것에 다름이 없다. 군대라고 하지만 오관모의 무차별적인 폭력 행위를 아무도 말려주지 않았고, 서로가 오관모의 행위에 희생되지 않기 위해 김 일병을 희생물로 선택하여 무언의 호기심으로 지켜본 것은 결국 오관모의 폭력 행위에 동참한 것이다. 폭력은 항상 위기의 상황에서 실재하고, 위기의 상황에서 특정한 표지를 가진 가장 나약한 존재는 그 희생물이 된다. 그리고 그 희생물은 결국 그 공동체에서 쫓겨나는 수순을 밟게 된다. 곧이어 6·25 전쟁이 발발하고, 전쟁 중에 형과 김 일병은 군대의 낙오자가 된다.

3.2. 사디즘적 도착 증상과 속죄의식

군대에서 낙오된 형과 부상자 김 일병은 중공군이 내려오는 것을 피해 숨어 있을 동굴을 찾다가 다시 오관모를 만나게 된다. 오관모 또한 군대의 낙오자가 되었던 것이다. 결국 이 세 사람은 전쟁이라는 사회적 위기 상황에서 군대라는 공동체에서 희생된 것으로 볼 수 있다.

그날 밤 관모는 또 나에게로 왔다. 그러나 나는 다른 어느 때보다 역겨워 그를 호되게 쫓았다. 사실로 그것은 역겹고 불쾌한 일이었다.

우리가 이 동굴로 온 첫날 밤, 막 잠이 든 뒤였다. 동굴의 어둠 속에서 나는 몸이 거북해서 다시 눈을 떴다. 정신이 들고 보니 엉덩이 아래를 뭉툭한 것이 뿌듯이 치받고 있었다. 귀밑에서 후끈거리는 숨결을 의식하자 나는 울컥 기분이 역해져서 몸을 비틀었다. 그러나 놈은 가슴으로 나의 등을 굳게 싸고 있었다.

"가만있어……"

관모가 귀밑에서 황급히, 그러나 낮게 속삭였다. 나는 견딜 수가 없었다. 구렁이처럼 감겨드는 놈을 매섭게 밀쳐버리고 바닥에 등을 꽉 붙이고 누웠다. 그는 한동안 숨을 죽이고 있더니 할 수 없었는지 가랑잎을 부스럭거리며 안쪽으로 굴러갔다. 나는 눈을 감았다. 그리고 희한하게도 관모가 김 일병에게서 낮에 말했던 '쓸모'를 찾아낸 소리를 듣고 있었다.

아마 그것은 김 일병이 관모에게 뒤를 맡긴 최초의 일이었을 것이다.

다음날, 김 일병의 표정은 별로 달라지지 않고 있었다. 오히려 얼마쯤 차분해진 쪽이었다.……그렇게 며칠을 지나던 어느 날 밤 관모가 다시 나에게로 와서 더운 입김을 뿜어댔다. 김 일병에게서는 냄새가 난다고 했다. 나는 관모를 다시 김 일병에게로 쫓아버렸다.……관모는 밤마다 나의 귀밑에서 더운 입김만 뿜다가 떨어져나가곤 했다. 내가 할 수 있는 것은 등을 바닥에서 떼지 않는 것뿐이었다.(191-193)

오관모를 다시 만나게 되면서 형과 김 일병의 비극적 상황은 다시 시작된다. 형이 소설에 나타내고자 했던 전쟁의 실체는 오관모라는 인간에 대한 증오심과 자기 고백적 속죄의식이다. 오관모는 밤마다 형의 뒤를 찾아온다. 오관모의 역겨운 행동에 치를 떨며 거부하고, 자신의 뒤를 주지 않기 위해 결국 자기보다 약한 김 일병을 희생시키게 된다. 반복되는 오관모의 행위에 형은 반복적으로 오관모를 김 일병에게 쫓게 되고, 형은 김 일병에 대해 죄의식을 가지게 된다. 생사를 가늠하기 어려운 전시 상황과 오관모의 무차별적 범죄 행위는 일차적 희생자는 김 일병이자만 이차적 희생자는 형인 것이다. 형 또한 이러한 사회적 위기 상황과 오관모의 도착적 행위에 힘으로 맞서지 못하는 김 일병을 희생자로 만드는 것에 동참한 것이다.

형의 비겁한 행위는 전쟁이 끝나고 10년이라는 세월이 흘러도 육체적·정신적 상흔에서 벗어나지 못하고, 6·25 전상자라는 호칭을 받으며, 상처투성이 삶을 살아가게 한다. 형은 기억 속에 오관모의 행위를 증오하지만 그 당시 자신의 비겁한 행동에 대한 강한 죄의식을 가지고 살아온 것이다. 오관모와 형은 둘 다 전쟁이라는 불안정한 상황을 이겨나가는 방법으로 김 일병을 자신의 희생 제물로 삼은 것이다. 오관모는 전쟁의 혼란 속에서 쾌락 추구의 희생물로 김 일병을 학대하였지만, 형은 자기피해를 막기 위해 김 일병의 희생을 묵인하고 방관한 것이다. 형은 왜 오관모의 행위를 저지하지 못했을까. 힘이 약하다면 다른 방법은 없었을까. 형은 단지 자신의 뒤를 주지 않기 위해 오관모를 쫓는 행위에 그치고, 그 외에 오관모에 대한 어떤 위협적 행위도 하지 않았다. 오관모의 가학성과 그에 편승하거나 방관한 형의 공모는 전쟁의 테두리 내에서 발생하였고 전후 지속적인 증오심과 죄의식이라는 부정적 결과를 발생시켰다.

형은 '그 때 나는 김 일병이 죽어도 좋다고 생각'(194)한다. 왜 형은 김 일병이 죽어도 좋다고 생각한 것일까. 김 일병의 팔이 썩어가서 더 이상 살 가망이 없다고 생각해서일까. 빨리 구출해서 살릴 방법이 전혀 없었는가. 형은 군대에 김 일병이 처음 왔을 때 오관모가 김 일병을 지속적으로 괴롭히는 장면에서 이상한 흥분과 쾌감을 느꼈다. 형은 김 일병에 대한 오관모의 매질을 재촉하고, 흥분했다. 형은 오관모의 행위를 증오하면서도 그의 행위에서 알 수 없는 카타르시스의 감정을 느꼈던 것이다. 형도 오관모와 같이 사디즘적 도착 증상을 가지게 된 것이다. 그러한 비인간적인 폭력 상황을 저지하지 않고 지켜보는 것 또한 공모자의 행위로 볼 수 있으며, 형은 전쟁 중 일어난 이러한 상황에 대해 어떠한 진실도 말하지 않고 있다. 오관모와 형, 두 사람은 모두 김 일병을 희생 제물로 삼은 학대의 공모자인 것이다.

형이 김 일병에 대한 죄의식이 크다는 것은 소설을 통해 알 수 있다. 동생에게 보여진 형은 '언제나 망설이기만 할 뿐 한번도 스스로 행동하지 못하고 남의 행동의 결과나 주워 모아다 자기 고민거리로 삼는 기막힌 인텔리'(195－196)였다. 전쟁 중 패잔병이 되어 생사를 가늠하기 어려운 상황에서 자신의 행동을 명확하게 판단하고 행동하기는 어려울 수 있다. 형과 김 일병과 오관모, 세 사람이 함께 공생해야 하는 상황에서는 더욱 누군가를 함부로 할 수는 없을 것이다. 팔을 다친 김 일병의 무력함은 못된 오관모를 함께 처치할 정도의 공모자는 못되었을 것이다. 전쟁의 위기를 벗어난 상황에서 세월은 흘러가지만 형은 최상위 지식인으로 전쟁 중 상황에서 자신이 어쩔 수 없이 한 행동에 대해 반성하고 그에 대한 죄의식을 가지고 전쟁이라는 특수한 상황을 비판할 수도 있다. 그러나, 형은 전쟁에 대한 사회적 책임을 주장하기보다 자신의 책임으로 과거를 한정하고, 현실에서 자신을 희생하는 삶을 살아가는 모습을 보인다. 과거 행위에 대한 속죄의식으로 소설쓰기를 시작하고, 이러한 행위는 형이 보여주는 일말의 양심이자 자기희생의 행위이다. 형은 자기 삶에 충실하며, 이 모든 것을 극복하기 위해 신에게 자신의 죄를 용서받고 자신을 봉헌하는 행위를 하는 것이다.

① 나는 다시 형의 방으로 가서 쓰다 둔 소설과 원고지를 들고 나의 방으로 갔다. 기다릴 수가 없었다. 나는 화풀이라도 하는 마음으로 표범 토끼 잡듯 김 일병을 잡았다. 김 일병의 살해범이 누구인지 확실치도 않은 것을 <나>로 만들어버렸다. 그러니까 <내>(여기서는 형이라고 해야 좋겠다)가 관모가 오기 전에 김 일병을 끌고 동굴로 나와서 쏘아버리는 것으로 소설을 끝내버렸다.(196-197)

② 관모의 움직임은 더 커가는 것 같았다. 금방 팔을 짚고 일어나 앉을 것 같은 생각이 들었다. 짠 것이 계속해서 입으로 흘러 들어왔다. 나는 천천히 총대를 받쳐들고 관모를 겨누었다.
탕!
총소리는 산골의 고요를 멀리까지 쫓아버리듯 골짜기를 샅샅이 훑고 나서 등성이 너머로 사라졌다. 그 소리의 여운을 타고 웬 그리움 같은 것이 가슴으로 젖어들었다. 문득 어리는 그림자처럼 희미한 얼굴이 떠올랐다. 그것은 웃고 있는 것 같았다. 그리고 좀더 확실해지기만 하면 나는 그 얼굴을 알아볼 수도 있을 것 같았다. 오래전부터 나와 익숙했던, 어쩌면 어머니의 배 속에도 있기 이전부터 이미 알고 있었던 것 같은 그리운 얼굴이었다. 그러나 생각이 나지 않았다. 안타까웠다. 생각이 나기 전에 그 수면 위의 그림자처럼 희미하던 얼굴은 점점 사라져갔다. 나는 눈을 감았다. 그리고 계속해서 방아쇠를 당겼다. 총소리가 다시 산골을 메웠다. 짠 것이 자꾸만 입으로 흘러 들어왔다.
탄환이 다하고 총소리가 멎었다.
피투성이의 얼굴이 웃고 있었다. 그것은 나의 얼굴이었다.(205-206)

소설의 결말에서 동생은 오관모가 김 일병을 죽이는 것으로 끝을 맺지만, 형은 김 일병을 죽인 오관모를 죽이는 것으로 끝을 낸다. 형은 김 일병을 살리지 않고, 김 일병을 죽인 오관모를 죽이는 것이다. 소설 속에서 형은 결국 김 일병과 오관모, 두 사람을 살해한 것이다. 그렇다면 진실은 무엇인가. 형은 실제 전시 상황에 오관모를 죽이고, 도망쳐왔을 수도 있다. 오관모를 죽였다고 생각했는데 그가 현실에서 혜인의 결혼식에 나타난 것이다. 결국 형은 오관모를 죽이지 못한 것이다. 현실에서 오관모는 살아서 형을 알아보고 마주하게 된다. 두 사람은 서로를 의식하나 잘못 본 걸로 인정하고 서로 피한다. 형과 마주한 오관모 또한 전쟁 중 자신이 한 행동에 대한 책임으로 형을 똑바로 마주하지 못한 것이다. 형은 오관모를 만나고도 모른 체하고 문을 나서면서 도망쳐 나온 것을 보면 형은 분명 10년 전 그때 오관모를 향해 총을 쏘았다고 짐작할 수 있다. 그때의 그 상흔을 형은 마음속 깊이 지니고 살아온 것이다.

술에 취해 집에 돌아온 형은 자신이 쓴 소설을 북북 찢어서 불태운다. 결국 형은 현실에서 오관모를 죽이지 못한 것이다. 오관모를 죽였다고 생각한 형은 그가 살아 있음을 그제야 확인한 것이다. 죽었다고 생각한 오관모를 현실에서 다시 마주하게 되자 결국 소설에서 자기 고백적 살인 행위에 대해 형은 무의미함을 깨닫는다. '놈이 살아 있는데 이런 게 이제 무슨 소용이냔 말야.'(211)라고 중얼거린다. 형은 김 일병을 희생하고, 오관모를 죽이는 자기 고백적 소설쓰기를 위해 지금까지 겪어왔던 고통의 시간이 아무 의미가 없다는 것을 깨닫게 된다. 속죄의식 속에서 자기의 실존적 모습을 찾으려 하였지만 그런 속죄행위와는 상관없이 전쟁의 상흔인 정체성 혼란은 지속되고 있는 것이다. 전쟁 속에 죽어야 했던 오관모는 여전히 살아 있고, 불쌍한 김 일병만 여전히 희생된 것이다. 전쟁으로 형이 겪은 고통은 오랜 시간이 지난 후에도 치유할 수 없는 상흔(傷痕)으로 남겨진 것이다.

고대 그리스에서 전염병이나 기근, 외세의 침입, 내부의 불안 등과 같은 재앙이 덮쳤을 때, 인간 제물을 준비해서 재앙의 원흉으로 몰아 처형함으로써 민심을 수습하고 안정을 되찾았는데, 이것을 파르마코스(Pharmakos)라고 한다. 이러한 희생의식은 집단 내부에 응축된 폭력성을 속죄와 희생양이라는 특정한 대상을 내세워 분출시킴으로써 카타르시스적 효과를 강화하고, 결과적으로 이러한 희생물은 거대한 폭력에 봉헌되는 것이다(김현, 1987:44-45). 결국 김 일병과 오관모, 형 세 사람은 모두 전쟁이라는 거대한 폭력에 희생된 희생물인 것이다.

전쟁이 남긴 가학의 기억, 죄의식, 자존감의 상실은 치유되기 어려운 것임을 이청준은 소설을 통해 말하고자 한 것이다. 전쟁이라는 거대한 폭력과 부정의 환경 속에서 생존 욕구와 가학에 따른 쾌락 욕구, 반성에 의한 죄의식을 등장인물을 통해 제시하면서 그들의 정체성 상실과 자기희생을 통한 속죄의식을 제시한다. 그러나 그러한 속죄의 틀마저도 전쟁이 남긴 상흔을 완전하게 치유하지 못하고 있음을 보여준다.

4. 전쟁의 상흔을 되새기며

한국전쟁은 전후 한국사회의 구조적 취약을 형성하고 수많은 개인들에게 삶과 사회에 대한 중심 관념을 상실케 하였다. 폭력의 최극단 형태인 전쟁이 사회구조적 폭력과 개인의 폭력성을 만연화하고, 심화시킴은 주지의 사실이다. 그 결과 인간의 삶에 커다란 영향을 주어 왔다. 최인훈과 이청준은 한국전쟁이 남기고 간 각종 형태의 폭력이나 사회가치관의 혼란과 상실을 고발하고자 하였다.

최인훈은 『광장』에서 이데올로기 대립에 의한 전체주의적 억압과 권력의 폭력 현상을 제시하고 최악의 폭력인 전쟁이 발생되었음을 보여준다. 그 전쟁의 연장선 위에서 개인이 가지는 가학성과 피학성을 그려내고 있다. 여러 형태의 폭력이 쾌락과 관련됨을 보여주고, 전후 사회의 실태와 개인의 혼란과 무질서를 강조하고 있다. 『광장』에 나타나는 남북의 극단적 좌우 이념갈등현상과 그에 따라 자행된 남한 권력을 대변하는 사찰계 형사의 사디즘적 폭력 행위와 피학의 대상인 이명준이 향후 북한장교로서 보여주는 옛 친구 태식에 대한 마조히즘적 폭력 행위는 전쟁이나 사회가치나 구조라는 외부 환경이 개인의 폭력성을 유발시키고 심화시킬 수 있음을 보여준다. 주인공 이명준이 희구하는 삶의 의미와 정체성이 위와 같은 여러 폭력에 의해 상실될 수밖에 없음을 묘사한다. 그리고 전쟁포로라는 통제된 환경 하에서 중립국으로의 자유 갈망 또한 선상 폭동에 의해 좌절되고, 전쟁이란 현실적 상황이 이명준 개인에게 작은 자유의 삶조차도 허락하지 않는 암울한 현실이 되는 것을 보여준다.

이청준은 「병신과 머저리」에서 최인훈과는 달리 전쟁의 외형적 폭력이나 사회구조적 억압을 직접적으로 제시하지는 않으면서 전후의 개인들에게 드러나는 정신적 고통과 정체성 혼란을 그려내어 전쟁의 피폐성을 강조하고자 했다. 전쟁 중 개인이 저지르는 위계에 의한 동성 성폭력과 그에 대응하는 주변인이 가지는 자기보호 본능적 동조와 회피행위를 제시하여 폭력 앞에 개인이 얼마나 불완전하고 무기력한 지를 보여주었다. 외부의 가학을 회피하기 위해 묵인과 방관이라는 간접 학대를 해야만 하는 인간의 나약함을 여실히 보여주고 있다. 「병신과 머저리」에서 형이 경험한 한국전쟁은 격렬한 전투의 현장이 아니었다. 전쟁은 형에게 오관모의 폭력에 대한 증오심과 김 일병에 대한 죄의식의 상처만을 남게 한다. 생사를 가늠하기 어려운 전투 상황에서 오관모의 부정한 행위와 김 일병에 대한 형의 방관적 행동은 형 또한 김 일병을 구하지 않은 공모자의 죄의식을 갖게 한다. 전쟁이 끝난 후 6·25 전상자라는 호칭으로 내적 상처투성이의 삶을 살아가는 형은 소설쓰기를 통해 자신의 죄를 봉헌하지만 현실에서 마주한 오관모를 보고 자신의 내적 고통과 그 죄에 대한 속죄 행위가 무의미함을 깨닫게 된다. 전쟁이 주는 각종 폭력의 피해는 치유되는 것이 아니라 그대로 존재함을 보여주어 전쟁이 인간 개인에게 끼치는 부정적 단면을 제시한 것이다.

두 작품에서 나타나는 전쟁은 개인에게 치유되지 않는 상흔만을 남기는 것이다. 폭력에 의한 가학성과 피학성이라는 정신분열적 폐해와 수많은 죄의식은 전쟁의 흔적으로 매우 오래 지속되고 인간의 실존적 의미를 훼손시킨다. 『광장』과 「병신과 머저리」는 이러한 문제를 다루고 우리에게 성찰의 기회를 부여하고 있다. 우리는 시간이 지나면 상처는 치유되는 것으로 생각한다. 외적인 상처는 그럴 것이다. 그러나 전쟁이라는 거대한 폭력적 현실과 사회적 상황이 가져온 개인에 대한 상처는 시간이 지나면 치유되는 것인지 고민해봐야 한다. 겉으로 보이는 경제적, 정치적, 군사적, 사회적 모습은 경제적인 수치와 현상으로 보기 좋게 치유된 것처럼 보일 수 있다. 그러나 개인이 받은 내적인 상처는 수치나 현상으로 보이지 않는 것이다.

소설 속 두 인물을 통해 살펴본 전쟁의 상처는 결코 치유되지 않는다. 『광장』에서 이명준은 결국 죽음을 선택했고, 「병신과 머저리」에서 형은 10년이라는 시간이 흘렀음에도 그 상처는 치유된 것이 아니라 내적으로 침잠되어 있다. 문학 속 전쟁의 잔상을 통해서도 전쟁은 개인에게 치유할 수 없는 상처만 남긴다는 것을 알 수 있다.

지금 현재 우리는 지구 곳곳에서 일어나는 수많은 테러와 크고 작은 전쟁 속에 살아가고 있다. 전쟁은 결코 우리 사회에서 다시 일어나서는 안 된다. 전쟁의 폭력적 현실은 지금 우리의 삶을 송두리째 뒤흔들고 파괴할 것이다. 우리 모두는 현재 삶의 작은 행복이라도 지키고 싶은 마음으로 살아가고 있다.

이러한 시점에서 두 작품을 통해 전쟁이 개인에게 미치는 폭력과 억압에 의한 내적 참상을 고발하고 현대에 만연하는 각종 전쟁과 테러에 의한 인간성 상실의 문제를 한번 더 각인하는 것은 중요한 의미가 될 것이다. 전쟁의 참상은 단기간에 회복될 수 있는 것이 아니고, 사람들에게 경제적 빈곤함과 더불어 정신적 충격을 주며, 그것을 회복하기에는 과거보다 더 오랜 기간이 걸릴 것이다. 점점 잊혀져가고 있는 전쟁의 참상을 되새기며, 첨단 미래사회의 도구적 전쟁은 결국 환상이 아니며, 전쟁의 발발은 지금의 안일한 시대로 결코 회복될 수 없을 것이다. 물질적 빈곤이 삶의 질을 결정하는 시대에서 정신적 빈곤은 더 큰 삶의 질을 결정할 수 있다. 전쟁은 이 둘을 일시에 파탄시키는 것임을 인류는 반드시 기억하고 상기해야 한다.

황석영 소설 『바리데기』의
생사관(生死觀)

황석영 소설 『바리데기』는 죽은 이를 천도하는 '황천무가(黃泉巫歌)'에서 무속신의 원조라고 할 수 있는 서사무가 「바리공주」를 모티브로 하였다. 이 서사무가는 그리스의 오르페우스나 북유럽의 오딘 신화처럼 영혼을 구제하기 위해서 저승을 다녀오는 구조를 가지고 있다. 무당들은 '바리'를 자신들의 원형신화로 여기고 '바리할미'를 샤먼의 무조(巫祖)로 밝히고, 무조 바리가 겪는 고통과 수난에 대한 줄거리를 구송하여 '고통받는 고통의 치유사', '수난당하는 수난의 해결사'임을 자처하였다(황석영, 2007:293－294).

소설 『바리데기』에서 주인공 바리는 살아가는 동안 수많은 죽음을 마주하고, 그녀의 의지와 상관없이 처해진 환경에 의해 북한에서 중국으로, 중국에서 영국으로 삶의 터전을 이동한다. 이러한 상황에 따른 이동의 과정에서 바리는 삶에 대한 다양한 감정을 표출한다. 바리의 고단한 삶의 여정과 그녀가 직면하는 사랑하는 이들의 죽음 속에서 느끼는 고통과 그 고통에 대한 치유의 과정을 모색하고자 한다.

1. 연구사 검토

필립 아리에스(Phillipe Aries)의 죽음의 역사에 의하면 근대 이전 시기에는 죽음을 금기가 아닌 자연스런 수용의 대상으로 인식하여 종교와 문화의 일부로 취급하였다. 그러나 근대과학시대가 도래하면서 과학적 패러다임이 이전의 가치관들을 대체하게 되었고, 삶과 죽음은 물화(物化), 양화(量化), 타자화(他者化)되었다. 근대인은 "자신의 존재 근거를 자기 자신에게서 찾을 수밖에" 없었고 개별성을 강조하는 개인주의 경향이 확대되어 기존 사회공동체가 담당하였던 정체성 정립을 이제는 온전히 개인이 감내해야하는 사회로 변모하게 되었다. 실존적 의미를 갖는 '죽음'의 사회적 인식과정은 급격하게 감소되었고, 죽음은 더 이상 '중요한 사회화 대상'으로 여겨지지 않게 되었다(박상환, 2005: 천선영, 2012).

지금까지『바리데기』에 대한 연구를 살펴보면, 민족 문제에 초점을 둔 연구가 많았다. 김인숙(2012)은 민족문제가 다루어지는 방식에 주목하였고, 이평전(2017)은 황석영 소설에 나타난 동아시아의 담론을 연구하면서 동아시아 담론과 '네이션' 문제의 직접적 연관성을『바리데기』에서 규명하고 있다. 박승희(2010)는『바리데기』에 나타난 계속된 바리의 이주를 민족적 서사와 세계적 연대적 관점에서 가치적 평가를 하였다.

신동흔(2018)은 설화적 구조성의 회복이 소설의 미래적 발전의 토대가 될 수 있다는 시각에서 『바리데기』에 나타난 '이야기'의 재현 문제를 살펴보았고, 김재영(2012)은 여러 나라를 떠도는 바리의 삶을 유랑 서사로 표현하여 비참한 세계 현실을 증언하였다. 이명원(2007)은 『바리데기』의 바리는 젠더(gender)적 측면에서 남근중심주의 세계관 아래의 이데올로기적 화해와 승화란 관념을 배제하여 완결된 결말로 인정하지 않고, 비참의 풍경을 열어둔 것이라고 표현하였다. 정연정(2010)은 서사무가 「바리공주」와 소설 『바리데기』를 중심으로 서사무가와 소설의 구조적 상관관계를 연구하였다.

죽음에 관한 연구로 안옥선(2006)은 불교의 관점에서 삶과 죽음은 오온(몸/형상色, 느낌受, 생각想, 의지/업行, 의식識)에 대한 집착으로 그 고통이 반복되는 것이라고 하였다. 반복되는 생사윤회의 속박에서 벗어나는 것이 삶의 목표이고, 그 방법으로 팔정도(八正道)를 제시하였다.

김정현(2018)은 현대인의 죽음에 대한 의미와 삶의 방식, 죽음으로 소외, 죽음에 대한 성찰을 연구하였다. 죽음을 삶에서 밀어내기보다 삶의 한 과정으로 수용하는 '메멘토 모리(memento mori, 죽음을 기억하라)'의 사상으로 소외된 현대인의 삶을 건강하게 회복하는 작업이 될 것이라고 하였다.

김지혜(2018)는 현대 소설을 통한 청소년들의 죽음교육의 방향점을 고찰하고, 죽음교육의 방안을 마련하고자 하였다. 죽음교육을 죽음에 대한 가치적, 행동적 차원에서 연구하였다.

죽음에 관련한 연구는 다수이고, 청소년을 대상으로 교과서 소설에서 죽음교육에 관한 연구도 있다(김도희, 2010:강수빈, 2013). 그러나 교과서 밖의 다양한 문학을 통한 죽음과 관련한 논문은 아직 미진한 편이다.

본 연구는 소설『바리데기』에 나타나는 수많은 죽음을 살펴보며, 이들의 죽음을 직면하는 바리의 입장을 면밀히 분석하여, 삶에서 마주하는 죽음과 그 죽음이 남기는 여러 감정과 그러한 감정에 대처하는 방법을 찾고자 한다.

우리는 살아가면서 많은 죽음들과 직면하고 그것을 어떻게든 극복하기 위해 노력한다. 그러나 죽음에 대한 감정은 칼로 베어지듯 깨끗하게 정리되는 것이 아니라 그 감정을 극복하기 위해 많은 시간과 노력이 요구된다. 이러한 죽음에 관한 감정을 문학 작품을 통해 분석하여 개인의 감정을 충분히 이해하고 치유할 수 있는 계기를 만들고자 한다. 이를 통해 현대에 난무하는 많은 위기 상황에 대처하고, 현대를 살아가는 우리가 삶에 대한 진정한 의미를 찾고, 죽음에 대한 두려움을 극복하여 안정적인 삶의 방향을 제시하고자 한다.

2. 생사관에 대하여

삶과 죽음의 비극적 가치수용 문화에 대한 반향 현상으로 죽음학(thanatology)이 출현했고, 지속적이고 심도 있는 논의과정을 거치면서 죽음학이 독립적인 학문체계로 자리 잡기 시작했다. 인간 모두에 대한 죽음의 필연성이 죽음학의 출발점이며 죽음의 두려움을 극복하자는 것이 죽음학의 목표이다. 물론 죽음에 대한 두려움을 극복할 수 있는가에 대해 의문을 던지는 다양한 논의도 존재하지만 죽음관련 실험을 통해 죽음에 대한 직면이 삶의 태도에 긍정적 효과가 있다고 본다. 죽음에 대한 두려움은 인간으로 하여금 비논리적으로 죽음을 부정하게 하고 극단적인 판단과 행동을 하도록 하는데, 이것을 '죽음현저성'(mortality salience)이라 한다. 죽음의 현저성은 사람들의 이성적 능력을 혼란하게 하고 내집단 편향성을 갖게 하는 부정적 측면이 있지만 다른 한편으로 죽음에서 비롯되는 이타심의 증대, 건강에 대한 열망 증가, 공정성 강화, 삶의 재평가 기능이라는 긍정적인 효과 등을 입증하기도 한다.[1] 그러므로 사람들이 갖는 죽음에 대한 이미지가 중요하다.

'죽음학'은 1959년 미국 심리학자 헤르만 화이펠(Herman Feifel)이 편집한 *The Meaning of Death*를 시초로 학문의 영역으로 본격화되었다. 다양한 관점의 학제 간 연구를 통한 죽음학 연구 성과가 제시되어 대학 및 교육기관에서 죽음 준비교육의 필요성을 인식하는 계기가 되었다.

죽음학은 학제적 용어로 thanatology, death studies, death education 을 혼용하여 사용하고 있으며, 철학, 종교학, 의학, 심리학, 문학, 예술 등 전 영역의 학문들에 걸친 학제 간 융합방식을 적용하여 죽음과 그

---

1) 내집단 편향성의 가장 큰 예로 미국의 9.11 테러 사건과 세월호 참사를 들 수 있다. 2001년 9월 10일까지만 해도 조시 부시 전 대통령은 종전의 대통령들과 비교했을 때 최악의 지지율을 보이고 있다. 그러나 3주 뒤, 그는 정치적 여론 조사 결과 역대 가장 높은 지지율을 보였다. 이 이유는 9.11이 죽음을 상기시켰기 때문에 사람들은 부시 전 대통령과 그의 정책을 옹호하게 되었다고 생각했고, 여러 실험을 통해 이것은 입증되었다. 앤드류 실케 교수는 우리나라의 세월호 참사에도 공포관리이론이 적용된다고 말한다. 대부분 재난을 겪을 때마다, 혹은 많은 사람들이 목숨을 잃을 때마다, 대부분의 언론 매체에서 사건을 보도하고, 모든 사람이 이를 시청하기 때문에 대다수의 사람들은 죽음 현저성 상태에 놓이게 된다. 2014년 4월 16일에 발생한 세월호 참사는 온 국민을 죽음 현저성 상태에 놓이게 했다. 세월호 참사를 경험한 우리 국민은 내집단과 외집단 역학이 발생하고, 내집단의 중요한 가치에 대한 단결성이 더욱 강화된다. 이들을 비난하는 사람들은 누구든지 경멸을 받고, 그들의 외집단이 된다. 외집단은 사람들의 죽음에 책임이 있다고 여겨지는 사람들이다. EBS <데스>제작팀, 『죽음』, 책담, 2005, 59~61.

와 관련된 주제를 통합적으로 다루는 학문 분야를 의미한다(곽혜원, 2014).

사생학(死生學)은 1970년대 일본의 호스피스 케어와 시작되었고, 서양의 죽음학에 상응하는 개념으로 어원적 뿌리를 가토 도쓰도의『사생관』(1904)에 두기도 하고,『논어·안연』편의 '死生有命, 富貴在天'이라는 문구에 두기도 한다(시마노조 스스무, 2010). 동경대학교 사생학연구진은 서양의 죽음학과 차별화하여 죽음을 사생학이라는 범주에서 정의하고 있다. 서양의 죽음학이 생과 사를 단절적으로 보고 주로 영성을 바탕으로 한 죽음준비교육과 인간 심리의 정신적인 측면에 중점을 두는 것에 비해, 일본의 사생학은 서양 죽음학의 기본적인 요소를 수용하면서 전통적인 사생관 및 생명윤리의 문제까지도 포함시킴으로써 연구 대상의 외연을 확장하고, 실천학으로서 죽음학을 정립한다(배관문, 2015).

생사학(生死學)은 대만에서 푸웨이쉰이 '죽음학'을 '생사학'으로 번역하고, '죽음교육'을 '생사교육'으로 변환하여 사용하면서 시작되었다. 서양의 죽음학이 호스피스 케어 및 터미널 케어, 죽음교육 및 죽음과 관련된 현상연구에 초점을 두고 있어서 삶의 가치적 문제를 등한시한다는 시각에서 생사학이라는 개념을 변환하여 제시하였다. 죽음학에 삶의 문제를 접목하였기에 생사학이나 사생학은 죽음학을 기반으로 확대된 범주의 학문이다(곽혜원, 2014).

죽음학에서 생사학으로 영역이 확대된 이유는 첫째, 죽음을 바라보는 관점의 차이가 있기 때문이다. 심리학을 배경으로 하는 죽음학은 죽음의 인식불가능성에 근거한 불안과 공포에서 연구가 시작되었고, 삶과 죽음을 이원화하는 학문적 입장을 견지하면서 죽음에 대한 인식 및 죽음과 관련된 여러 가지 현상을 파악한다. 이와 반대로 생사학은 삶과 죽음을 일원화하여 생사라는 연결된 문제를 연구대상으로 한다. 또한 죽음을 극복하는 것이 죽음학의 바탕이라면 생사학에서는 무(無)에서 유(有)로, 유(有)에서 무(無)로 형태의 변화만 있을 뿐 삶과 죽음을 순환하는 관계로 규정한다.

둘째, 죽음에 대한 연구영역의 차이다. 죽음학은 임종과 관련한 호스피스 케어와 터미널 케어, 사별에 따른 비탄작업, 죽음교육과 같이 현실영역에서 다양한 심리학적, 의료적 접근을 활용한 well-dying을 그 대상으로 한다. 하지만 생사학은 죽음에 대비한 절차나 태도뿐만 아니라 삶의 가치에 대한 문제까지 확장되어 생사관, 생명윤리 등 삶의 주제를 다루고 있어 well-being, well-living과 well-dying을 함께 포괄한다 (양준석, 2016).

셋째, 죽음에 대한 문화적 차이다. 죽음학은 시신을 보고 만지는 관 체험 등 경험론적으로 체험을 통해 죽음을 인식하는 것에 익숙한 문화이다. 하지만 생사학은 동양의 유교적 윤리에 주로 기초하고 있기 때문에 형식적으로 죽음을 두려워하지 않는 상례를 중요시하고 있다. 동시에 죽음에 대해 구체적 언급을 꺼리는 경향이 있다. 이러한 문화성을 고려해 '죽음학'보다 '생사학'이라고 표현하는 것이 동양적 정서에 적합하다(양준석, 2016).

생사학은 태어나서 죽을 때까지의 생애 전 과정을 거쳐 이루어지는 인간의 삶과 죽음에 관한 총체적인 학문이라 할 수 있다. 넓은 의미로는 개인을 넘어선 인문학과 사회과학 및 문화 예술을 유기적으로 융합하는 학제 간 연구이고, 좁은 의미로는 개인의 생명과 죽음에 관련된 연구로 볼 수 있다.

본 연구에서는 삶과 죽음은 따로 떼어 나누지 않고, 삶과 죽음은 함께 아우르는 생사관의 관점에서 논의할 것이다.

3. 바리가 직면하는 가족들의 죽음

신체적 · 심리적 존재의 종말을 가져오는 죽음은 불안의 기본적인 원천이다. 인간은 어떤 식으로든 이러한 위협에 대처해야 하지만, 일상에서 이러한 위협을 즉각적으로 대처하기는 쉽지 않다. 불안이라는 감정과 공포를 비교해보면 공포의 극적인 플롯은 신체적 행복에 대한 구체적이고 갑작스러운 위험과 직면하는 것인데, 그 위험이란 상해, 또는 죽음이 곧 닥쳐올 것이라는 전망이다. 바리는 살아가면서 지속적인 생명에 대한 위협과 수많은 죽음을 직면한다. 바리가 맞게 되는 많은 위협과 죽음에서 가까운 가족들의 죽음은 바리의 삶에 직접적인 영향을 미친다.

> ① 나를 받아낸 할머니는 그냥 핏덩이째로 옷가지에 둘둘 싸놓고는 어찌할 바를 몰라 미역국을 끓일 생각도 못하고 부엌 봉당에 멍하니 앉아 있었다. 엄마는 소리죽여 울고 앉았다가 나를 그대로 안고 집밖으로 나가 동네에서 멀리 떨어진 인적없는 숲에까지 갔다. 엄마는 소나무숲 마른 덤불 사이에 나를 던지고는 옷자락을 얼굴에 덮어버렸다고 했다. 숨이 막혀 죽든지 찬 새벽바람에 얼어 죽든지 하라고 그랬을 게다.(9)[2]

---

2) 황석영,『바리데기』, 창비, 2007.

② 나는 현이의 몸 위에 검게 얹힌 아주 부드러운 연기 같은 것이 뭔지는 몰랐지만 그애에게 가까이 가서 그것 떼어줄 수는 없을 것 같았다. 나는 혼자 마음속으로 생각했다.

언니야, 너 떠나려고 하는 줄 내 다 안다.

우리는 이불 속에 하반신을 넣고 모두 앉은 채로 끄덕끄덕 졸다가 잠들었다. 그날밤 현이는 죽었다. 몸이 너무 쇠약해진 데다 한기를 배겨내지 못했던 것이다. 그러나 아버지 할머니 그리고 나 세 사람 누구도 정말 눈물 한방울 흘리지 않았다. 아버지가 그애를 옷가지와 비료포대 여러 장으로 둘둘 말아서 안고는 움집을 나서면서 눈을 사납게 부라렸다.

따라오지 말라!(76)

③ 할마니, 호미 좀 달라요.

하고 그녀의 팔을 잡는데 할머니가 옆으로 스르르 넘어갔다. 할머니의 팔이며 어깨가 뻣뻣했다. 할머니의 얼굴을 내려다보니 눈은 감고 있는데 코피가 한 줄기가 흘러나와 주름살투성이의 입언저리에 와서 멎어 있었다. 나는 할머니의 가슴에 머리를 대고 들어보다가 손가락을 코밑에 대어보기도 했지만 그녀는 죽은 게 틀림없었다. 나는 한참이나 곁에 앉아서 엉엉 울었다. 시간이 많이 흐른 뒤에야 빈 숲속에 내 울음소리만 퍼져나갔다가 돌아오는 걸 느끼고 울음을 그쳤다. 나는 몇 시간이나 멍하니 앉았다가 호미로 땅을 파기 시작했다. 내 기운으로는 깊이 팔 수도 없었다. 그저 할머니의 시신을 감추기에 맞춤했다고나 할까. 할머니를 끌어다 옮겨놓고 흙을 도톰하게 덮었다. 흙을 덮을 적에 차마 보기가 싫어서 얼굴 위에다 우리가 늘 가지고 다니던 비료포대를 덮어드렸다.

아부지 오시문 다른 데 양지쪽에 모세드리께요.

나는 터덜터덜 산을 내려왔다. 이제 아무도 없는 움집에 나혼자 남은 것이다.(84-85)

④ 흘리랴 순이가 구겨진 헝겊인형처럼 계단에 던져져 있었다. 나는 얼른 아기를 끌어안았다.

순이야, 순이야!

아기의 고개가 뒤로 툭 떨어졌다. 나는 몇번 더 고함을 쳤지만 집은 텅 비었는지 아무도 내다보는 사람이 없었다.

병원에 가서 아기가 이미 죽었다는 걸 확인하고서도 나는 믿을 수가 없었다.(260)

①은 바리가 맞이한 첫 번째 죽음으로 자신의 죽음이다. 바리는 태어나자마자 딸이라는 이유로 어머니에게 버림받고 인적 없는 숲에 버려진다. 버려진 바리를 흰둥이가 구해서 집으로 돌아오지만 흰둥이가 없었다면 바리는 죽었을 것이다. 서사무가 「바리공주」처럼 바리는 태어나자마자 부모에게 버림받고, 죽음이라는 위험한 상황에 놓이게 된다. 바리가 죽지는 않았지만 태어나자마자 죽음의 위협에 처한 상황은 바리가 앞으로 살아가는 삶에서 죽음에 대한 근원적이고, 지속적인 불안감을 형성하는 계기가 된다.

모든 인간은 죽음을 피할 수 없고, 죽음에 대한 두려움을 가지고 있다. 박탈 이론에 따르면 죽음이 나쁘다고 할 수 있는 핵심적인 이유는 '좋은 것을 앗아가기 때문'이다. 죽음이 나쁜 것이라고 말할 수 있는 있는 핵심적인 근거는 '추구할 만한 가치가 있는 삶을 빼앗아간다는 사실'에 있다. 죽음은 선택할 수 없다. 우리 모두 죽을 것이라는 사실은 '필연적인' 진실이다. 죽음의 필연성을 '개별적'('나'는 죽을 것이라는 사실)문제와 '보편적'('우리 모두' 죽을 것이라는 사실)문제로 나눠서 살펴보면, 내가 죽을 것이라는 사실 앞에서 할 수 있는 건 아무것도 없다는 사실을 받아들이는 순간, 깨달음의 고통은 사라진다. 스피노자

(Spinoza)는 "인생에서 일어나는 '모든 일'이 필연적이라는 사실을 깨닫게 된다면, 우리는 그것들로부터 감정적 거리감을 유지할 수 있다."고 믿었다. '죽음의 필연성'을 이해하고 이를 내면화할 수 있다면, 우리는 죽음을 덜 부정적으로 바라볼 수 있다는 것이다. 우리 모두 죽을 것이라는 사실은 매우 슬픈 일이지만 그 슬픈 사실이 내게만 주어진 운명은 아니라는 생각에 조금은 위안을 얻을 수 있다(셸리 케이건, 2012:375－378). 바리는 태어나자마 죽음의 위협에 있었고, 살아가는 동안 가까운 가족의 많은 죽음을 지켜보며 죽음의 필연성에 대해 깊이 생각했을 것이다. 자신의 죽음도 언젠가는 일어날 것이라고 인정하고, 가까운 가족의 죽음을 조금씩 이해하고 받아들이기 시작한다.

②는 바리가 맞게 되는 백두산 골짜기의 현이의 죽음이다. 현이의 죽음은 얼마나 살지 모른다는 '죽음의 가변성'으로 이해할 수 있다. 죽음은 필연적 사실이지만 수명은 저마다 다르다. 모든 사람이 똑같은 나이에 세상을 떠나는 것은 아니다. 도덕적 차원에서 바라볼 때 가변성은 죽음을 더 나쁘게 만들고 있다. 대부분의 사람들은 불평등을 도덕적인 악으로 간주한다. 평균 수명 '이하'로 삶을 마감하는 사람들의 입장과 평균수명 '이상'으로 오래 사는 사람들의 입장으로 생각해보면, 평균수명 '이하'의 사람들의 관점에서 가변성은 억울한 일이다. 언젠가 죽을 거라는 사실은 분명 나쁜 것이다. 그러나 더 나쁜 것은 다른 사람들보다 빨리 죽는 것이다. 이는 죽음을 더 나쁜 것으로 만든다. 평균 이상을 사는 사람은 자신이 언젠가 죽을 거라는 사실은 나쁜 것이지만, 그래도 평균보다 오래 살아서 다행이라고 생각할 수 있는 것이다. 그것은 죽음을 좀 더 좋은 것으로 만들어 준다. 이것은 균형을 이루지만 심리적인 영향을 줄 수 있다. 평균수명 '이상'의 삶을 사는 사람들이 누리는 기쁨

보다 평균수명 '이하'의 사람들이 받는 슬픔이 더 크다고 볼 수 있다. 이것은 죽음의 가변성으로 인해 발생하는 추가적인 악이 추가적인 선을 능가하는 것이다(셸리 케이건, 2012:378−380). 현이는 바리와 한 살 차이나는 언니였지만 몸이 약해 동생 같은 언니였다. 그런 현이가 13살이라는 어린 나이에 백두산 골짜기에서 겨울을 나지 못하고 얼어 죽게 된다. 바리의 입장에서 현이의 죽음은 필연적 사실이지만 평균이하의 삶을 살고 갔기 때문에 억울한 죽음이 될 수밖에 없고, 심리적으로 그 슬픔은 더 클 수밖에 없다. 특히 여섯이나 되는 언니들이 모두 어디로 떠나고 현이만 곁에 있던 중에 현이의 죽음은 바리에게 억울하고 슬픈 죽음일 수밖에 없다. 현이의 장례식을 제대로 치루지 못하고, 현이의 시체를 들고 가는 아버지가 따라오지 말라며 소리치는 모습은 어린 바리에게 동기의 죽음을 이해하기보다 시간이 지날수록 아픈 상처가 되었을 것이다.

③은 바리가 맞게 되는 할머니의 죽음이다. 할머니의 죽음은 언제 죽을지 모르는 '죽음의 예측불가능성'으로 이해할 수 있다. 우리 모두 죽을 것이라는 사실은 필연적이며, 어떤 사람들은 다른 사람들보다 더 오래 살기도 한다. 게다가 우리 모두는 자신에게 얼마의 시간이 더 남았는지 알지 못한다. 예측불가능성은 우리에게 얼마나 '더 많은' 시간이 남아 있는지 모른다. 그래서 장기적인 계획을 세우기가 어렵다. 인생의 목표를 세우고 이를 이룩하기 위해 장기적인 계획을 짜는데 죽음이 느닷없이 찾아온다면 계획한 일을 모두 망치게 된다. 예측불가능성은 죽음을 더 나쁘게 만든다. 인생의 전반적인 가치는 무엇보다 그 '서사적 궤적(narrative arc)'이 중요하다. 삶의 전반적인 형태에 관심을 기울이는 한, 우리는 전반적으로 '이상적인' 삶의 형태에 대해 고민하게 되므

로 예측불가능성은 죽음에 부정적인 요소를 추가한다. "내게 얼마나 많은 시간이 주어져 있는지 알게 된다면, 지금과는 다른 삶을 살고 싶은가? 내게 주어진 시간을 알게 된다면, 정말로 원하는 일에 더 집중하게 될까?" 이런 질문에 고민해봄으로써 우리는 자신이 삶에서 정말 어떤 것들을 가치 있게 여기고 있는지 확인할 수 있다(셸리 케이건, 2012: 380-388).

할머니는 바리가 살아오는 동안 바리를 옆에서 돌봐주고, 지켜준 분이다. 바리는 부모님보다 할머니에게 의지하여 지금까지 자라온 것이다. 이러한 바리에게 할머니의 죽음은 세상의 모든 것과 바꿀 수 없는 가치를 지닌 것이다. 할머니가 평균 이상의 삶을 살았지만 바리의 미래 계획에서 할머니는 항상 옆에 존재하는 분이어야 한다. 어린 바리가 할머니의 주검을 묻고 아버지가 오면 더 좋은 곳으로 묻어주겠다고 다짐하는 모습은 성인으로서도 감당하기 어려운 상황일 것이다. 그래서 소설 『바리데기』에서 바리는 현실에서 할머니의 죽음은 어쩔 수 없이 받아들이지만 할머니에 대한 존재적 가치를 잊을 수 없다. 결국 바리는 할머니와 영적인 대화를 나누며 바리가 살아가는 동안에 넋을 띄워 바리의 삶을 예견하고, 지켜주는 인물로 소설 끝까지 존재하게 된다. 바리에게 할머니는 바리 삶의 존재에 대한 가장 큰 가치를 지닌 존재이다.

④는 바리의 딸 홀리야 순이의 죽음이다. 홀리야 순이의 죽음은 가변성과 예측불가능성으로 이해할 수 있다. 바리의 딸 홀리야 순이는 8개월 된 아기이다. 바리에게 너무도 소중하고 귀한 존재인 순이가 평균이하의 수명을 살고, 예측할 수 없는 순간에 죽었다. 이것은 바리가 심리적으로 받을 슬픔의 크기가 다른 누구의 죽음보다 클 수밖에 없다. 바

리는 홀리야 순이의 죽음을 인정하는데 오랜 시간이 걸리고, 그 슬픔을 받아들이면서 샹에 대한 원망을 다짐할 수밖에 없다. "샹 나쁜 년, 널 죽여버릴 거야."(262)라는 다짐은 결코 바리의 슬픔을 극복할 수 있는 것은 아니지만 순이의 죽음을 인정하고 슬픔을 받아들이는 정도일 것이다. 순이 죽음의 직접적인 원인인 샹에 대한 바리의 원망은 결코 단순하지 않지만, 바리가 샹을 죽이지는 않았다. 샹을 죽이고 싶을 정도의 미움과 원망을 한 것이다. 그러나 그러한 바리의 미움과 원망 때문인지 알 수 없으나 샹은 스스로의 삶에서 죽음을 선택하게 된다.

그 외에 바리가 맞게 되는 가족들의 죽음은 알리 동생 우스만의 죽음과 아버지의 죽음, 어머니와 다른 언니들의 죽음이다. 그들의 죽음은 '어디서 어떻게 죽을지 모른다'는 '죽음의 편재성'으로 이해할 수 있다. 죽음은 '언제 어디서나(ubiquitious)' 일어난다는 사실은 언제 어디서든 죽을 수 있다는 사실이다. 우리는 '지금', '여기서' 죽을 수도 있다. 예측 불가능성이 곧바로 '편재성(遍在性, ubiquity)'으로 이어지는 것은 아니지만 죽음의 가능성은 언제 어디서나 존재하는 것이다. 죽음의 편재성은 죽음을 더 나쁜 것으로 만든다. 죽음의 가능성을 감수하면서도 기꺼이 하고자 하는 일들에 대해 생각해봄으로써, 자신이 진정으로 어떤 일을 가치 있게 여기고 있는지 확인해볼 수 있다. 이런 고민의 과정에서 우리는 죽음의 위험을 기꺼이 감수할만한 활동들을 발견할 수 있다. 우리가 인정해야 할 것은 삶이 더 많은 것을 선사할 수 있는 동안에도 '죽음의 가능성을 높인다'는 이유로 그런 활동을 기꺼이 하는 사람들이 존재한다는 사실이다. 도전의식을 자극하는 활동들이 그리 많지 않다고 해도 분명 존재한다. 죽음의 가능성이 오히려 욕망을 자극한다면, 죽음의 편재성은 나쁜 게 아니라 좋은 것이다. 그러나 죽음의 스릴을 추구하는 사람들은 죽음의 위압감에 맞서는 것을 '용감한' 행동이라고 생각하기 때문에 죽음의 편재성을 특별히 좋은 것이라고 볼 수는 없다(셀리 케이건, 2012:388－392). 바리의 아버지는 몸을 추스리자 어머니와 언니들을 찾아 떠났다. 찾을 수 있을지 없을지를 가늠하기 어려운 상황에서 아버지는 가족을 찾아야 한다는 일념으로 추운 겨울 백두산 오두막을 나선다. 닷새 만에 돌아오겠다는 아버지는 그 후로 다시 만나지 못한다. 바리의 꿈에 아버지와 어머니, 두 언니들은 모두 죽은 것으로 나타난다. 아버지는 가장으로써 자신의 몫을 다한 것이다. 비록 할머니와 바리를 남겨 두고 갔지만, 그것은 다시 돌아올 것을 기약했기 때문이다. 알리의 동생 우스만도 영국에 살면서 위기에 처한 조국을 구하기 위해 친구들과 파키스탄으로 떠난다. 결코 살아서 돌아 올 수 있을지 없을지를 장담할 수 없음에도 그들은 죽음을 무릅 쓰는 용감성을 자처한 것이다. 죽음의 편재성은 죽음의 가능성에도 불구하고 많은 사람들의 욕망을 자극하고 어디서나 어떻게든 죽음을 맞이할 수 있다는 것을 보여준다. 바리는 그녀의 영매적 능력으로 그들의 죽음을 받아들인다. 바리의 남편 알리가 죽을지도 모르는 위험한 곳으로 동생 우스만을 찾아 떠나는 것도 가족이라는 끈에 의한 알리의 용감성이고, 그러한 알리를 바리가 가지 말라고 말리지 못한 것도 어쩔 수 없는 바리의 입장이다. 알리가 무사히 살아오기만을 바랄 수밖에 없는 바리의 상황은 알리 못지않은 용기와 인내의 시간이라고 할 수 있다. 바리가 맞게 되는 가족들의 죽음은 바리 삶에서 근원적인 불안감을 형성한다. 가족들의 죽음은 바리가 살아가는 동안 죽음에 대한 두려움과 공포를 떨쳐버리지 못하게 한다. 그것은 결국 바리에게 영적인 힘을 부여하여 바리가 어떤 위기 상황도 극복할 수 있는 강한 존재로 만들게 된다.

4. 서천여행에서 만난 망자의 죽음 의미

사람들은 살면서 여러 죽음을 바라보지만 소설 속 바리는 너무 많은 죽음과 직면한다. 신체적 죽음과 심리적 죽음은 존재의 종말에 대한 근원적인 불안을 주지만 당면한 많은 죽음은 바리에게 죽음을 초월하는 영적인 능력을 부여하게 된다. 유가(儒家)에서 죽음에 대해 관심을 가지는 이유는 죽음 자체나 죽음 이후에 대한 존재론적 관심보다는 죽음이 포함하고 있는 '의미적'인 측면에 있다. 죽음이라는 생리적인 사실을 의미의 영역으로 전환시켜, 우리의 삶과 어떤 의미 연관을 가지고 있는가 하는 문제를 집중적으로 부각시켜 죽음을 삶의 완성으로 승화시키려 한다. 죽음은 결코 생명활동의 끝이 아니라 도(道)나 인(仁)을 추구하는 과정에서 자연스럽게 만나게 되는 육신의 종결이라고 한다(정병석, 2014:365).

바리는 어린 나이에 가족의 죽음을 목도하고, 할머니와 영적인 대화가 가능한 영매로서의 능력을 보여준다. 이러한 바리는 딸 순이를 잃게 되면서 서천 여행을 시작하게 된다. 바리는 순이의 죽음을 받아들이기 어렵고, 그 슬픔을 극복하기도 너무 힘이 든다. 할머니의 도움으로 서천을 여행하는 중에 억울하게 죽은 망자들의 한 맺힌 울음과 그들의 끊임없는 질문을 받게 된다.

① 얼른 대답해다오. 우리가 받은 고통은 무엇 때문인지. 우리는 왜 여기 있는지.(268)

② 바리, 어째서 악한 것이 세상에서 승리하는지 알려줘요. 우리가 왜 여기서 적들과 함께 있는지도.(269)

③ 온몸에 치렁치렁한 옷을 감고 얼굴을 가리는 부르카를 뒤집어 쓴 여자들. 폭약을 가슴에 매달고 있는 낯선 남자가 주먹을 쥐고 흔들어 보이며 묻는다.

우리의 죽음의 의미를 말해보라!

옆에 섰던 부르카를 쓴 여인이 헝겊 안에서 웅얼웅얼 말한다.

내 죽음의 의미도 알려주어요.(270)

④ 아아, 그 누구보다도 저 끔찍하도록 무섭고 미운 상이 얼굴을 일그러뜨리고 나를 노려본다. 그녀가 지나치는 뱃전에서 나를 향하여 외친다.

여긴 네가 가장 미워하는 것들이 타고 있는 배다. 우리는 언제 풀려나게 될까?(271)

①, ②, ③, ④는 바리가 생명수를 가지러 서천여행을 하는 동안 만난 망자들의 질문이다. 바리는 그들의 질문에 돌아오는 길에 알려주겠다고 말하고, 돌아오는 길에 그들을 다시 만나 그들의 질문에 대답한다. 첫 번째 만난 망자들이 서로 싸우며 소리지르는 것을 보고, "서로 서로 양보해서 차례차례 말하든지, 목청을 합쳐 서로의 말을 해주든지, 아니면 그냥 침묵하면 좋을 텐데."(281)라고 말하자 그들은 사라진다. 그들은 서로 자신의 목소리만 크게 내고 죽어서조차 협동하지 못하고 양보하지 않는다. 살아서의 이기심은 죽어서도 계속되는 것이다.

두 번째 만난 망자들은 자신들이 받는 고통의 이유와 왜 여기에 있는지에 대해 묻는다. 그러자 바리는 어린아이의 목소리로 변하여 "사람들의 욕망 때문이래. 남보다 더 좋은 것 먹고 입고 쓰고 살려고 우리를 괴롭혔지. 그래서 너희 배에 함께 타고 계시는 신께서도 고통스러워하신대. 이제 저들을 용서하면 그이를 돕는 일이 되겠구나."(282)라고 말한다. 인간은 자신의 욕망을 채우기 위해 타인의 희생을 서슴지 않는다. 인간의 욕망은 죽어서야 잠재될 수 있다. 이것은 이기적인 인간사 모습을 보여주며 신은 이러한 인간의 모습에 고통스러워하는 것이다.

세 번째 만난 망자들은 "어째서 악한 것이 세상에서 승리하는지, 우리가 왜 여기서 적들과 함께 있는지 알아왔어요?"(282)라고 묻자, 바리는 "전쟁에서 승리한 자는 아무도 없대. 이승의 정의란 늘 반쪽이래."(282)라고 대답한다. 전쟁에서 죽은 수많은 죽음은 그들의 의지와는 상관없는 죽음이 대부분이다. 전쟁도 인간의 이기적인 욕망 때문이며, 인간의 욕망은 결국 억울한 많은 이의 죽음을 초래하는 것이다. 결국 전쟁의 승리는 수많은 이의 희생으로 진정한 승리가 아닌 것이다.

네 번째 만난 망자들은 폭약을 가슴에 단 남자와 부르카를 쓴 여인이다. 그들은 자신의 죽음의 의미에 대해 묻는다. 그러자 "신의 슬픔. 당신들 절망 때문이지. 그이는 절망에 함께하지 못해."(283), "서양놈들하구 너희네 남자놈들이 그 헝겊때기 보자기를 같이 씌워놨어. 바깥놈은 그걸 벗겨야 개화시킨다구 그러구 안엣놈은 집안 단속해야 자길 지킨다구 그래. 신이 가장 안타까워하는 이승의 얼굴이 너희들이야."(283)라고 말한다. 현재까지 지구상에 수많은 종류의 차별이 존재한다. 국가 간의 차별, 인종 차별, 남녀 차별 등 이 많은 차별과 불평등 속에 인간들은 여전히 살아가고 있다. 그러한 차별로 인해 인간의 희생은 여전히 지속되고, 인류는 이러한 차별을 극복하기 위해 끊임없이 투쟁하는 것이다.

다섯 번째 만난 망자들은 바리가 가장 미워하는 이들이 타고 있다. 그들은 바리에게 "우리는 언제 풀려나지?"(284)라고 묻자, "우리 엄마가 묶여 있어. 엄마가 미움에서 풀려나면 너희두 풀릴 거야."(284)라고 말한다. 그리고 말하던 계집아이는 "불쌍한 우리 엄마, 불쌍한 우리 엄마……"(284)하고 운다. 바리는 그때서야 자기 안에서 말하던 여자아이가 자신의 딸 순이라는 것을 알고 지금껏 함께 여행한 것을 깨닫게 된다. 이렇게 바리의 서천여행은 넋살이 꽃을 꺼내어 허공에 던져 폭죽과 같은 불빛을 내며 꽃잎들이 하늘과 바다를 밝히며 끝나게 된다. 결국 바리의 마음 속 미움의 존재들이 바리의 고통이고, 통증이다. 마음 속 미움의 존재들이 용서되고 그들을 이해할 때가 되어야 바리 마음의 고통은 사라지는 것이다. 바리는 서천 여행을 하면서 많은 깨달음을 얻게 된다. 사천 여행 중 만난 많은 넋, 망자들은 그들의 죽음의 의미에 대해 끊임없이 질문한다. 자신의 죽음의 이유가 무엇이며, 왜 여기에 있는지에 대해 끊임없이 질문한다. 그들은 자신의 죽음이 어떤 의미도 없고, 가치도 없는 죽음이기를 원하지 않는 것이다.

한 사람의 죽음은 늘 그에 대한 물음을 불러일으킨다. 죽음에 대한 물음은 죽음에 따라 얼마든지 달라지지만, '죽음의 원인'과 '죽음이후'에 대한 물음이 가장 일반적이다. 죽음이 발생했을 때, 죽음의 원인에 대해 납득할 만한 대답이 주어질 때 비로소 죽음을 수용할 수 있다. 이유를 납득할 수 없는 죽음은 살아 있는 사람들에게 필연적인 것으로 수용되기 어렵다. 이는 특히 가까운 사람의 죽음이나 이른바 넓은 의미의 비정상적인 죽음의 경우에 더욱 그렇다. 바리가 서천 여행 동안 만난 망자들의 질문은 그들의 억울한 죽음의 원인과 그들이 죽어서 왜 저승으로 가지 못하고, 이승과 저승의 중간 단계에서 떠도는 넋이 되어 있는지에 대해 질문한 것이다. 바리는 그들의 질문에 대해 이 모든 것이 인간의 끝없는 욕심과 욕망 때문이라고 말한다. 인간은 자신의 이기심 때문에 끊임없이 타인과 싸우고, 국가는 자국의 이익을 위해 전쟁을 서

승지 않고 일으키는 것이다. 이러한 전쟁에서 진정한 승리는 없다는 것을 말한다. 결국 그들이 원하든 원하지 않든 억울한 죽음은 발생하고, 억울한 죽음에 대한 어떠한 보상도 없으며, 그들의 억울한 죽음은 모두를 피해자로 잔존시키고, 기억하게 한다.

무속에서 죽음은 존재의 소멸이 아닌 존재의 변화 즉, 이전과는 다른 새로운 존재로 다시 태어나는 계기라는 적극적인 의미를 부여한다. 무속은 죽음이 인간으로서는 이해할 수 없고 불가피한 두려운 절대적인 현실이라기보다는, 인간의 개입이 열려 있고 인간의 정성과 슬기로서 극복할 수 있는 삶의 한 측면이라는 내용의 신화들을 갖고 있다(한림대 생사학연구소, 2015:236-238). 바리는 작품 안에서 영적인 능력을 가진 영매이다. 그러므로 서천여행이 가능한 것이다. 바리는 서천 여행을 통해 자신의 고통과 그들의 고통을 함께 바라보며, 인간은 결국 살아서도 죽어서도 끊임없는 고통 속에 흘러가는 삶을 사는 것이라고 깨닫는다. 즉 죽음은 존재를 소멸시키는 것이 아니라 존재를 변화시키는 것으로 이해하게 한다. 결국 홀리야 순이는 죽음으로 이승에서는 존재하지 않지만 저승에서 변화된 모습으로 자신의 삶을 살아가는 변화된 존재로 인식하게 되는 것이다. 이것은 바리의 영적인 능력으로 이러한 해석이 가능하고, 바리는 결코 순이가 이승이 아닌 다른 공간에서 변화된 존재로 살아가는 것으로 인식한다. 다른 많은 억울한 이들의 죽음도 결국 바리가 그들의 질문에 답을 하자 사라지는 것으로 더 이상 이승도 저승도 아닌 곳에서 떠도는 넋이 아니라 그들 죽음의 의미를 찾고 죽음을 받아들이고 저승으로 가는 것이다. 그들 죽음의 의미를 알았기 때문이다.

그럼, 인간은 죽음을 극복할 가능성은 있는가? 인간이 현실적으로 죽음을 피할 수 없는 존재임이 분명한 이상 죽음에 대한 불안을 극복하기 위해서는 죽음의 의미를 이해해야 한다. 삶은 죽음을 내포하고 있으므로 죽음을 내포하고 있는 이 삶의 진실을 이해하는 것이 곧 죽음을 극복하는 것이 된다. 죽음의 극복이라는 문제는 주관적인 것이며, 직접적인 내적 체험을 통해서만 해결될 수 있다. 종교나 철학은 죽음의 문제를 마음의 문제로 보며, 그 해결도 결국 마음의 자세를 통해 이루어진다고 가르친다(구인회, 2015:248).

우리는 항상 삶의 관점에서만, 즉 살아 있는 자로서만 죽음을 볼 수 있을 뿐이다. 비트겐슈타인은 "죽음은 삶의 사건이 아니다. 우리는 죽음을 경험하지 못한다."고 주장했다(구인회, 2015:249). 죽음은 남겨진 산 자의 관점에서 보이고, 그 고통은 죽은 자의 몫이 아니라 산 자의 몫이다. 바리는 가족들과 주변의 많은 죽음을 목도하고, 그 죽음에 대한 고통과 한과 억울함을 고스란히 가슴에 새기게 된다. 고통은 살아 있는 바리의 몫인 것이다. 바리 가족의 죽음은 고스란히 바리 자신의 통증으로 남겨지고, 바리가 서천여행을 하면서 만난 망자들의 고통도 바리 내면의 고통의 울부짖음인 것이다.

바리는 압둘 할아버지에게 "아무런 악한 짓도 저지르지 않았는데 신은 왜 저에게만 고통을 주는 거예요? 믿고 의지한다고 뭐가 달라지죠?"(263)라고 소리친다. 그에 압둘 할아버지는 "육신을 가진 자는 누구나 살아가면서 지상에서 이미 지옥을 겪는 거란다. 미움은 바로 자기가 지은 지옥이다. 신은 우리가 스스로 풀려나서 당신에게 가까이 다가오기를 잠자코 기다린다."(263)라고 대답한다. 바리의 고통스러운 삶에 대한 원망의 질문에서 압둘 할아버지의 말은 바리가 다시 평상의 삶으로 돌아갈 수 있게 한다. 인간은 살아가는 동안이 지옥이고, 마음 속 미움은 자신의 지옥이고, 감옥인 것이다. 자기 안에 있는 미움을 덜어내야 스스로 자유로워지고 신에게 다가갈 수 있는 것이다. 바리는 자기 안의 미움을 조금씩 덜어내고 치유하고 있는 것이다.

5. 죽음을 넘어서는 생사관

소설 『바리데기』에서 바리가 마주하는 죽음을 가족의 죽음과 서천 여행에서 만난 넋으로 나누어 살펴보았다. 먼저, 바리가 직면하는 가족의 죽음을 죽음의 필연성과 죽음의 가변성, 죽음의 예측불가능성, 죽음의 편재성으로 분석하고, 가족의 죽음이 바리 삶의 근원적인 불안감을 형성한 것을 알 수 있었다. 가족의 죽음은 바리가 살아가는 동안 죽음에 대한 두려움과 공포를 떨쳐버리지 못하게 하였으나, 그것은 바리에게 영적인 힘을 부여하며 바리가 어떤 위기 상황도 극복할 수 있는 강한 존재가 되도록 하는 극복의 원동력이 되었다. 다음으로 바리가 서천 여행을 하며 만나는 망자들이다. 망자들은 자신의 죽음에 대한 질문을 바리에게 하며 답을 구하고자 하였고, 바리는 서천 여행 동안 그들의 죽음에 대한 답을 찾으려고 노력하면서 자신의 고통과 그들의 고통을 함께 바라보게 된다. 인간은 결국 살아서도 죽어서도 끊임없는 고통 속에 흘러가는 삶을 사는 것이라고 깨닫고, 죽음은 존재를 소멸시키는 것이 아니라 존재를 변화시키는 것으로 이해하게 된다. 또한 인간이 살아가는 과정 그 자체가 고통이고, 마음 속 미움은 자신의 지옥이고, 감옥인 것을 알게 된다. 자기 안에 있는 미움을 스스로 덜어내는 것이 자기 치유의 방법이라는 것을 깨닫는다. 궁극에 가서 바리는 자기 안의 모든 미움을 조금씩 덜어내는 과정을 스스로 경험하고, 자기 치유의 길을 가게 된다.

인간은 누구나 인생의 경로를 예측하기가 어렵다는 문제와 그 경로에서 자신의 죽음이 언제 올 지, 어떤 형식으로 다가올 지의 문제에 대해 끊이지 않는 두려움을 가진다. 인간의 생존본능은 자연스러운 것이며, 죽음은 이러한 인간에게 공포심을 갖게 한다. 시간과 공간, 인종, 신분에 상관없이 맞이할 수밖에 없는 죽음은 고귀한 삶만큼이나 인간에게 절대적인 관심사이다.

인간에게는 보편적으로 물리적이고 유기적 작동 기능의 상실에 해당하는 죽음이 발생한다. 인종과 지역에 상관없이 어디서나 누구에게나 어떤 방식으로든지 죽음이란 실체는 필연적으로 나타날 수밖에 없다. 죽음이라는 실체적 현상으로 인해 불안, 공포, 무기력, 상실 등의 많은 부정적 감정상태가 발생하고, 이 때문에 인간은 살아가는 동안 죽음에 대한 두려움을 가지게 된다. 이러한 근원적 문제를 해결하기 위해 많은 지식인들이 죽음을 분석하고 대처하는 방안을 연구해왔다. 우선 죽음을 종말, 단절, 상실, 이별이라는 관념으로 규정해왔던 입장인 죽음학은 여러 형태의 고통이 이승에 남은 자들만의 것이라고 강조해왔다. 이 때문에 죽음학은 생물학적 종말에 대한 두려움을 극복하는 것을 통해 산 자의 정신적 폐해를 해소하고 정신적 평정을 이룰 수 있다고 주장한다. 죽음을 삶의 영역에서 바라보고 현재적 삶의 가치 보존을 중요시하여 죽음에 결부된 두려움과 상실 등의 감정들을 극복하는 것을 강조한다. 공포와 비통은 산자의 몫이라는 시각은 현재적 삶을 이어가는 우리에게 삶의 가치를 부여한다. 용기와 희망의 가치들은 죽음에 대한 반향으로 인간에게 주어지고, 생에 대한 의욕을 가져다준다.

이와 별개로 죽음을 시공의 단절로 받아들이지 않고 삶에 연속된 차원으로 수용하는 생사학은 또 다른 중요한 가치를 가진다. 생과 사가 유리된 차원이 아닌 동일한 근원에 의해 이어진 관념이라는 주장은 전통 무가의 천도, 불가의 황천과 구천, 윤회의 관념과 그 궤를 같이한다. 바리가 목도했던 여러 비통한 죽음에서 시작된 상실, 불안, 공포의 감정은 단편적 시각에서 이 세상의 존재와 단절을 상징하지만, 사유적 공간이라는 관점에서 바라본 바리의 서천 여행은 공간의 전환일 뿐이고 삶과 죽음이 동일선상에 존재하고 있음을 나타내는 것이다. 바리가 가진 여러 감정들은 보편적 인간이 가지는 감정과 같다. 바리의 서천 여행은 죽음을 끝으로 보지 않고 상실, 두려움의 대상으로도 보지 않는 삶에 이어지는 일련의 현상으로 수용한다. 이는 우리 인간에게 죽음에서 비롯된 여러 고통도 소멸시킬 수 있다는 것을 부여한다.

　이와 같이 죽음에 대한 상이한 관점을 검토하면서 공통적으로 도출할 수 있는 것은 다양한 정신적 고통이 살아있는 자의 몫이라는 명제다. 바리처럼 죽음을 극복하려 하는 회구는 모든 인간이 보편적으로 절실히 바라는 것이고 그 극복의 개념은 상실, 불안, 공포 등의 고통을 자기 승화로 정의내릴 수 있다. 죽음에서 비롯된 모든 고통은 바리와 같이 살아남은 자들의 전유물이고 내적인 자기정신의 파생물이다. 삶의 여정에서 죽음으로 인해 가지는 두려움 등의 고통은 끊임없이 모든 인간에게 나타나므로 이를 어떻게 해소할 것인가는 인간 삶의 가장 중요한 목적이 될 수 있다. 이러한 감정의 해소 방안으로 인간은 본연의 자아와 삶의 가치를 추구해야 한다. 죽음을 바라보는 합리적 자세를 견지하면서 생사에 관한 여러 시각들을 살펴보는 것은 자기 내적 고통을 넘어 내적 치유를 향한 것이다.

본 연구는 황석영 소설『바리데기』에서 바리가 직면하는 죽음을 통해 삶과 죽음이 연속하는 생사관의 관점을 이해하고, 죽음에 대한 두려움을 극복하고, 삶에서 직면하는 내적 고통을 치유하는 계기가 되길 바란다.

II.

내 안에 새겨진 마음 치유

김승옥 소설 「무진 기행」에 드러나는 감정

윤희중의 심리를 중심으로

　인간 세계의 모든 것은 감정과 연관되어 있으며, 감정은 경험을 바탕으로 이루어진다. 감정은 자기와 세계와의 직접적인 접촉에 의해 이루어지는 것이다. 래저러스(Lazarus, 2018)는 분노, 불안, 죄책감, 수치심 등의 경험에 의해 일어나는 열다섯 개의 감정에 대해 각각의 감정마다 뚜렷한 드라마나 독특한 줄거리가 있다고 한다. 그것은 개인의 경험에 부여하는 개인적인 의미를 전달하고, 각 감정마다 하나의 플롯이 전개된다고 한다. 이 플롯은 다른 것들과 구별되며, 하나의 감정이 어떻게 일어나는가를 이해하려면 그 감정을 다른 감정과 구별해주는 플롯을 연구해야 한다. 그 플롯에 대해 알고 있다면, 우리는 그 사람이 경험할 감정을 예측할 수 있을 것이다.

　이 글은 김승옥 소설 「무진 기행」을 중심으로 소설 속의 주인공의 감정을 연구하고자 한다. 1960년대는 4.19혁명과 5.16쿠데타의 극단적인 변화의 물결이 한국 사회의 많은 개인들의 가치와 정서의 혼란을 초래하였다. 이러한 현상은 1960년대 한국 문학의 표징으로 상정되었고, 문학은 시대환경의 불안한 감정을 표출하였다. 김승옥은 '감수성의 혁명'이라는 찬사와 함께 1960년대를 대표하는 작가의 한 사람이다. 그의 소설 「무진 기행」은 작가의 뛰어난 감수성으로 이러한 시대의 개인의 감정을 충분히 표출하고 있는 소설이다. 소설 속 인물의 감정을 연구하여 개인의 가치와 감정의 혼란을 조명하여 지난 역사를 성찰하고 문학이 나아가야 할 방향을 찾고자 한다.

1. 연구사 검토

김승옥의 「무진 기행」은 1966년에 <안개>라는 영화로 만들어졌으며, 김승옥이 직접 시나리오 작업에 참여하기도 했다. 김승옥은 그 당시 연상의 여성과 사랑했으며, 그녀와 이별 후에 그 사랑을 모티브로 썼다고 한다. 그의 고향 순천이 배경이 되어 순천 지역의 공간을 재구성하였다. 1964년 6월 순천에서 여인의 시체를 본 적이 있는데, 이것이 「무진 기행」 창작의 기폭제가 되었다고 한다.

「무진 기행」에 대한 연구는 크게 두 가지로 나누어지는데, 하나는 '무진'이라는 장소에 대한 것과 다른 하나는 '하인숙'이라는 인물에 대한 것이다.

신형철(2004)은 「무진 기행」을 '도시인' 윤희중이 무진이라는 '역(逆)유토피아'로 '여행'을 떠나 하인숙이라는 한 여자를 만나는 이야기로 읽으며, 도시인 윤희중이 여행을 떠나는 이유와 그 의미를 살피고, '무진'이라는 공간적 특질을 해명하였다.

류진아(2014)는 김승옥 단편소설 「무진 기행」, 「야행(夜行)」, 「서울의 달빛 0章」을 장소 개념에서 남성 주인공의 여성에 대한 인식을 분석하고 있다. 이 작품들이 남성들의 여성에 대한 인식이 소설이 나온 당시와 지금을 비교했을 때 크게 달라지지 않음을 강조하고 있다.

김지연(2018)은 「무진 기행」에서 주인공의 억압적 욕망과 상처와 고통을 '부끄러움'이라는 감정으로 표출하고 있다고 보았다. 이러한 주인공의 억압된 욕망과 '부끄러움'이라는 감정을 자신의 불편한 내면과 직면하고 표출하는 과정을 고찰하여 삶의 치유 가능성을 탐색하고자 하였다.

김미영(2007)은 김승옥 소설 연구에서 <서울, 1964년 겨울>은 익명성의 단계, <무진기행>은 '홀로서기로서의 주체'의 단계로, <서울의 달빛 0章>은 주체의 '타자성 인식'의 단계로 나누고, 그의 소설에 나타난 '개인'에 대한 인식의 변화를 연구하였다.

이어령(2005)은 무진을 우리의 유토피아와는 정반대적인 공간으로 모든 욕망이 좌절되고, 쓸모없는 불투명하고 보잘 것 없는 망각의 공간이라고 하였다. 그 이유는 무진이 나날이 퇴화해 가는 생의 실상을 만날 수 있는 역(逆)유토피아이기 때문이다.

김훈(2005)은 '나'를 개인화해 낸 것이 「무진기행」의 문학적 성취라고 말하고, 「무진기행」에 나오는 '나'는 한국어 문자의 역사 속에서 비로소 개인화를 완성해낸 '나'라고 하였다.

김승옥은 「생명연습」으로 문단에 데뷔했으며, 그의 작품 25여 편 가운데 20편의 작품이 1960년대 발표되었다. 1960년대 문학의 흐름인 반공 이데올로기에서 벗어나 자유와 '자기 세계'를 찾는 주인공을 묘사하였다. 소설 「무진기행」은 개인의 꿈과 낭만을 인정하지 않는 사회 속에서 기호화되고 단절된 삶을 살아가는 현대인의 비극적인 삶을 성공적으로 형상화하고 있다. 한 개인의 귀향과 탈향의 과정을 통해 현대 문명의 억압적인 모습과 그로인한 개인의 주체성과 창의성을 버릴 수밖에 없는 현실을 묘사하고 있다. 이 소설은 1930년대의 단절된 모더니즘의 전통을 성공적으로 계승하고, 무조건적인 불안의식을 서술하던 전후세대문학의 한계를 극복한 작품이라 할 수 있다(권영민, 2004).

김승옥 소설의 특징은 성(性)을 매개로 한 개인의 삶의 논리와 그로 말미암은 권력구도가 선명하게 드러난다. 그의 소설은 기본적으로 사랑을 부정하고, 사랑을 느끼지만 믿지 않는다. 그렇기 때문에 연애에서 남성을 여성에 대해 폭력적으로 묘사하고, 여성을 타자화, 대상화 시킨다(김복순, 2008). 특히 여성을 삶의 동반자나 주체로 바라보지 않고 성적 대상이나 주변인물로 묘사하고 있다.

지금까지 「무진기행」의 논의에서 감정은 '부끄러움'에 초점이 맞추어져 왔다. 이에 개인의 감정에 대한 보다 심층적인 분석이 필요하다고 여겨진다. 작품 속 인물의 감정을 체계적으로 분석하여 「무진기행」에 대한 논의의 폭이 한 층 깊어질 수 있는 계기를 만드는 데 의의를 두고자 한다. 또한 문학이 사회현실을 반영한다는 관점에서 한국의 사회문화가 개인의 감정에 미치는 영향까지 연구한다면 문학을 통한 개인과 사회의 안정적이고 발전된 미래상까지 제시할 수 있을 것이다.

2. 무진에 대한 윤희중의 기억과 감정

감정(emotion)은 크게 심리학적인 정의와 사회학적인 정의로 구분할 수 있다. 심리학자들은 감정을 "육체적 변화를 동반하는 유기체의 상태이며, 강렬한 느낌과 충동에 의해 나타나는 흥분 및 동요의 상태"로 정의한다. 결과적으로 감정의 현재 상태를 중시한다. 이에 비해 사회학자들은 "어떠한 이유로 사람들은 기쁠 때는 웃고 슬플 때는 우는가"하는 감정의 원인에 관심을 둔다. 특히 사회관계에 기인한 감정구조를 강조하고 있다. 또한 감정을 조건지우는 사건, 상황, 배경들을 강조한다. 사회학자들은 감정이 생리학적인 반응이 아니라 상황에 대한 반응으로 보기 때문에 감정은 사회적 성격을 띠며, 상황의 평가라는 인지적인 요소를 통해 경험될 수 있다는 것을 강조한다(이성식 · 전신현, 1995).

소설 「무진기행」은 주인공 윤희중이 서울에서 고향 무진으로 잠시 쉬러 오면서 이야기가 전개된다. 소설 전체 내용이 '무진'에서 주인공이 만나는 인물과 그들로 인해 일어나는 소소한 사건을 중심으로 전개된다. 다음은 소설에서 주인공 윤희중이 기억하는 고향 '무진'과 그에 대해 묘사하는 부분이다.

> ① 무진에 명산물이 없는 게 아니다. 나는 그것이 무엇인지 알고 있다. 그것은 안개다. 아침에 잠자리에서 일어나서 밖으로 나오면 밤 사이에 진주해 온 적군들처럼 안개가 무진을 삥 둘러싸고 있는 것이었다.(131)[1]

> ② 6월의 바람이 나를 반수면 상태로 넣었기 때문에 나는 힘을 주고 있을 수가 없었다.……햇빛의 신선한 밝음과 살갗에 탄력을 주는 정도의 공기의 저온, 그리고 해풍(海風)에 섞여 있는 정도의 소금기, 이 세 가지만 합성해서 수면제를 만들어 낼 수 있다면 그것이 가장 상쾌한 약이 될 것이고……(131-132)

---

1) 김승옥, 『무진기행』, 가람기획, 1999.

③ 내가 나이가 좀 든 뒤로 무진에 간 것은 몇 차례 되지 않았지만 그 몇 차례 되지 않은 무진행이 그러나 그때마다 내게는 서울에서의 실패로부터 도망해야 할 때거나 하여튼 무언가 새 출발이 필요할 때였었다.(133)

④ 어디선지 분뇨(糞尿) 냄새가 새어 들어왔고, 병원 앞을 지날 때는 크레졸 냄새가 났고 어느 상점의 스피커에서는 느려빠진 유행가가 흘러나왔다. 거리는 텅 비어 있었고 사람들은 처마밑의 그늘에 쭈그리고 앉아 있었다.······햇볕만이 눈부시게 그 광장 위에서 끓고 있었고 그 눈부신 햇살 속에서, 정적 속에서 개 두 마리가 혀를 빼물고 교미를 하고 있었다.(135)

1인칭 주인공 시점으로 전개되는 「무진기행」은 소설 전체가 주인공 윤희중의 서술로 진행된다. 그가 '무진'에 대해 서술하는 것이다. 그러므로 윤희중의 '무진'에 대한 묘사는 이야기 전체에 해당하는 것이고, 서사에서 중요한 부분이라 할 수 있다. 윤희중의 기억 속 무진과 그가 무진에 가면서 상기되는 무진에 대한 기억은 그를 현재가 아닌 과거의 윤희중으로 시간을 되돌리는 구실을 한다. 즉 윤희중은 현재에서 과거를 서술하지만 자신은 과거의 윤희중으로 이야기를 구성하고, 사람들을 만나는 것이다. 그것이 바로 그가 귀향한 이유 중 하나이고, 과거의 자신과 대면하고 과거의 자신을 현재의 삶으로 끌어내고자 하는 의지가 보인다.

①은 무진을 향하는 버스 안에서 앞 사람들의 대화를 반수면 상태에서 엿들으며 윤희중은 생각한다. '무진'의 명산물은 '안개'라고. '아침에 잠자리에서 일어나서 밖으로 나오면 밤 사이에 진주해 온 적군들처럼 안개가 무진을 뼁 둘러싸고'(131) 있다. 이 '안개는 마치 이승에 한(恨)

이 있어서 매일 밤 찾아오는 여귀(女鬼)'(131)처럼 매일 아침마다 무진을 감싸고 있다. 이러한 안개가 무진의 명산물이라고 한다. 윤희중은 '무진'에 대해 누구보다 잘 알고 있다고 자신한다. '안개'는 지표면 가까이에 아주 작은 물방울이 김처럼 부옇게 떠 있는 현상이다. 안개는 일정한 거리이상 시야를 가리는 것으로 앞을 볼 수 없을 정도이다. 안개가 짙게 깔리면 바로 앞도 구분하기 힘들다. 윤희중이 살아온 무진에서의 시간은 자신의 앞날을 예측할 수 없는 불안한 시기였음을 짐작하게 한다. 그에게 안개는 불안했던 자신의 과거였으며, 무진의 안개처럼 불투명한 현실에서 살아온 자신을 상기하게 한다. 그런 과거의 안개 속을 헤치고 혹은 견디어내고, 앞날을 예측할 수 없는 불안한 시기를 지나 지금은 무진에서 가장 출세한 인물로 부러움과 시기를 받고 있다. 그러므로 무진의 안개는 그에게 분명한 명산물임에 틀림없다. 윤희중은 무진의 불투명한 안개를 뚫고 나온 가장 출세한 인물이기 때문이다.

②에서 윤희중은 무진에서만 느낄 수 있는 고유한 체취를 설명한다. '햇빛의 신선한 밝음과 살갗에 탄력을 주는 정도의 공기의 저온, 그리고 해풍(海風)에 섞여 있는 정도의 소금기'(131)는 윤희중을 적당히 취하게 하는 반수면 상태를 암시한다. 무진이란 장소와 그곳에서 느끼는 공기는 윤희중을 어느 정도 몽롱하게 하는 수면제와 같은 효과를 주는 곳이다. 곧 윤희중은 무진에서 지난 과거도 현재도 모두 정신을 차리게 하는 요소보다 반수면의 취한 듯한 삶을 살아가게 한 곳이다. 즉 자신의 정신을 적당히 놓아도 되는 그러한 곳으로 묘사한다. 이것은 무진에서 윤희중은 자신의 책임을 적당히 내려놓아도 되고, 그렇게 할 것을 암시하고 있다.

③에서 윤희중은 서울에서 실패로부터 도망해야 할 때와 새 출발이

필요할 때 무진을 찾았다. 무진에 간다고 새로운 용기와 계획이 나오는 것은 아니다. 과거 무진의 골방에서 공상과 수음(手淫)과 담배와 기다림의 초조함과 관련된 행위를 하던 기억 속에 무진은 사람이 없는 어둡던 청년 시절의 자신의 모습을 기억하게 한다. 그 어둡던 시절 자신의 모습은 지금의 자신과 비교했을 때 별반 더 못하지도 낫지도 않은 모습이다. 경제적인 삶은 나아진 모습이지만 정신적인 부분에서 지금의 그가 과거의 그보다 더 낫다고 볼 수 없는 형편이다. 그러나 후에 윤희중은 지금 서울에서의 바쁜 삶이 과거 자기보다 낫다고 말할 수 없지만, 그 생활을 즐기며, 돈 많은 아내에게 의탁하여 사는 것을 만족하는 것을 알 수 있다. 왜? 그 어둡던 시절을 생각하면 지금의 자신의 모습은 훨씬 타인의 눈에 멋져 보이기 때문이다. 또한 과거의 암울한 감정보다 지금의 주위 사람들로부터 받는 질투와 선망의 대상이 되는 게 낫다는 것을 골방의 기억에서 다시 확인하는 것이다.

④에서 윤희중은 무진의 냄새와 소리와 어린아이들의 발가벗은 모습과 개의 교미하는 광경을 묘사한다. 이러한 무진의 모습에 주인공은 사실 안도의 감정을 느끼고 있다. 이곳 무진은 윤희중이 욕망하는 감정을 그대로 재현할 수 있는 장소인 것을 암시한다.

①, ②, ③, ④에서 윤희중에게 보이는 무진은 안개와 반수면 상태와 어둡던 청년 시절과 악취와 교미하는 개들의 모습으로 묘사된다. 무언가 불분명하고 어둡고 날 것의 그대로를 보여주고 보고 싶은 주인공의 심리 상태를 그대로 표출하고 있는 것이다.

프롬(E. Fromm)은 고립된 인간의 불안정을 '도피의 메카니즘'으로 설명한다. 개인에게 안정감을 주던 관계가 끊어지고, 완전히 분리된 실체로서 외부 세계와 직면하면, 무력감과 고립감의 참을 수 없는 상태를 극복해야 하는 두 개의 과정이 나타난다. 하나는 정서적, 감각적, 지적인 능력으로 성실성과 독립성을 포기하지 않고, '적극적인 자유'로 나아가는 것이다. 다른 하나는 자유를 포기하고, 개인적인 자아와 세계와의 사이에 생긴 분열을 소멸시키고 고독감을 극복하는 것이다(E.프롬, 2009:119－120).

윤희중은 무진과 서울을 자신의 도피처로 이용한다. 과거 무진으로부터 어둡던 청년시절을 도망하기 위해 서울로 도피했고, 서울에서의 삶이 지쳐갈 때는 다시 무진으로 도피의 행위를 반복하고 있는 것이다.

도피의 메카니즘에 의하면 윤희중은 과거 무진의 골방에서 느꼈던 무력감과 고립감을 극복하고 적극적인 자세로 나아간 것으로 볼 수 있다. 현재 그의 정서는 과거의 무기력함에서 벗어나고, 서울에서 성실하게 임하고 자신의 위치를 확보하고 안정된 자리로 나아가는 모습을 보여주고 있다. 서울의 생활이 정신적으로 부정적일지라도 타인에 눈에 보이는 그의 외적 모습은 선망의 대상인 것이다. 그 자신도 타인으로 받는 부러움과 질투를 어느 정도 즐기는 모습을 보이기도 한다. 이러한 윤희중의 눈에 보이는 무진은 그가 서울에서 지쳐갈 때 휴식을 취하러 오는 그런 풀어진 날 것의 모습 그대로이고, 이것은 무진에서 윤희중이 펼쳐갈 자신의 모습을 암시하기도 한다. 윤희중이 무진에서 하는 어떠한 것에 대한 책임을 회피할 것이라는 심리 상태를 말하는 것이다.

3. 주변인에 표출되는 분노

분노(anger)와 적대감(hostility)은 바꾸어 쓰기도 한다. 어떤 사람이 분노했다는 의미를 나타낼 때도 부정확하게 어떤 사람이 적대적이라고 말하는 경우가 많다. 적대감(hostility)은 감정(emation)이 아니라 감정적 태도(sentiment)를 가리킨다. 어떤 사람에게 적대적이라고 하는 것은 우리를 화나게 하는 행동에 자극을 받든 받지 않든 어떤 사람에게 화를 내는 성향을 나타낸다. 우리는 그 사람에게 늘 적대적이나(감정적 태도), 자극을 받을 때만 분노한다(감정).

분노에서 가장 큰 문제는 분노와 분노를 자극한 상황을 어떻게 처리할 것인가이다. 분노를 느낄 때 보통 가지게 되는 충동은 보복을 하여 에고가 입은 피해에 대처하는 것이다. 그러나 보복을 위한 공격은 다시 역습을 불러올 수 있다. 이것은 보통 원한을 낳고, 문제 해결과 협상에 좋지 않은 분위기를 조성하기도 한다(래저러스&래저러스, 2018:34).

윤희중은 자주 분노를 느낀다. 그가 느끼는 분노의 감정은 쉽게 사라지지 않고, 과거와 무진을 생각하면 떠오르는 기억 속에 분노를 느낀다. 과거 어머니에 대해서 분노하고, 현재의 아내와 장인의 처사에 대해 분노한다. 모두 자신을 위한 행동임에도 자신은 원치 않았던 것처럼 분노한다.

> 그때는 어머니가 살아계실 때였다. 6·25 사변으로 대학의 강의가 중단되었기 때문에……어머니에 의해서 골방에 처박혀졌고 의용군의 징발도, 그후의 국군의 징병도 모두 기피해 버리고 있었다.……나는 무진의 골방 속에 숨어 있었다. 모두가 나의 홀어머님 때문이었다. 모두가 전쟁터로 몰려갈 때 나는 내 어머니에게 몰려서 골방 속에 숨어서 수음을 하고 있었다.……그 무렵에 쓴 나의 일기장들은, 그후에 태워 버려서 지금은 없지만, 모두가 스스로를 모멸하고 오욕(汚辱)을 웃으며 견디는 내용들이었다.(134-135)

분노를 표현하는 것이 위험하며, 또 자신에게 힘이 없음으로 인해 종종 그 표현을 위장하게 된다. 분노를 표현하는 위험을 피하는 일반적인 방법은 분노의 전치(轉置)이다. 즉 우리가 두려워하는 힘이 센 사람들을 목표로 하지 않는 대신 위협적이지 않은 약한 사람 쪽으로 분노의 방향을 돌리는 것이다. 이런 식으로 우리는 사회에서 우리가 차지하고 있는 지위에 대한 좌절감을 표출하는 대상으로 자기보다 약한 대상을 선택할 수 있다. 이런 종류의 전치는 편견과 차별의 일반적인 기초를 이룬다. 이런 전치의 가장 슬픈 특징들 가운데 하나가 속죄양 만들기이다. 그런 경우에 하나의 약한 소수집단이 좌절감과 분노를 또 다른 약한 소수 집단에 퍼붓는 것을 보게 된다. 억압의 피해자가 다른 피해자들을 공격하는 것이다(래저러스&래저러스, 2018:40-43).

윤희중은 한국전쟁 때 홀어머니로 인해 무진의 골방에 갇혀 지낸 세월을 기억하며 분노한다. 그가 분노하는 이유는 모두가 참전하는 의용군도 국군도 어머니에 의해 차단되고, 자신이 스스로 할 수 있는 일이 없이 골방에 갇혀 고립되고, 불면의 밤을 수음으로 지새웠던 기억 때문이다. 분노의 대상은 외적으로 그 시기에 자기를 그렇게 방치한 어머니에게 향하지만 어머니에게 분노를 표출하지는 못한다. 사실 그의 분노의 원인은 전쟁으로 인한 그 시절의 사회 상황인 것이다. 그러한 거대한 사회 상황에 그는 분노를 표출할 만큼 강한 존재가 아니다. 결국 그의 분노의 대상은 어머니로 향하지만 어머니에게 분노를 표출할 수 없다. 결국 그의 분노의 대상은 자기에게로 향하고, 골방에서 수음의 행위로 표출된다. 그리고 그 시절 골방에서의 그 기억은 자신에 대한 수치심과 오욕의 세월로 기억된다. 이후 그의 분노는 장인과 그보다 약한 자를 비웃고, 비난하는 것으로 전치된다.

우리는 논 곁을 지나가고 있었다. 언젠가 여름 밤, 멀고 가까운 논에서 들려오는 개구리들의 울음소리를, 마치 수많은 비단 조개 껍질을 한꺼번에 맞비빌 때 나는 듯한 소리를 듣고 있을 때 나는 그 개구리 울음소리들이 나의 감각 속에서 반짝이고 있는, 수없이 많은 별들로 바뀌어져 있는 것을 느끼곤 했었다.……그 순간 속에서 그대로 가슴이 터져 버리는 것 같았었다.(146－147)

윤희중은 '무진'에서 가슴이 터질 듯한 분함을 느낄 때면 개구리 울음소리가 밤하늘의 별로 변화하는 감각과 상상의 청각을 체험하곤 하였다. 여름밤에 들려오는 개구리 울음소리가 마치 비단조개 껍질이 한꺼번에 맞부딪치는 듯 자신의 청각과 시각이 혼돈하여 밤하늘의 수많은 별들로 바뀌는 충동적인 감정을 경험한다.

윤희중은 자신의 눈앞에서 쏟아질 듯 반짝이는 밤하늘의 별과, 다른 별들 사이의 거리를 안타깝게 인식한다. 반짝이는 별에 멍하니 홀리다가도 가슴이 터져버릴 것 같은 울분을 느끼곤 한다. 윤희중의 이러한 체험은 억압된 현실을 부정하는 무의식적 충동의 표현이다. 억압된 욕망을 환상으로 분출한 것이다. 윤희중은 감각적 이미지를 통해 억압된 욕망에서 탈출하려는 환상을 체험한 것이다(김지연, 2018:81). 개구리 울음소리는 그 시절 윤희중의 내면에서 터져 나오는 울음이다. 그는 자신의 내면에서 터질 것 같은 분함을 밤하늘에 반짝이는 별빛으로 표현한다. 그가 내적으로 쌓인 억압과 울분을 감각적, 시적 상상력으로 표출하며, 과거의 자신과 대면하고 있는 것이다.

다리를 건널 때 나는 냇가의 나무들이 어슴푸레하게 물 속에 비쳐 있는 것을 보았다. 옛날 언젠가 역시 이 다리를 밤중에 건너면서 나는 저 시커멓게 웅크리고 있는 나무들을 저주했었다. 금방 소리를 지르며 달려들 듯한 모습으로 나무들은 서 있었던 것이다.(139)

불안—공포, 죄책감, 수치심은 실존적 감정들이다. 이 감정들은 우리의 존재, 세상에서의 위치, 삶과 죽음, 삶의 길에 대한 의미나 개념들과 관련이 있다. 각 감정들이 구체적으로 위협받고 있는 대상은 각각 다르다. 불안—공포에서는 그 의미가 개인적 안전과 정체성, 삶과 죽음의 문제에 초점을 맞추고 있다. 죄책감은 도덕적 잘못에 대해 의미를 두고 있으며, 수치심은 자신과 다른 사람들의 이상에 따라 행동하지 못한 것과 관련된다. 죄책감과 수치심은 개인적 실패에 대한 인식과 관련되기 때문에 비슷하다고 느낄 수 있다. 죄책감이나 수치심을 경험하려면 자신을 평가할 내적 기준이 있어야 한다. 죄책감에서는 그것을 양심이라고 부르고, 수치심에서는 그것을 자아이상(ego-ideal)이라고 부른다. 정신분석자들은 이 두 가지 용어 대신 초자아(superego)라는 말을 사용한다.

죄책감과 수치심은 불안의 하위범주들로 여기기도 한다. 도덕적 규범을 어길 때는 죄책감—불안을 느끼며, 개인적 이상에 따라 행동하지 못할 때는 수치심—불안을 경험한다. 이런 개인적 실패로 인한 해로운 결과를 예상할 때 불안을 느낀다고 할 수 있다.

불안에 대한 약한 불안 발작의 공통된 특징은 첫째, 구체적인 자극이 불안을 일으키는 과정이다. 둘째, 특정한 상황에서 개인적인 의미가 불안에 특별히 취약한 상태를 만들어내는 과정이다. 셋째, 위협에 성공적으로 대처하지 못함으로써 불안이 악화되는 과정이다.

불안을 통제하기 위한 다양한 대처 전략이 있다. 그중 '역공포 스타일'

은 위협적인 상황과 부딪힐 때, 실제로 느끼는 불편함을 인정하고 받아들이기보다는 적어도 외면적으로 용기, 대담함, 능란한 솜씨를 가지고 맞서려하는 것이다. 어떤 사람들은 그런 대결을 피한다. 그러면 그들은 삶에서 얻을 수 있는 것도 심각하게 제한을 받게 된다(래저러스&래저러스, 2018:71-77).

윤희중은 다리를 건너면서 과거 이 다리에서의 기억을 떠올린다. 그 당시 다리를 건너며 물 위에 비친 나무의 모습을 보고 너무 무서워서 나무를 저주했던 기억이 똑같은 상황에서 떠오른 것이다. 그 시절 왜 그토록 나무를 저주했을까. 단순히 밤의 시간이어서 그랬던 것일까? 그 시절 윤희중의 상황은 내적, 외적으로 불안한 상황이었을 것이다. 전쟁으로 인해 골방에 갇혀 있던 시절, 그 이후 순탄하지 않았던 어둡던 청년 시절이 그의 무진에서의 기억이고, 그 당시 자신이 처한 상황이기 때문이다. 그 시절의 그는 어두운 밤도, 강가에 서 있는 나무도 무서울 만큼 자신에 대한 몸과 마음이 모두 황폐한 상황이었던 것이다. 지금은 그 시절보다 경제적으로 사회적으로 훨씬 나은 상황에서 다시 맞게 되는 무진의 그 다리인데 그 기억은 너무도 생생하게 떠오르는 것이다. 이것은 그의 심리 속에 잠재되어 있는 불안의 감정이 완전히 치유되지 않은 이유이기도 하다. 불안에 대한 자신의 문제를 직면하고, 그 상황을 대담하게 대처해 나갔다면, 자신의 문제를 잘 이해하고, 불안의 감정을 효과적으로 관리할 수 있었을 것이다. 그러나 윤희중은 아직 그의 내면에 대한 심리적인 안정을 치유할 여유가 없는 것이다. 그의 안정을 찾기 위한 무진의 휴가는 그의 과거 어둡고 불안하던 그 시절의 기억을 고스란히 떠올리고 있는 것이다.

인간은 평생 동안 어느 정도 불안을 경험하며, 자신을 불안하게 하는 것이 무엇인지 분명하게 이해하지 못하는 경우도 많다. 불안은 실존의 문제이기 때문이다. 그렇다면 자기 내부에서 그것을 받아들이고 이것이 인간을 다른 동물과 구별해주는 특질이라고 인정하면서, 스스로에게 "이것이 내가 존재하는 방식"이라고 말하는 것이 가장 건전한 대처 방법일 수도 있다. 윤희중은 외적으로 보이는 조건은 과거와 비교할 수 없을 정도로 나아졌지만 내적인 성장은 아직 미진한 것이다.

4. 타인에 대한 욕망

일반적으로 남성 아니마는 그 어머니에 의해 형성된다. 어머니가 자기에게 나쁜 영향을 주었다고 느끼는 사람들에게 아니마는 자주 화를 내고 불안정하고 불확실하게 나타난다. 남성 마음속의 부정적인 모성의 이미지는 "나는 아무런 가치도 없다. 세상의 일은 모두 무의미하다. 다른 사람은 별개이지만……즐거운 일은 아무것도 없다." 이러한 아니마는 권태감이나 병에 대한 두려움, 무력감, 사고의 원인이 되기도 한다. 인생의 모든 것은 슬프고 답답한 면을 보여준다. 이러한 어두운 기분은 사람을 자살로 이끌 수도 있고, 그때 아니마는 사령(死靈)이 된다.

아니마는 사랑과 행복과 어머니의 따뜻함 등을 이 세상의 것이 아닌 꿈으로 상징한다. 남성 인격 속의 부정적인 아니마는 모든 것의 가치를 떨어뜨릴 목적으로 조롱과 악의에 찬 연약한 모습으로 나타나고, 이것은 진실을 왜곡하고 파괴성을 갖기도 한다. 아니마의 표상은 에로틱한 형태의 공상을 키우기도 한다. 인생에 대한 감정이 성숙되지 못하고 있으며, 강박적인 경향을 띠기도 한다. 아니마의 표상은 남성에게 어떤 특정한 성질로 나타나기도 한다. 남성이 어떤 여성과 처음으로 만나는 순간, 바로 '그 사람'임을 알고 사랑에 빠지는 것은 아니마의 존재가 원인이 되기도 한다(M.L.폰 프란츠, 2008:39-44).[2] 이 같은 상황에서 남성은 그 여성과 이전부터 계속하여 가까이 알고 지냈던 것처럼 느껴진다.

①"그 여자가 정말 무서워서 떠는 듯한 목소리로 내게 바래다 주기를 청했던 바로 그때부터 나는 그 여자가 내 생애 속에 끼어든 것을 느꼈다.(145)

②그러나 사실 그 수면제는 이미 만들어져 있었던 게 이 여자의 임종을 지켜주기 위해서가 아니었을까 하는 생각이 들었다. 통금 해제의 사이렌이 불고 이 여자는 약을 먹고 그제야 나는 슬며시 잠이 들었던 것만 같다. 갑자기 나는 이 여자가 나의 일부처럼 느껴졌다.(152)

①에서 윤희중은 하인숙이 무섭다고 바래다주기를 청하는 순간부터 갑자기 친해진 느낌을 갖고 그녀가 자신의 생애 속에 끼어든 것을 느낀다. ②는 윤희중이 무진에 내려와 잠 못 들던 그날 밤, 술집 여자가 자살하고, 다음 날 강가에서 그녀의 시체를 보고, 그녀를 자신의 일부처럼 느낀다. 이것은 윤희중의 무의식에 잠재되어 있던 아니마가 나타나게 한 것으로 볼 수 있다. 어머니로부터 받은 부정적인 모성(아니마)의 이미지는 자신을 무기력하고, 가치도 없는 인간으로 인식하게 하였다. 과

---

2) 융은 남성에게 나타나는 여성상을 '아니마(anima)', 여성에게 나타나는 남성상을 '아니무스(animus)'라고 했다. 아니마는 남성의 마음에서 모든 여성적인 심리경향을 인격화한 것이다. M. L. 폰 프란츠, 권오석 역, 『C. G. 융 심리학 해설』, 홍신문화사, 2008.

거 무진에서 그가 보낸 시절은 그를 무기력하고 두려움에 떨게 한 시기였다. 그 기억이 지금 불안해하는 하인숙과 죽은 여자의 시체에서 자신의 무기력하고 두려움에 떠는 자신의 일부 모습을 발견하게 된 것이다. 그녀들에게 윤희중은 자신의 부정적인 아니마를 엿보게 된 것이다. 이러한 아니마의 이미지는 처음 보는 여자에게 예전부터 알고 있던 사람처럼 혹은 자신의 일부라는 느낌으로 다가오는 것이다.

라깡(J. Lacan)은 욕망이론에서 거울단계의 경험이 주체가 형성되는 것을 보여준다고 말한다. 인간은 주체로 탄생하기 전에 상상계(the imaginary)를 경험하고, 상징계(the symbolic)에 의해 상상계적 욕망을 거세당하는 과정을 거쳐야 사회적인 자아, 주체로 탄생한다. 상징계에 탄생한 주체는 채워질 수 없는 근원적인 욕망을 가진 결여(absence)의 존재이다. 인간의 무의식 속에 숨어 있는 욕망이 새로운 대상을 찾아나서는 과정이 실재계(the real)이다(J.라깡, 2004:20).[3]

윤희중이 무진으로 오던 중에 만난 미친 여자와 하인숙과 죽은 술집여자의 시체에서 느끼는 감정은 모두 충동적인 욕망이다. 하인숙이 윤희중의 팔을 잡았다가 놓자 갑자기 흥분하고(148), 그녀가 서울에 가고 싶다는 말을 안타까운 음성으로 하자 갑자기 안고 싶은 충동에 사로잡힌다(149). 무진에서 첫날밤 잠이 오지 않자, 통금을 알리고 해제하는 사이렌 소리에 흥분하고, 부부 혹은 창부와 손님의 교합을 상상한다(150). 강가의 술집여자의 시체를 보고 정욕을 느끼고(151), 조에게 듣는 하인숙의 얘기에 욕망을 느낀다(154). 그리고 그가 무진을 떠나야 할 상황이 되자 하인숙에게 사랑한다는 말을 하고 안하고를 충동적으

---

3) 욕망은 환유이고, 기표이다. 죽음만이 욕망을 충족시킨다. 프로이트는『쾌락의 원리를 넘어서』에서 죽음만이 욕망을 충족시킬 뿐이라고 하였다. J. 라깡, 권택영 역, 『욕망이론』, 문예출판사, 2004.

로 결정한다(159). 그리고 윤희중은 하인숙에게 편지를 쓰지만 찢어버리고 그냥 무진을 떠난다(160). 이 모든 행위는 윤희중이 무진에서 만난 모든 여자에 대한 충동적인 욕망일 뿐이다. 윤희중의 어린 시절에 대한 내용은 없고, 대학 시절에 어머니로부터 과잉보호를 받을 만큼 사랑을 받았으나, 그것이 그의 욕망을 완전히 충족시켜준 것은 아니다. 그가 어린 시절 어머니로부터 충분히 사랑받고 컸더라도 그는 살아있는 인간이기에 끊임없이 욕망하는 존재인 것이다. 그는 무진에서 자신의 과거에 충족되지 못한 욕망이 떠오르고, 현재의 무진에서 자신은 책임을 회피하는 여전히 불완전한 모습을 보임으로서 그가 정신적으로 온전히 성장하지는 못했음을 보여주고 있다. 윤희중은 근원적으로 욕망이 결여된 존재인 것이다. 그가 비록 서울에서 성공적인 삶을 살고 있더라도 그것은 외적인 모습일 뿐이지 내적인 성장은 아닌 것이다.

어머니와 같은 존재인 아내의 편지를 받고 그는 무진에서 모든 기억을 다시 지우고 훨훨 새처럼 떠난다. 아무 일도 없었던 것처럼. 이것이 현재 윤희중의 모습인 것이다. 그가 과거 무진에서 보낸 외롭고, 쓸쓸하고, 폐병으로 인한 불안과 두려움의 시간은 과거일 뿐이고, 지금은 어머니와 같은 아내에게 의지하여 살아가는 존재인 것이다. 그에게 현실은 또 다른 어머니, 아내에 의해 모든 것이 결정되는 미성숙의 상태를 그대로 유지하고 살아가는 것이다. 그게 바로 현재 윤희중의 위치이고, 그의 모습인 것이다. 그에게 어머니와 같은 아내가 없다면 그는 다시 과거의 어둡던 청년 시절의 윤희중으로 돌아갈 뿐이다. 윤희중은 과거 자신의 모습으로 다시 돌아가는 것을 결코 바라지 않는다. 그에게 무진은 과거 속의 무진이고, 무진에서 자신은 과거의 무책임한 모습 그대로, 내적 성장을 이루지 못한 과거의 미성숙한 상태인 것이다. 그는 무진을 떠나면서 현재의 자신으로 다시 돌아오는 것이다. 결국 무진의 일들은 그의 충동적인 일탈에 불과한 것이다.

그가 무진을 떠나면서 느끼는 '부끄러움'은 그가 느끼는 수치심일 뿐이다. 그가 양심적으로 책임지지 못한 일에 대한 것이다. 그가 '부끄러움'마저 느끼지 않는다면 그는 감정도 양심도 없는 무책임한 현대의 한 인간일 뿐이다.

5. 미성숙한 자아 인식

김승옥 소설 「무진 기행」에서 소설 속 주인공의 감정을 연구하였다. 인간 세계의 모든 것은 감정과 연관되어 있으며, 감정은 경험을 바탕으로 이루어진다. 감정은 자기와 세계와의 직접적인 접촉에 의해 이루어지는 것이다. 주인공 윤희중의 무진에 대한 기억과 감정, 주변인에 표출되는 분노, 타인에 대한 욕망이라는 관점에서 살펴보았다.

윤희중의 무진에 대한 기억은 그를 현재가 아닌 과거의 윤희중으로 시간을 되돌리는 구실을 한다. 윤희중은 현재에서 과거의 기억을 서술하고 있지만, 무진에서 경험하는 모든 일들은 과거의 그가 경험하고 겪은 일들을 기억하고 기억 속의 그를 직면하게 한다. 윤희중은 무진에서 서울로, 서울에서 무진으로 자신이 현실의 삶에 실패하여 도피하고자 할 때 도피처로써 의미를 부여하고 있다. 기억 속 어둡던 청년의 모습을 그대로 간직한 채 현재를 살아가고 있는 것이다. 그리고 무진에서 그가 한 행동들은 과거의 모습 그대로 무책임을 합리화하고 있다.

윤희중은 과거 전쟁으로 인한 사회 상황을 어머니의 만류로 전쟁에 참전하지 못한 채 골방에 갇혀 있던 기억으로 자신을 분노하며 오욕의 세월로 치부한다. 그의 분노의 대상은 전쟁이 일어난 사회 상황이지만 그 대상이 자신의 분노를 표출하기에 너무 큰 존재여서, 어머니에게 향하지만, 결국 가장 약한 자신에게 향한다. 이후 서울에서 바쁜 삶 속에서 느껴지는 분노는 아내와 장인에게 향하지만 그 또한 자신에게 큰 존재여서 결국 무진에서 만나는 다른 약한 대상에게 비난과 멸시로 표출한다.

윤희중은 어릴 때부터 그의 욕망이 충분히 충족되지 못한다. 어머니에 의해 형성된 아니마의 이미지는 부정적인 것으로 아내와의 사랑도 대등한 관계에서 이루어지지 못하고, 아내는 어머니와 같은 존재로 인식한다. 아내는 그가 의존하는 대상이 되는 것이다. 그의 충족되지 못한 욕망은 그가 무진으로 왔을 때 그가 만나는 모든 여자를 자신의 일부로 혹은 예전에 알던 사람으로 착각하고 충동적인 욕망을 느낀다. 결국 하인숙은 살아있는 존재로 그의 욕망을 충족시켜주는 존재가 된다. 그러나 그 또한 하룻밤의 무진에서의 추억으로 간주될 뿐이다.

현재 그는 성공하여 고향 무진을 찾는 것처럼 외적으로 보이지만 실제는 서울의 삶에서 도피하여 무진을 찾고 있는 것이다. 결국 그는 과거에 비해 외적으로 성공한 삶을 살고 있지만, 내적으로는 과거의 어둡던 청년 시절의 모습을 그대로 간직하고 있는 것이다. 어머니에서 아내로의 의존적인 현실의 삶을 인정하고 받아들이고 있는 것이다.

김원일 「미망(未忘)」에 나타나는 노년기의 삶에 대한 심리

한국 사회는 현재 '고령 사회' 구조를 뛰어 넘어 이전 시대에 비해 고학력 계층의 '초고령 사회'로 전환하고 있다. 통계청의 '2018년 고령자 통계'에 의하면 65세 이상 고령자는 전체 인구(외국인 포함)의 14.3%이다. 미국, 프랑스, 일본 등의 다른 나라는 고령 사회로의 변화 과정(113년)이 느렸는데 이에 비해 한국은 '고령 사회'로 진입한 후 급속하게 '초고령 사회'로 나아가고 있다.[1] 이런 현상에 비추어 다양한 사회 문화적 변화 현상에 대한 긴급한 대처 방안이 필요하다.

'초고령 사회' 구조로 고착 되고 있는 현 시점에서 한국 사회는 노인 계층에 대한 다양한 양적, 질적 수준의 변화가 요구될 것이다. 지속적

---

1) UN에서 정한 기준으로 65세 이상 인구가 총 인구에서 차지하는 비율이 7%이상이면 고령화 사회, 14%이상이면 고령 사회, 20%이상이면 초고령 사회로 분류한다. 우리나라는 2000년에 65세 이상 고령 인구 비율이 7%를 넘어서며 고령화 사회가 되었고, 2018년 고령인구 14.3%를 넘으면서 고령 사회로 집입했다. 2025년이면 초고령 사회로 진입할 것이라고 예상하고, 전 세계적으로 가장 빠른 속도로 진행되고 있다. 2018년 통계청자료 참조.

이고 급속한 산업화와 세계화에 따라 개인 가치관 부재와 전도 문제가 발생되어 왔으며, 저출산과 고령화 현상은 한국뿐만 아니라 세계적으로 많은 문제점을 도출시키고 있다.

고령 사회를 위한 대비책으로 건강, 근로, 사회, 가치관, 안전 등 다양한 논의가 진행되어 왔다. 이에 반영되어야 할 가장 중요한 것은 현 시점의 노인 세대와 예비 노인층의 특성을 상호 비교하여 충분한 융화책을 찾는 것이다. 1950~60년대의 농촌 사회구조에서 인생을 지나 온 현재 노인층과 고학력의 베이비부머 세대가 주축이 될 예비 노인 간의 세대 차이를 충분히 고려함으로써 향후 노인집단에 대한 고령화 정책의 변화를 준비할 수 있을 것이다.

이러한 심각한 사회적 문제를 문학의 시점에서 분석하고 그 해결방안을 모색할 필요가 있다. 문학 속 노년의 삶에 대한 연구, 즉 여러 노년 계층이 가지는 삶에 대한 다양한 가치와 그에 따른 감정과 정서들을 해부하고 정의 내리는 작업들은 고령층의 삶의 질 향상과 사회 변화에 부응하는 중요한 연구 분야로 충분한 가치를 지닐 것이다. 이러한 시점에서 노인 분야의 다양한 문학적 연구가 교육과 여가 활용 부분에서 앞으로 큰 영역으로 발전해나갈 수 있을 것으로 본다.

1. 연구사 검토

현재 노년 문학에 대한 연구는 그리 깊지 않다. 지금까지 논의의 선상에 있는 작가로는 박완서, 최일남, 문순태, 김원일 등에 대한 연구가 주축을 이루었으며, 연구의 편수도 많지 않다. 김보민(2013)은 김원일과 최일남의 노년소설을 중심으로, 운명적 죽음인식과 순환론적 죽음인식을 중심으로 노년의 죽음에 대한 인식과 대응을 고찰하였다. 소설 속 노인의 죽음에 대한 인식의 과정을 평이하게 서술한 것으로 보인다. 양보경(2014)은 박완서 소설에서 노년 여성들이 자신의 삶을 어떻게 재인식하고 재편하는가의 문제를 고찰하였다. 그의 논문은 가부장제의 사회에서 여성들이 주체적인 삶을 살기 위해 수행적 젠더의 속성을 해체했다는 점에 의의가 있다. 전흥남(2012)은 문순태 소설에서 노인들의 용서와 화해에 대한 인간성 복원의 건강성과 검질긴 생명력에 대해 고찰하였다. 그의 논문은 한국 사회에서 노인문제가 사회문제로 대두될 수 있다는 점을 시사한 것에 의의가 있다. 최명숙(2014)은 최일남 소설에서 노년의 삶과 죽음을 일상이라는 관점에서 논의하였다. 그의 논문은 노년의 죽음을 적극적인 삶으로 준비하는 성숙한 노인의 모습을 고찰하려 했다는 데에 의의가 있다. 이미화(2013)는 박범신 소설 「은교」에 나타나는 노년의 섹슈얼리티에 대해 연구하였다. 그의 논문은 노년 소설의 한정된 연구 범위를 넓히고 노인문제의 재인식을 논의하려고 했다는 점에 의의가 있다.

이외에 노년 소설에 대한 몇몇 연구가 있지만 아직까지 노년 소설에 대한 연구 분야는 다양하고 광폭한 것으로 볼 수 있다. 현재와 미래 사회의 문제로 대두되고 있는 초고령화 사회로 나아가는 시점에서 노년 소설에 대한 연구는 더욱 의미 있는 연구로 발전할 수 있을 것이다. 앞으로 사회적 문제가 될 수 있는 노년의 정서적, 심리적 상태를 문학을 통해 면밀히 살펴보는 것은 매우 중요한 연구가 될 것이고, 미래 한국 사회에서 노년의 사회문제를 해결하는데 큰 역할을 할 것으로 기대한다.

김원일의 소설 「미망(未忘)」은 1982년 작품으로 우리 사회에 만연한 시어머니와 며느리의 갈등을 단순히 보여주는 주는 것이 아니라 1950년대의 시대적 상황을 배경으로 하여 노인 세대의 세대 간 차이로 인한 갈등과 애환의 감정을 고스란히 보여주는 작품이다. 이 작품을 통해 노년의 삶에 대한 심리 상태를 살펴보고, 문학을 통한 노년의 삶에 대한 다양한 문제를 재고하는 기회가 되기를 바란다.

2. 억압적 현실의 분노

김원일의 소설 「미망(未忘)」은 노년의 고부간 갈등을 오랜 세월 동안 깊이 새겨진 애환의 감정으로 거침없이 표현하고 있다. 4대가 어쩔 수 없이 함께 사는 공간에서 화자인 아들의 어머니(며느리)와 할머니는 생김새부터 식성까지 판이하다. "할머니는 여자 중에서도 작고 왜소한 체구였고, 어머니는 여장부답게 몸집이 컸다. 성격 또한 할머니가 꼼꼼하고 찬찬하며 어떤 면에서는 게으른 편이라면, 어머니는 드세고 괄괄하고 남달리 부지런했다."(341) 이런 외적인 부분의 차이는 물론 감정을 표현하는 내적인 부분까지 완연히 다르다. 서로 닮은 부분이 있어도 잘 지내기 어려운 게 고부간인데 전혀 다른 습성을 가진 고부라면 더 말할 것도 없을 것이다. 그러나 소설 「미망(未忘)」의 고부는 우리가 생각하는 그런 고부간과 조금 다른 예상 밖의 내용으로 전개된다. 시어머니가 며느리를 구박하는 것이 아니라 며느리가 시어머니를 구박하는데서 소설이 시작된다. 어머니도 할머니고, 할머니는 어머니의 시어머니이다. 두 사람 다 노인이다.

①"맨날 천날 죽는다 카면서 와 몬 죽을고 쪽박 들고 동냥질 댕기
모 똑맞을 그 잘 사는 딸네집이 갈라카모 어서 가소. 평생 딸네집 뒤
만 봐줬는데도 딸네는 이날 이때까지 와 제밑도 몬 닦는고." 이제는
고모까지 들고 나서는 어머니의 빈정거림이었다.(328)[2]

②"자기 묵기 싫은 밥 억지로 권할끼 뭔가, 굶다 허기지모 그 잘
사는 딸네집에나 가서 실컨 포식하라 카라지." 어머니가 부엌방에
군눈을 주며 할머니가 들으란 듯 시큰둥 말했다. 그리곤 나에게 채
근을 놓았다. "어서 애비 니나 묵거라, 출근길 늦겠다."(329)

③"돈 더 벌 생각 말고 한끼 입 덜어라는 옛말도 있다. 늙은이는
놔두고 니나 나와 묵거라. 노친네란 한두 끼 굶는다고 죽지는 않는
다."(332)

④"그느므 속앓이병인가 먼강은 담배탓이지. 구십이 다 된 늙은
이가 무신 담배는 저래 지독시리 꼽는지. 내 시집 가니간 아죽 미구
처럼 새파란 색시가 담배를 빠꼼빠꼼 피우고 안 있나. 그때부터 피
아댄 줄담배니 담뱃값만 모아도 집 한 채는 샀을 끼다."(333)

어머니의 할머니에 대한 감정은 같이 늙어가는 세월 속에 사무친 원
한이 분노로 표출되고 있다. 분노의 극적인 플롯은 나 또는 나의 것에
대한 모욕적인 불쾌한 언행이다. 우리는 모욕을 당했을 때 상처받은 에
고가 복구될 수 있도록 그 모욕에 보복하려는 내장된 충동을 가지고 있
다. 이것이 인간이라는 생물적 존재의 구성방식이다. 만일 우리를 모욕
하는 사람을 파괴하거나 무력화하면, 우리의 성실성은 유지되고 상처

---

2) 김원일, 「미망(未忘)」, 『한국현대문학 100년, 단편소설 · 베스트20―무진기행』, 가
람기획, 1999.

받은 에고는 복구된다(래저러스&래저러스, 2018:37). 어머니는 과거 할머니에게 상처받은 에고를 복구하기 위해 할머니에게 보복적인 말을 일삼는다. 어머니도 손자가 있는 할머니고, 할머니는 어머니의 시어머니다. 가부장적 사회에서 며느리가 시어머니에게 어찌 감히 저런 말을 할 수 있을까? 라고 할 수 있지만 두 사람은 노인이다. 두 노인의 감정은 더 이상 자신의 가족적 관계를 넘어 자신의 삶에 대한 타인에 대한 감정적 보복을 일삼는 것이다. 그러면 어머니의 사무친 감정의 원인이 무엇인지 알아야 한다.

할머니와 어머니 사이가 벌어진 결정적인 이유는 해방이 되고 아버지가 본격적인 좌익운동에 나서고부터였다. 아버지는 남로당 모화책이고 울산지부 조직부장책을 맡아 뛰었다. 그러니 아버지는 자연 집을 비웠고, 지서의 순경들이 거의 우리 집에 살다시피 했다. 순경과 서북청년단원, 대한청년단원들은 아버지를 찾아내라고 걸핏하면 어머니를 지서로 연행해 갔다. 연행을 당해 가면 어머니는 얼마나 타작매를 당하셨던지 전신에 피멍이 들어 돌아왔다. 한번은 실신을 해 가마니에 실려 돌아온 적도 있었다 했다. 그때부터 어머니는 전깃불을 비추며 저들이 또 들이닥칠까 봐 밤을 무서워했다. 그런데 할머니라도 집에 있어 주면 그 무섬증이 덜하련만 할머니는 체구처럼 간이 작아 아버지가 좌익운동에 나서고 순경들이 집 출입을 하고부터, 대동아전쟁 말기에 정신대에 끌려가지 않으려고 결혼한 호계 고모네 집에 숫제 눌러 사셨다.

어머니는 밤마다 젖먹이 어린 나를 안고 밤이면 밤마다 공포에 떨며 뜬 눈으로 새벽을 맞기가 일쑤였다. "……내가 니를 업고 호계 시누이집으로 가서 울며불며 얼마나 애원을 했겠노. 지발 집에 오셔서 내하고 같이 계시자고 말이다. 그래도 씨가 믹히 드가야지, 순사가 어데 거게만 가나, 여게가 성모 여동상 집이라고 여게도 자주 온

다며 한사코 안 온다 카더라. 그때는 니 할메가 귀신한테 씌있는지 죽자 살자 내 얼굴을 안 볼라 안 카나. 말 같은 며느리가 이 집 귀신 댈라고 간택되는 바람에 멀쩡한 서방 죽고 자슥까지도 좌익에 미친 갱이가 됐다고 동네방네 나발을 불고 댕기니, 시집 잘못 온 죄밖에 없는 내 팔자가 와 그래 서럽던공……."(345 − 346)

아버지의 좌익운동으로 어머니는 수시로 지서에 끌려가 매타작을 당하고 오면 할머니는 고모 집에 가서 오지도 않고, 며느리 잘못 들여 시아버지 죽고, 아들까지 좌익에 미쳤다고 동네방네 소문내며 어머니와 마주하지 않았다. 어머니는 그래도 시어머니라도 있으면 조금 나을까 울며불며 오시라고 했지만 할머니는 고모 집에서 오지 않았다. 그러다가 아버지가 위기감을 느껴 자수하고 돌아오자 할머니는 그제야 집으로 오셨다. 아버지가 다시 좌익활동으로 재산을 탕진하고 사라지자 할머니는 다시 고모 집에 가서 돌아오지 않았다. 어머니는 어린 두 아들을 데리고 먹을 양식도 없는 빈집을 떠나 울산으로 올라왔다. 울산에서 어머니는 거지 동냥질부터 시작해서 멸치 장사하기까지 갖은 고생을 다하며 두 아들을 키웠다. 그리고 큰 아들이 고등학교에 입학하자 새 교복을 사주며 자신이 살아온 지난날을 회상하며 울음으로 밤을 보냈다. 어머니가 살아온 세월은 한국전쟁 이후 대부분의 국민이 경험하는 참담한 시절이었다. 전쟁으로 인한 폐허와 이데올로기로 인한 가족사의 비극은 그 시대를 살아간 모두에게 참상의 시기였을 것이다. 이러한 모진 세월을 어머니는 두 아들을 위해 버티고 살아온 것이다. 그런 시절 집안의 어른인 할머니는 어디에 계셨던가?

니체는 분노는 "더 이상의 모욕을 막는 것"이 아니라 오히려 "감정에 의해 고통을 약화시키려는" 것이라고 말한다. 분노는 자신의 고통을 대신하여 다른 사람들을 악의적으로 비난함으로써 감정에 의한 고통을 약화시킬 수 있다는 것이다. 분노는 더 이상의 모욕을 막는 적극적인 것이 아니라 과거의 모욕을 약화시키는 마취적인 것이라고 한다(J.M. 바바렛, 2007:227-228). 어머니의 분노는 어디에서 표출되는 것인가? 표면적으로 그러한 어려운 시절에 할머니가 옆에 있어주지 않았다는 것은 어머니의 할머니에 대한 충분한 분노의 표현일 수 있다. 할머니가 어머니의 욕을 하며 돌아다닌 것이 사실이고, 할머니가 고모 집에서 돌아오지 않았다는 사실만으로도 어머니에게 충분한 한을 쌓이게 한다. 그러나 어머니의 사무친 분노는 아버지 부재이다. 아버지의 부재로 어머니는 서른두 살에 홀로 두 아들을 키워 온 것이다. 어머니의 분노는 아버지의 부재로 인한 할머니의 부재로까지 이어진다. 그러한 현실적 상황은 어머니가 할머니에 대해 분노를 표출함으로써 어머니의 지난 세월에 대한 극심한 고통의 감정이 조금은 약화되는 듯한 효과를 가져오는 것이다. 어머니는 자신이 살아온 고통의 세월만큼 분노의 감정을 할머니에게 쏟으면서 자신의 고통을 약화시키려는 것이다. 이러한 감정은 나이가 들면서 약화되는 것이 아니라 더욱 격화되고 강하게 표출되는 것이다. 분노는 시간이 지나 흩어지기도 하지만, 해소되지 않은 상태에서 그 대상을 마주하면 더욱 강화되기 때문이다.

이러한 분노의 표현은 효과적으로 이용되기도 하는데 어머니가 아버지와 할머니에 대한 분노의 감정을 두 아들을 위해 끝까지 살아야 한다는 강한 의지를 심어주기도 하였다. 결국 어머니는 죽기를 각오하고 두 아들을 키워냈고, 현금을 손에 쥔 당당한 노인이 된 것이다. 또한 할머니에게 강렬한 화를 표현하여 일정한 굴복을 얻고, 가족에게 자신의 위엄을 세우는 통제가 가능한 것이다.

어머니의 할머니에 대한 분노의 표출은 위험을 피하는 일반적인 전치(轉置)의 방법이기도 하다. 분노를 두려워하는 힘이 센 사람들을 겨냥하지 않고, 위협적이지 않은 다른 사람 쪽으로 분노의 방향을 돌리는 것이다. 어머니의 분노는 부재하는 아버지 대신 힘이 약한 할머니에게로 전치된 것이다. 할머니는 며느리와 손자들에게 제대로 해준 것이 없고, 위기 상황에서 고모 집으로 피신한 나약한 모습을 가족들에 보여줌으로써 자신의 권위를 잃은 것이다. 그런 할머니는 어머니의 분노를 표출하기에 가장 적합한 대상이다. 할머니는 어머니의 그러한 구박을 고스란히 받고 참아낼 수밖에 없는 약한 존재이다. 할머니가 어머니의 구박에 대한 대응의 방식은 약간의 토라짐(pouting)으로 표현한다(J.M.바바렛, 2007:43). 어머니의 폭풍 잔소리를 고스란히 듣고 나서 마지막에 속으로 내뱉듯이 한마디 한다. "그래, 그래, 니 말이야 다 맞지러. 축구등신 같은 이 늙어빠진 시에미가 잘한기 머가 있노. 자슥을 잘 낳았나, 나은 자슥을 잘 키았나, 아무것도 잘 기 없지러.……"(328)라고 말한다. 할머니만의 분노를 약하게 표현하는 것이다. 할머니에게 어머니는 두려운 대상이고 어머니로부터 더 큰 공격을 받고 싶지는 않은 상태에서 과거 자신의 무능함과 현재 손자에게 의존하여 살아가는 처지에 약간의 토라짐으로 자신의 처지를 비관하는 말로써 표현한 것이다. 할머니의 이러한 표현은 자신의 분노를 최소화하여 토라짐으로 위장한 것이다. 할머니의 어머니와 손자에 대한 죄책감은 더 큰 자신의 수치심을 자극하지 않기 위한 하나의 표현인 것이다.

3. 운명적 삶의 불안

할머니는 평생을 누군가에게 의지만 하고 살아왔다. 스스로 독립하거나 누군가를 지켜본 적 없는 나약한 모습의 삶을 살아왔다. 어린 시절 가난한 삶과 시집와서 남편에게 의지하여 살았던 삶, 중년에 딸과 사위에게 의지하고, 늙어 손자와 손자며느리에게 의지하여 살아왔다.

할머니 연세 올해로 여든여덟이니 12년만 더 살면 한 세기를 사시는 셈이다. 할머니의 친정은 모화에서 삼대봉이란 해발 6백 미터 남짓한 산허리를 휘어돌아 동으로 늘어진 시오리길을 걸으면 당도하는 하서라는 갯마을이었다. 하서는 방어진과 감포의 중간쯤에 위치해 있는 30호 정도의 작은 어촌이었다.……할머니는 열아홉 살 때 모화당의 상처한 홀아비에게 시집을 왔다. 할아버지는 손 귀한 집안의 외동아들로 겨우 호구나 면하는 가난한 소작농이었고 할머니와 혼례를 치렀을 때는 시쳇말로 이가 서 말이나 된다는 나이 서른하나의 늙은 홀아비였다. ……"들은 이바구로 니 할메 친정은 친가 외가를 따져 사촌조차 없는 사고무친이었던 기라. 어느 과수가 딸 둘을 키았는데 울도 없는 두 칸 초가에 삽작 앞만 나서모 사철 시퍼런 파도가 넘실거리는 바다였단다. 니 할메 친정애비는 배를 타다가 젊어 물귀신이 됐고 친정에미가 청상에 과수가 되어 딸 둘을 키우며 미역을 따다 호구를 면했는데, 바다라카모 하도 원한에 사무쳐 뱃놈한테는 절대로 딸을 안 줄라고 벼르다가 우째 모화당 니 할베와 혼삿말이 있었던 기라. 지금도 보모 얼굴이 갸름하고 이마가 반듯한 기 니 할메가 처녀 적은 꽤나 새첩었을(예뻤을) 끼라. 니 할메가 시집을 와서는 딱 두 번 친정걸음을 했다는데 한 분은 동상이 시집간다는 기별이 와서 갔고, 한 분은 두 딸을 다 출가시키고 가랑잎맨쿠로 홀홀이 혼자 살던 친정엄마가 쉰도 몬 되어 죽었다는 기별이 와서 하서로 갔단다. 그것도 다 들은 이바구고, 내가 시집을 와서는 니 할메가 한 분도 친정 가는 걸 몬 봤다. 친정 이바구를 입에 담지도 않고 담배를 피우며 저 동쪽 하늘을 보다가 혼자 눈물 지우는 모습이사 수천 분도 더 봤지러. 죽은 부모나 감포쪽으로 시집 가 소식 없는 동상 생각이 나서 그랬겠지." 어머니가 내게 들려준 말이었다. "추석이나 설날이나 제시지낼 때 니 할메 하는 짓 봤제? 제사를 다 지내모 꼭 따로 밥 두 그릇을 새로 떠서 제사상을 문쪽으로 반쯤 돌려놓고 할메 혼자 두 분 절하는 거. 그거는 젯상에 밥 올려놓을 손을 몬 두고 죽은 친정 부모님 제사를 니 할메가 대신 지내주는 기다."(337)

불안－공포, 죄책감, 수치심은 실존적 감정들이다. 이 감정들이 기초를 두고 있는 위협들이 우리의 존재, 세상에서의 위치, 삶과 죽음, 삶의 질에 대한 의미나 개념들과 관련이 있기 때문이다(래저러스&래저러스, 2018:71). 할머니의 삶을 살펴보면 한 평생을 불안과 공포 속에 살아왔다. 홀어머니 밑에서 가난하게 자라 홀아비에게 시집와서 아들 셋을 낳고 두 아들은 죽고, 막내아들 하나 키워냈다. 조금 살만해지고, 아들의 좌익 활동을 막고자 며느리를 들이기로 한다. 며느리는 자신과 다르게 몸집도 크고 유학자 집안에서 자라서 자신과는 비교할 수 없는 당당함을 지니고 있다. 그런데 그 며느리가 시집도 오기 전에 남편이 죽고, 아들은 장가 들고도 계속 좌익 활동을 한다. 며느리가 들어오고 집안이 나아지질 않는다. 결국 아들은 재산을 탕진하고 사라진다. 지서에 끌려다니기 싫어 딸집에 숨어 지내다가 딸집의 가세가 기울자 다 늘그막에 한 푼 도와 준 것도 없는 손자 집에 얹혀 지내게 된다. 넉넉한 형편도 아닌데 장손이라는 이유로 할머니를 극진히 모시는 손자와 손자며느리를 보면 고맙고 미안하기만 하다. 그런데 그 당당하고 무섭기까지

한 며느리가 함께 살겠다고 장손 집으로 내려오면서 할머니의 삶은 다시 고달프기만 하다. 할머니는 어린 시절 아버지의 부재로 인한 가난과 시집와서 갑작스런 남편의 죽음으로 인한 남편의 부재와 좌익활동으로 인한 아들의 부재로 한평생 가난과 불안과 공포 속에 살아왔다.

불안에 대한 약한 불안 발작의 세 가지 공통된 특징은 첫째, 구체적인 자극이 불안을 일으키는 과정, 둘째, 특정한 상황에서 개인적인 의미가 불안에 특별히 취약한 상태를 만들어내는 과정, 셋째, 위협에 성공적으로 대처하지 못함으로 불안이 악화되는 과정이다(래저러스&래저러스, 2018:76). 할머니는 자신이 평생 동안 느껴온 불안의 감정을 발작적으로 표출하고 있다. 할머니는 남편의 부재로 불안한 가운데 아들의 부재로 인해 순경이 출입하고, 며느리가 지서에 끌려가 매를 맞고 온다. 이러한 상황은 할머니 자신의 불안감을 자극하고, 일제 강점기처럼 정신대에 끌려갈 수 있다는 착각 속에 며느리와 손주를 버리고 혼자 딸집에 숨어 지내게 한다. 이것은 자신을 위협하는 요소로부터 자신에게 일시적인 안정을 주었지만 결과적으로 성공적인 대처 방법이 되지 못한다. 결국 할머니는 며느리에게 어른으로서의 대접은커녕 구박받는 시어머니로 전락하는 신세가 된다. 할머니가 좀더 현명하게 행동하고 살았다면 힘들어도 며느리에게 대접받고 손주들에게 도움이 되는 삶을 살 수 있었을 텐데 할머니는 그러지 못했다. 그럼에도 불구하고 손자와 손자며느리의 극진한 보살핌을 받을 수 있었던 것은 그 시절이어서 가능했을 것이다.

할머니의 반복적인 불안감은 할머니의 능력에 심각한 의심을 품게 한다. 할머니는 남편과 아들에게 의지하여 살아왔다. 그러나 그들의 부재로 인해 며느리로부터 함께 있어달라는 말이 자신의 능력 밖의 요구로 느껴져 위협을 느끼게 된다. 할머니는 자신의 능력이 없음을 쉽게 인정하고 며느리와 손자를 버리고 딸에게 의지하여 살아온다. 그러한 할머니의 삶의 방법은 실패하게 된다. 딸이 경제적으로 몰락하자 손자에게 얹혀 지내게 된 것이다. 그로인해 며느리와 관계는 더욱 악화될 수밖에 없다.

①"그래, 그래, 니 말이야 다 맞지러. 축구등신 같은 이 늙어빠진 시에미가 잘한기 머가 있노. 자슥을 잘 낳았나, 나은 자슥을 잘 키았나, 아무것도 잘한 기 없지러. 하늘 보기가 부끄러버 거리구신이 돼서 객사를 하든가, 약을 묵고 죽든가 해야지러. 이짓 저짓, 다 몬하모 우짜겠노, 호야네한테라도 가야지. 그노무 차를 또 우째 탈꼬."(328)

②"부모 복, 서방 복, 자슥 복, 다 없는 이 늙은이를 저승사자는 와 안죽 안 데불고 갈꼬 생각할수록 원통하고 서럽은 내 팔자야. 그저 자는 잠에 꼴각 숨 거두모 마 좋겠구마는……." 할머니가 세운 무릎에 얼굴을 묻더니 소리 죽여 흐느끼기 시작했다.(331)

할머니는 며느리의 구박에 자신의 무능함을 탓할 뿐 어쩌지 못한다. 할머니의 이러한 죄책감과 수치심은 자신의 삶의 실패에 대한 인식과 관련이 있다. 죄책감은 양심, 수치심은 자아이상(ego-ideal)이라는 내적 기준을 가지고 있다. 정신분석학자들은 이것을 초자아(superego)라고 한다. 죄책감과 수치심의 원인은 '내부의 고요한 목소리'에 비유할 수 있다. 그것은 우리가 행동해야 하는 방식을 규정해주는 내적인 목소리이다. 죄책감은 도덕성과 관련되고, 수치심은 스스로가 생각하는 기준에 따라 행동하지 못하는 것과 관련되는 감정이다. 할머니의 죄책감과 수치심은 며느리의 구박에 대한 자신의 행동에 대한 죄책감과 손자들에 대한 수치심으로 볼 수 있다. 할머니의 죄책감과 수치심은 불안의 감정에서 비롯되는 것으로 볼 수 있다.

할머니는 어머니의 구박에 대해 저러한 방식의 반응으로 자신의 잘못을 인정하면서 스스로에게 '이게 내가 사는 방식'이라는 것을 말하는 것일 수도 있다. 할머니 자신이 평생토록 살면서 느껴온 불안한 삶을 자기내부에서 스스로 받아들이는 것이다. 이런 불안은 실존적인 위협으로 다가와서 결국 할머니의 죽음으로 연결된다. 할머니가 연세가 많고, 지병을 앓고 있었지만, 결국 할머니의 불안한 감정은 자신을 죽음에 이르게 한 것이다. 인간은 모두 불안을 경험하고, 이러한 불안은 신체적·심리적 죽음에 기초한 것으로 볼 수 있다. 할머니의 불안감은 자신이 지금까지 살아온 것의 경험과 앞으로 살아갈 것에 대한 믿음과 희망이 없어짐으로써 죽음으로 연결된 것이다.

할머니의 불안은 살아오면서 평생 동안 느껴온 감정이다. 아버지와 남편과 아들의 부재에 따른 무능한 자신의 삶과 누군가를 의지하여 살아온 삶이, 자신을 의지하며 함께 살자는 며느리의 부탁에 위협을 느끼고 거절한 것이다. 할머니가 자신을 무능하게 여기기도 하지만 할머니 자신이 누군가의 버팀목이 되어 살아본 적이 없어 더 위협적으로 다가왔을 수도 있다. 아니면 남편과 아들의 부재 원인을 며느리에게 두는 가부장적 사회 인식으로 받아들였던 것일 수도 있다. 집안을 망하게 한 며느리와 함께 살 수 없다는 생각이었을 것이다. 그러나 손자는 며느리의 아들이다. 어머니가 아들과 살겠다는 데에 할머니가 말릴 방법도 없고, 그럴 처지도 아니다. 할머니는 살아가는 내내 불안과 공포를 느끼며 가족들이 지켜보는 가운데 생을 마감한다. 어머니는 할머니를 평생 동안 원망하면서 할머니의 죽음 앞에 간갈치를 사오면서 할머니에 대한 원망과 분노가 결국 죽음으로까지 이어지기는 결코 바라지 않았을 것이다.

4. 노년기의 삶에서 반목되는 감정 돌아보기

김원일 소설 「미망(未忘)」에서 살펴본 노인의 삶을 어머니와 할머니로 나누어 살펴보았다. 해방직후 남북의 극심한 이데올로기 대립 상황은 당대 많은 이들의 삶에 영향을 주었다. 어머니는 사회주의 이데올로기에 몰입한 남편의 이탈 때문에 정신적 상실 상황을 겪고, 자식을 지키고 양육하기 위해 처절한 생존의 몸부림을 친다. 시어머니에 대한 배신감과 분노를 간직한 채 노년에 즈음해 그에 대응한 분노의 감정을 시어머니인 할머니에게 표출하고 있다. 그리고 이런 어머니와 함께 할머니 또한 극심한 가난과 열악한 가정환경, 폭압적 일제 강점기를 지나왔다. 결혼을 통해 시작한 새로운 삶 또한 지속적 고난이었으며, 상실의 한의 감정과 도피적 자세가 고착화되었음을 알 수 있다. 어린 시절 아버지의 부재로 인한 가난과 갑작스런 남편의 죽음과 아들의 부재로 평생을 불안, 상실, 공포를 간직하며 살아왔다. 어머니와 할머니는 시대를 달리하지만 인간으로서 여인으로서 견뎌내기 힘든 사회적, 경제적 상황을 경험하면서 유사하고 다양한 감정들을 가졌음을 알 수 있다.

그러나 이 두 사람은 피해자이고 약자의 삶과 정서를 가졌음에도 노년기에 반목하는 모습을 보여준다. 가족이면서 신뢰와 의지의 대상인 시어머니의 배반행위가 두 노년의 여인에게 삶의 회한을 주고 잘 극복되지 않는 감정들을 각인시켰음을 알 수 있다.

특히 분노의 감정은 시간이 지나면 흩어질 수도 있지만, 어머니는 분노의 감정이 해소되지 않고 쌓인 상태에서 반복적으로 폭발하고 있다. 이에 비해 할머니는 기존의 불안감과 삶의 여정에서 얻은 여러 죄책감과 수치심으로 인해 수동적이고 자책의 노년기를 보내고 있다. 어머니는 과거의 어려움과 분노 등을 할머니에 대한 분노와 적개심으로 적극적으로 표출하는 반면 할머니는 회피적이고 수동적인 자책의 노년 모습을 보이고 있다.

이 작품에서 어머니와 할머니의 개별 인생 역정은 다르지만 그들이 겪은 어려움은 누구나 가질 수 있다. 그에 따른 여러 감정, 즉 회한, 불안, 수치, 자책 등의 정서나 감정도 유사하며 각자의, 모두의 통증으로 남을 수 있음을 보여준다. 또한 「미망(未忘)」은 노년의 위치에서 보이는 공통적인 여러 감정들을 제시하면서 정치, 경제, 사회 가치적 환경이 인간의 삶에 얼마나 영향을 미치는지를 나타내고 있다.

어머니도 할머니도 노년기에 서 있다. 시어머니와 며느리의 협지적인 인간관계에 기초한 분노 표출과 배신감, 죄책감 등의 감정이 노년기 자존감에 절대적 영향을 미치고, 젊은 시절 그들이 경험한 관계적 상황들이 모두 지난 과거의 일이지만 그들이 살아가는 내내 삶을 지배하고 통제하고 있음도 보여준다. 이러한 문학 속 노년의 감정들은 현실의 삶에서 우리가 경험할 수 있는 실존적 감정들이다. 인간은 누구나 지나온 삶에 대한 회상을 통해 여러 감정을 가질 수 있고, 이것은 고령화 사회의 한 단면을 보여준다.

소설 「미망(未忘)」을 통해 노년의 심리 상태를 파악해 보고, 노인의 제 문제에 대비할 수 있는 다양한 방법을 연구할 수 있을 것이다. 고령 사회를 진입하여 빠르게 초고령 사회로 나아가는 현 시점에서 노인을 위한 다양한 정책적 변화가 필요하다. 그 대비책의 하나로 고학력 고령자를 위한 노인문학을 연구하는 것은 좋은 방법이라 판단된다. 문학 속 노년의 삶을 통해 노년 사회를 대비하고, 문학을 통한 노인 교육과 여가 활용을 통해 다양한 정책으로 발전할 수 있는 계기가 되기를 기대한다.

황석영 소설 『바리데기』에 나타나는 삶에 대한 감정

　황석영은 『바리데기』(2007)에 대해서 『손님』(2001), 『심청, 연꽃의 길』(2003)과 더불어 우리 네 삶의 형식과 서사를 통해 현재의 세계가 마주친 현실을 담아낸 작업이라고 말한다. 오늘의 새로운 현상인 '이동'을 주제로 삼고, 되풀이되는 전쟁과 갈등의 새 세기에 문화와 종교와 민족과 빈부 차이의 이데올로기를 넘어선 어떤 다원적 조화의 가능성을 엿보고 싶었다고 한다(2007:295). 소설 『바리데기』는 작품 속에서 현실과 환상 세계를 넘나드는 환상적 요소가 강하다. 한국 고유의 무속과 불가적 가치, 그리고 확장적 측면에서 아프리카 무속과 기독교 가치를 융합하면서 환상적 환경을 조성하고 있다. 작가는 이 소설에서 현대인들이 직면한 현실과 그에 따르는 여러 내적 감정과 갈등을 드러내고 있다. 또한 현대의 여러 위기 상황을 소설 속에 등장시킴으로 허구 속에서 현실 문제를 함께 논의하고자 한다.

　현대인들은 많은 위기 상황에 노출되어 있다. 국가 간의 크고 작은 분쟁과 민족과 가치 충돌에 의한 극단적 테러 상황, 더불어 가속화되는 자연재해에 의한 피해 상황은 전 세계인의 생존과 정신가치에 위험을 초래하고 있다. 이러한 환경 속에서 현대인들은 분노, 상실, 원망, 절망 등을 복합적으로 드러내고 정체성 상실의 경계에 서 있다. 문학을 통해 다양한 감정 분석과 평가를 하면서 황석영이 제시하고자 했던 인간 본연을 확인하고, 현대 여러 심각한 위기에 대처해야 한다. 현대사회에서 발생하는 부정적 감정의 표출은 우리 모두가 피해자가 될 수 있다는 위기감을 조성한다. 현대인들은 상황적 위험과 자연적 위험에 함께 노출되어 있으며, 이러한 위기감은 현대인의 삶을 더욱 황폐화시키는 요인이 된다.

인간은 세상의 모든 생물 가운데 가장 감정적이다. 인간의 다양한 감정은 개인적 의미의 산물이면서 동시에 우리 삶의 사건과 조건들에 의미를 부여한다. 우리가 감정을 이해한다는 것은 삶의 일상적 사건들의 의미를 해석하는 방식을 이해한다는 것이다. 우리 자신의 감정 내부에 있는 개인적인 의미를 이해하는 것은 그 감정들을 더 잘 받아들이고 더 잘 통제할 수 있게 한다(래저러스&래저러스, 2018:21). 그러한 감정의 조절은 우리가 다른 사람들과 맺는 긍정적 관계를 방해하지 않고, 우리가 살아가는 공동 사회의 삶의 질을 높이고, 보다 안정적인 삶을 살아가게 할 것이다.

이 논문은 황석영 소설 『바리데기』에 나타나는 주인공 바리의 삶에 대한 감정을 연구하는 데 목적을 둔다. 주인공 바리는 그녀의 의지와 상관없이 처해진 상황에 의해 북한에서 중국으로, 중국에서 영국으로 삶의 터전을 이동하게 된다. 이러한 상황에 따른 이동의 과정은 그녀가 살아가는 삶에 대해 다양한 감정을 표출하게 한다. 바리가 삶에서 느끼는 감정적 상태를 그녀가 처한 상황을 중심으로 연구하여 현대의 여러 위험 속에서 발생가능한 감정의 다양한 형태를 구체화하고, 감정에 대한 치유 방법을 제시하고자 한다.

1. 연구사 검토

지금까지 『바리데기』에 대한 연구를 살펴보면, 우선 민족 문제에 초점을 둔 연구가 많다. 김인숙(2016)은 민족문제가 다루어지는 방식에 주목하였다. 바리가 이동하면서 북한에 대한 부정적 현실은 잊혀지고 순수한 원형적 이미지로 기억되는 점과 민족을 추상화된 이미지로 기억하고, 제3세계 이주민과 동질화되는 점을 지적하였다. 그의 논문은 소설 『바리데기』에서 만신 바리의 치유 능력은 발휘되지 못하고, 하층민의 고통만 추상적 경구로 나열하였다는 것을 심도 있게 연구하였다.

이평전(2017)은 황석영 소설에 나타난 동아시아 지역 담론을 연구하면서 『바리데기』는 동아시아 담론과 '네이션'의 문제가 직접적으로 연결되어 있다고 지적한다. 작가의 '방북'과 '망명'의 체험이 녹아 있다고 한다. 그의 논문은 『손님』, 『심청, 연꽃의 길』을 넘어서 『바리데기』에서 내셔널리즘을 극복할 수 있는 가능성을 발견한 것에 의의가 있다.

박승희(2010)는 『바리데기』에 나타난 이주의 문제를 민족적 서사와 세계적 연대적 측면에서 살펴보고, 민족국가의 경계를 단순히 해체하거나 무시할 수 없는 현실적 조건에서 민족적 서사의 세계적 소통 가능성을 이주 과정을 통해 설명하고 있다. 그의 논문은 주인공 바리가 대화와 소통을 통해 교감하고 민족에서 세계로 확장되어 간다는 점에 의의가 있다.

그 외에 신동흔(2018)은 설화적 이야기성의 회복은 소설의 미래적 발전의 길이 될 수 있다는 관점에서 『바리데기』에 나타난 '이야기'의 재현 문제를 살펴보았다. 소설 『바리데기』에서 전통서사의 과감한 수용은 형식과 내용, 또는 스타일과 주제의 양 측면에 함께 걸쳐 있다고 한다. 그의 논문은 21세기 황석영 소설의 서사적 맥락을 면밀히 분석하였다.

김재영(2012)은 국경을 넘나드는 바리의 유랑서사를 통해서 비참한 세계 현실을 증언하고, 이러한 모순을 해결하기 위해서는 탈근대적 인식에 기반한 새로운 방식으로 접근해야 한다고 말한다. 그의 논문은 작가가 의도한 이동에 초점을 두어 유랑할 수밖에 없는 난민들의 모습을 분석하였다.

이명원(2007)은 바리데기는 젠더(gender)적 측면에서 약소자(minority)이고, 최저낙원을 꿈꾸는 인물이며, 소설 속에서 남근중심주의의 이데올로기적 화해와 승화를 완결된 결말로 제시하지 않고, 그 비참의 풍경을 열어두고 있다고 지적한다. 이 논문은 현실을 좀 더 냉정하게 직면하고 최저낙원도 과연 이루어질 수 있는지에 의문을 던지는 것으로 비평적 결론을 도출한 점에 의의가 있다.

정연정(2010)은 서사무가 「바리공주」와 소설 『바리데기』를 중심으로 서사무가와 소설의 구조적 상관관계를 연구하였다. 서사무가 「바리공주」와 소설 『바리데기』를 구조적으로 비교 분석하고 그 서사구조의 맥락에 따른 의미 생성과정을 면밀히 분석한 것에 의의가 있다.

소설 『바리데기』의 주인공 바리의 삶의 여정에서 그녀가 표출하는 다양한 감정을 연구하여 그녀가 그러한 감정의 기복을 조절하고 극복하는 과정을 살펴 볼 것이다. 이를 통해 현대인들이 살아가며 표출하는 감정에 대한 합리적 방향 제시를 통해 현대의 제(諸) 문제를 해결하는데 도움을 주고 개인의 감정 순화에 기여하고자 한다.

2. 운명적 삶에 체화된 불안

불안이라는 감정은 실존적 감정이다. 불안은 우리의 존재와 세상에서의 위치, 삶과 죽음, 삶의 질에 대한 의미나 개념들과 관련이 있다. 우리는 다양한 경험과 문화적 가치를 통해 이러한 의미를 구성한다. 불안은 개인적 안전과 정체성뿐만 아니라 삶과 죽음의 문제에도 초점을 맞추고 있다(래저러스&래저러스, 2018:71).

소설『바리데기』에서 주인공 바리는 출생시점부터 스스로 인식하지 못하는 상태에서 자아를 손상당한다. 이후 가족해체와 탈북 과정 속의 극심한 환경적 고통, 형제와 할머니의 비참한 죽음 등은 지속적인 불안감을 발생시키고 자아인식 또한 혼란케 하였다. 그리고 소설이 끝나는 시점까지 전반적으로 불안하고 위험한 삶의 모습을 그려내고 있으며, 소설 끝에서 담담하게 살아가는 사실적 모습을 그리면서 열린 결말을 제시하고 있다. 본 연구는 바리의 삶에서 평생 수반되는 불안의 실재를 객관적 시선으로 살펴볼 것이다.

①나를 받아낸 할머니는 그냥 핏덩이째로 옷가지에 둘둘 싸놓고는 어찌할 바를 몰라 미역국을 끓일 생각도 못하고 부엌 봉당에 멍하니 앉아 있었다. 엄마는 소리죽여 울고 앉았다가 나를 그대로 안

고 집밖으로 나가 동네에서 멀리 떨어진 인적없는 숲에까지 갔다. 엄마는 소나무숲 마른 덤불 사이에 나를 던지고는 옷자락을 얼굴에 덮어버렸다고 했다. 숨이 막혀 죽든지 찬 새벽바람에 얼어 죽든지 하라고 그랬을 게다.(9)[1]

②그날, 알리와 나는 아침에 집을 나와 버스를 타고 캄튼으로 가는 중이었다. 워털루 다리를 건너 싸우샘프턴 거리를 올라가고 있는데 갑자기 엄청난 폭발음이 들려왔다. 가던 차들이 멈추었고 사람들이 달려가고 있었다. 우리도 버스에서 내려 길을 건너갔다. 러쎌 스퀘어 쪽에서 불길과 연기가 올랐다. 사람들의 뒤를 따라 쫓아가보니 도로 한가운데서 버스가 폭파되었다. 사람들은 가까운 킹즈크로스 역에서도 폭발이 일어났다고 했다. 이층버스의 윗부분이 날아가 버렸고 아래도 반나마 찌그러졌다. 거리에는 부서진 철판과 의자며 유릿조각들이 흩어져 있었고 가까이 있던 상가의 유리창들도 모두 부서져나갔다. 도로 한복판에 시체들이 사방으로 널브러져 있고 피가 번져 있었다. 비틀거리며 일어나는 부상자들과 얼이 빠져 피를 흘리며 걸어오는 사람들이 보였다. 내가 쓰러질 듯 알리에게 기대며 얼굴을 돌리자 그는 나에게 팔을 돌려 감싸고는 그곳을 떠났다. 경찰차와 앰블런스의 경적소리가 온 거리를 가득 메우고 있었다.(291-292)

①은 주인공 바리가 태어나자마자 부모로부터 버림받는 내용이고, ②는 소설의 끝 부분으로 바리의 불안한 삶이 지속되는 모습을 보여주고 있다. 작품 속에서 바리는 불행한 삶을 살고 있으며, 그 과정과 원인을 살펴보면 다음과 같다. 첫째, 바리는 태어나면서 일곱 번째 딸이라는 이유로 버림받은 것이다. 어머니는 핏덩이 바리를 옷가지에 싸서 숲

---

1) 황석영, 바리데기, 창비, 2007.

에 내다버린다. 남아선호사상에 의해 아들을 원했던 부모님은 여섯 명의 딸이 있는데 일곱 번째 자식이 또 딸이라는 사실에 절망하고, 아버지가 뭐라고 하시기 전에 어머니가 갖다버린다. 이렇게 바리는 서사무가 「바리공주」와 마찬가지로 태어나자마자 부모에게 버림받게 된다. 이건 바리의 불행의 시작이고, 운명인 것이다. 이렇게 시작된 바리의 불행이 바리가 평생 가졌던 불안감의 근원적 계기가 된다. 둘째, 외삼촌의 등장으로 바리 가족의 행복한 삶이 파괴된다. 외삼촌이 맡은 일이 북한의 어려운 경제 사정으로 결손이라는 피해를 발생시키고 그에 대한 책임을 회피하기 위해 외삼촌은 월남한다. 외삼촌의 월남을 당에서 모른다고 해도 결손에 대한 책임은 결국 바리 가족에게 돌아오고, 가족의 해체라는 냉혹한 현실을 겪게 된다. 이 과정에서 극심한 불안은 지속된다. 셋째, 가족의 해체는 가족의 죽음으로 이어진다. 두만강을 건너 탈북한 뒤 백두산 자락의 움집에서 바리, 할머니, 현이와 아버지가 생활하지만 백두산의 춥고 척박한 겨울에 병약한 현이가 비참한 죽음을 맞고, 아버지는 어머니와 언니들을 찾으러 떠나서 돌아오지 못한다. 잇따른 할머니의 죽음, 형제 같은 개 칠성이의 죽음은 어린 바리에게 감당하기 어려운 불안과 상실감을 발생시킨다. 넷째, 혼자 남게 된 바리의 나이는 열두 살, 바리는 일자리를 찾아 중국으로 들어간다. 아이보기 가정부에서 낙원 안마방으로 취직하고 샹 언니를 만나고, 돈을 모아 새로운 안마방을 차리지만 사기를 당해 영국으로 밀항하게 된다. 영국 가는 밀항선에서 견딜 수 없는 비인간적 상황들을 경험하면서 현실의 기억조차 상실하는 불안의 극에 치닫게 된다. 이러한 선택적 기억 상실은 바리의 삶에 대한 불안을 더욱 증폭 시킨다. 다섯째, 영국에서의 삶은 자유가 없고, 엄청난 빚을 갚아야하는 노예 생활이다. 영국사회에서 동일성을 갖지 못하고 항상 쫓기는 불법체류자로서 불안한 삶을 살게 된다. 여섯째, 남편 알리와 이별하고, 딸 홀리야 순이를 낳았지만, 샹 언니와의 재회로 인해 딸을 잃게 된다. 홀리야 순이를 지키지 못했다는 죄책감은 바리에게 최악의 불안과 상실감을 형성한다. 일곱째, 알리와 재회하고 새로운 삶을 시작하지만, 당시 사회의 테러 상황은 끝나지 않는 반복되는 현실로 직면하고, 바리의 삶은 불안의 연속임을 보여준다. 유년기의 어린나이에 접하는 가족의 죽음과 이별, 그리고 심신을 험악하게 침탈하는 주변 환경들은 바리 자신의 정체성을 혼돈할 정도로 심각하고 연속적인 불안과 상실감을 발생시키게 된다.

① 우리 동네의 골목으로 꺾어 들어서는데 왠지 가슴이 철렁했다. 길이 텅 비어 있었고 양쪽의 집들까지 빈집처럼 보였기 때문이다. 한쪽에는 빨래를 짊어지고 한손으로는 장을 본 비닐봉지를 들고 나도 모르게 걸음이 빨라졌다. 빨래보퉁이를 내려놓고 한손으로 열쇠를 현관문 구멍 속으로 넣으려는데 손이 후들후들 떨렸다. 그리고 문을 열자마자 나는 아아, 하면서 입을 막았다. 홀리야 순이가 구겨진 헝겊인형처럼 계단에 던져져 있었다. 나는 얼른 아기를 끌어안았다.
순이야, 순이야!
아기의 고개가 뒤로 툭 떨어졌다. 나는 몇 번이고 더 고함을 쳤지만 집은 텅 비었는지 아무도 내다보는 사람이 없었다.
병원에 가서 아기가 이미 죽었다는 걸 확인하고서도 나는 믿을 수가 없었다.(260)

② 샹 나쁜 년, 널 죽여버릴 거야.
내 가슴속에 감추고 있던 것을 샹이 건드렸을 뿐, 그것은 먼 길을 거쳐오는 동안 나를 괴롭히던 모든 것들에 대한 원한이었음을 나는 나중에 알게 된다.(262)

우리 모두는 불안을 경험하고 불안을 통제하기 위해 다양한 대처 전략들을 사용한다. 불안에 취약한 사람들은 역공포 스타일이라고 부르는 것을 통해 상황에 대처해나가기도 한다. 그들은 위협적인 상황과 부딪힐 때 실제로 느끼는 불편함을 인정하고 받아들이기보다는 외형적으로 용기, 대담함, 능란한 솜씨를 가지고 맞서려고 한다. 어떤 사람들은 그런 대결을 피하기도 한다. 그럼으로써 그들이 삶에서 얻을 수 있는 것도 심각하게 제한을 받게 된다(래저러스&래저러스, 2018:76-77).[2] 바리는 가족이 해체되고, 북한에서 중국으로, 중국에서 영국으로 삶과 죽음을 넘나드는 고난의 여정을 지나오면서 내적으로 쌓인 한의 감정이 제대로 분출된 적이 없다. 영국에서 불법체류자로 있으면서 열심히 일하며 알리를 만나 결혼하고, 홀리야 순이를 낳아서 알리가 무사히 돌아오기만을 기다리고 있는 상황에서 소중한 딸, 순이를 잃는 아픔을 겪게 된다. ①에서 바리는 딸 홀리야 순이의 죽음을 확인하게 된다. 바리의 고단한 삶에서 딸 홀리야 순이의 죽음은 지금까지 바리를 억압해왔던 불안한 삶에 대한 분노를 극적인 감정으로 표출하게 한다. 그

---

2) 역공포란 어떤 대상에 대해서 두려움을 느낄 때, 그 감정을 숨기기 위해서 자기감정과는 다른 반응을 하는 것이다. 일종의 방어기제인 역공포 반응은 인간이면 누구나 가질 수 있는 반응이다. 이러한 반응이 차단될 때, 인간은 불안을 느끼게 된다. 불안과 함께 위축된 삶의 환경에 노출된 경우에 이러한 경향이 높게 나타난다. 역공포 대처법이 효과를 볼 때는 일반적인 관찰자 또는 그런 방법을 사용한 사람 자신도 그 사람에게 어떤 문제가 있다는 증거를 찾아볼 수 없다. 그러나 그런 방법이 효과가 없을 때는 불안이 시작된다. 그럴 경우 그들은 부정으로 불안에 대처할 수도 있다. 그들 스스로에게나 다른 사람들에게 자신은 위협을 느끼지 않는다거나 자신은 다른 사람들 승인이나 존경이 필요하지 않다는 등의 주장을 하는 것이다. 이런 부정은 진정한 문제를 은폐하는 것이다. 그 문제는 이면에 감추어져 있지만, 적당한 조건만 나타나면 언제든지 전면에 나타날 수 있다. 사람들이 의식적으로 위협의 원인을 인식하지 못하는 경우에는 그것이 마음에 기록되는 경우가 있다. 그러면 당사자는 그 상황이 위협적이라고 느끼고, 불안한 느낌을 받게 된다.

대상은 순이 죽음의 직접적인 원인인 샹 언니이고, 그녀에 대한 분노의 감정은 그를 죽이겠다는 분노로 표출된다. 샹은 바리의 중국 삶에서 은인과 같은 존재였다. 중국에서 영국으로 이주하는 과정에 바리를 지켜준 사람은 샹 언니였다. 중국 체류에서 샹 언니는 바리에게 안마 기술과 중국어를 가르쳐주어 바리를 친동생 이상으로 아끼고 보살펴준 사람이었다. 그러나 영국에서 삶이 서로 달라지면서 바리는 난민의 성공적인 삶을 살고 있는 반면, 샹 언니는 다수의 난민이 겪는 험난한 과정을 고스란히 겪게 된다. 어쩔 수 없는 매춘과 마약으로 착한 샹 언니의 삶은 완전히 망가지게 된다. 바리는 샹 언니와 재회하고 미안한 마음으로 그녀에게 최선을 다해 대했지만 샹 언니는 돌이킬 수 없는 망가진 육체와 정신이었다. 그것에 더 미안함을 가졌던 바리는 샹 언니로 인해 초래된 홀리야 순이의 죽음을 지금까지 쌓여왔던 자신의 삶에 대한 극한의 분노로 표출하게 된다. 바리는 샹을 죽여버리겠다고 다짐한다. 바리는 자신의 삶에서 발생하는 운명적인 고통을 샹을 대상으로 하여 표출하는 것이다. 그리고 순이 죽음의 책임을 샹에게 돌림으로 자신의 삶의 고통을 다른 대상에게 전치시키고 있다. 그리고 순이의 죽음을 인정하지 않으려고 애쓴다. 그러나 샹은 스스로 죽음 선택한다. 바리는 서천 여행에서 샹의 죽음을 예견하고, 서천 여행을 통한 고통의 여정을 거치며, 생명수를 떠오는 과정에서 인간으로 살아가는 것이 고통임을 깨닫게 된다. 서천 여행에서 만난 수많은 망자들은 그들의 억울한 죽음에 대한 답을 찾기를 갈망한다. 그들의 죽음의 의미가 무엇인지, 왜 그들은 그렇게 죽어야만 하는지, 그들은 왜 이러한 고통을 겪어야만 하는지에 대해 그들은 끊임없이 질문한다. 그들은 자신의 억울한 죽음과 그로 인한 고통에서 풀려나기를 원하는 것이다. 서천 여행의 결과로 바리는 인간사 억울한 죽음과 고통은 인간의 욕망으로 빚어진 결과이고, 인간의 욕망은 무고한 인간의 희생과 고통을 낳게 한다는 것을 알게 된다. 이러한 고통에서 벗어나기 위해 인간은 지나친 욕망을 자제하고, 타인에 대한 미움을 버리고, 스스로 귀하게 여겨야 한다고 깨닫게 된다. 바리는 영적으로 뛰어난 영매이기 때문에 이러한 깨달음을 얻는데 시간은 그리 오래 걸리지 않는다.

황석영은 바리가 '고통받은 고통의 치유사' 또는 '수난당한 수난의 해결사'이기를 바란다(2007:294). 바리가 경험한 고통의 깊이만큼 그 고통이 치유되기를 바란 것이다. 고통은 그 고통의 깊이만큼 깨달음을 얻고, 깨달음을 얻는 순간부터 고통에 대한 치유가 시작되는 것이다. 고통을 피할 수만 있다면 피하고 싶지만, 인간의 삶은 고통의 연속이므로 피할 수가 없다. 인간은 피할 수 없는 고통에 맞서 직면하고, 헤쳐 나가야 한다. 그러한 삶이 인생이고, 안정된 삶으로 나아갈 수 있는 방법이다. 바리는 그가 맞이한 고통을 피하지 않고, 직면하여 맞서 나아가게 된다.

사람들은 모두 불안을 경험한다. 사람들을 불안하게 만드는 구체적인 위협들은 다르다. 하이데거는 존재와 무(無)의 내적인 긴밀한 관계를 죽음과 두려움의 관계로 설명한다. 무(無)와 존재, 두려움과 죽음의 교차에서 죽음으로부터 우리에게 다가오는 두려움은 무(無)로서 존재 자체를 무(無)로 이해할 때 가능하다고 한다(구인회, 2015:234). 실존철학자들은 무(無)나 비존재가 불안의 기본적 원천이라고 강조하고, 이것을 심리적 죽음이라고 한다(래저러스&래저러스, 2018:81). 결국 신체적·심리적인 존재의 종말을 가져오는 죽음은 피할 수 없는 것으로 불안의 궁극적 기초가 된다. 바리가 경험한 신체적·심리적 고통은 바리가 맞게 되는 운명적이고, 근원적인 불안이고 고통이다. 바리가 겪은 가족들의 죽음과 고통, 가까운 이들의 죽음과 고통은 바리가 살아가면서 극복해나가야 할 것들이다. 바리와 우리는 어떤 식으로든 이러한 고통과 위협적인 상황에 맞서 대처해 나가야 한다.

3. 삶의 부정적 상황에 의해 증폭되는 감정

상실의 가능성과 관련된 삶의 부정적 조건들은 안도, 희망, 슬픔 등을 포함하는 감정이다. 이 감정들을 논리적인 순서에 따라 배열하면, 첫 번째가 안도감이다. 안도감은 나쁜 상황에 뒤따르는 긍정적인 결과를 반영한다. 두 번째는 희망인데, 희망은 힘든 환경에서 기대하는 긍정적 결과의 가능성을 반영한다. 세 번째가 슬픔이다. 슬픔은 복구 불가능한 상실에 굴복하는 것이다. 슬픔을 이야기할 때는 슬픔이라는 느낌을 우울이나 절망 같은 슬픔과 관련된 상태의 느낌과 구별한다. 우울이나 절망은 삶에 남아 있는 것에 대해 전혀 희망을 가지지 않는다는 느낌을 표현한다.

안도감은 늘 어떤 목표의 좌절에서 시작되어, 분노, 불안, 죄책감, 수치심, 선망, 질투 등의 괴로운 감정들을 발생시킨다. 좌절을 안겨다 준 조건이 좋은 쪽으로 변하거나 사라질 때, 우리는 안도감의 극적 플롯을 경험한다. 삶의 고통스러운 조건이 얼마간 혹은 오랫동안 지속될 수 있다. 그러나 상황이 변하여 갑자기 안도감을 가져다주면, 거의 짧은 시간에 이전의 괴로운 감정을 다 흩어버리기도 한다.

안도감은 하나의 감정으로 부정과 긍정이라는 두 단계의 감정을 만든다. 안도감은 어떤 감정적 고통에서 시작될 수 있으므로 삶의 나쁜 조건과 관련된 감정이다. 그러나 스트레스를 주는 상황이 끝나는 동시에 감정적인 소모도 끝이 나고, 두려워하던 것은 현실로 나타나지 않는다. 이것은 안도감이라는 긍정적인 감정 상태를 자극한다(래저러스& 래저러스, 2018:112－114).

북한에 기근이 심해지고, 굶주린 사람들이 양식을 구하기 위해 두만 강을 건너가고 몰려다녔다. 북한 전체에 굶어 죽은 시체가 흔할 정도였다. 그러한 현실적 위기 상황에도 바리네 가족은 그 동안 비축한 식량으로 끼니를 연명할 수 있었다. 청진에서 바리 가족은 북한 전체의 경제적 위기 상황에도 부모님의 능력으로 어느 정도 생활을 유지하여 안도감을 느낄 수 있었다. 그러나 외삼촌의 결손으로 아버지가 보위부로 끌려가고, 가족이 해체되는 심각한 위기 상황을 맞게 된다. 바리와 할머니, 현이는 미꾸리 아저씨의 도움으로 두만강을 건너 중국으로 들어간다. 미꾸리 아저씨가 아는 한 농가에 자리잡고, 힘든 생활을 하는 중에 아버지가 돌아와서 남아있던 바리의 가족은 일시적으로 안도감을 느낀다. 이제 아버지가 지금까지 그래왔던 것처럼 우리 가족을 지켜줄 것이라고 믿는다.

그러나 그러한 안도의 시간은 오래가지 못한다. 혁명화 노역장에서 힘든 시간을 보내고 온 아버지가 정신을 차리고, 남아 있는 가족을 돌보고 얼마 지나지 않아 백두산의 추운 겨울에 현이가 죽는다. 혹독한 겨울이 지나고 푸른 잡초가 올라 올 즈음에 아버지는 어머니와 언니들을 찾으러 떠난다. 닷새 뒤에 돌아올 거라는 아버지는 그 후로 다시 만나지 못한다. 아버지가 떠나고 몇 달 뒤 할머니가 돌아가시고, 칠성이도 죽고, 열두 살의 바리는 혼자 남아 고향도 아닌 타국 땅에서 어떻게 살아갈지 막막하였을 것이다. 절망적인 상황의 바리에게 농가 식구의 도움과 미꾸리 아저씨의 도움은 삶에 대한 새로운 희망을 주게 된다. 미꾸리 아저씨의 도움으로 바리는 일자리를 얻게 된다.

북한의 극심한 식량난, 외삼촌으로 인한 가족의 이별, 만주로의 도망 등은 안도감 표출의 전제가 되고 이러한 위기를 벗어나는 여러 계기들은 바리와 그 가족들에게 안도감의 극적 플롯을 경험하게 한다. 삶의 여러 어려움들은 상존하며 소설을 벗어난 현실이다. 그 안에 불안감이 존재하고 이어 안도감이라는 감정이 연속한다.

① 나는 처음엔 미꾸리 소룡 아저씨의 소개로 고중 선생을 하던 한족 부부네 집에 아이보개 겸 가정부로 들어갔다가 육 개월쯤 지나서는 낙원 안마방으로 옮겼다. 그 집에 있을 적에 나는 중국말을 좀 배웠다. 주인아주머니가 내게 소학교 책을 갖다 주어 아주머니와 함께 읽기 쓰기를 공부했다. 내가 나올 때쯤 되어서 아주머니는 내 등을 두르려주며 말했다.
바리 너는 영리하니까 어디 가서도 잘 지낼 수 있을 거야. 나는 너처럼 학습진도가 빠른 생도를 본 적이 없구나.(102)

② 나는 낙원에서 샹 언니를 만났다. 조선족과 한족 여자들이 함께 일했다. 그 집에는 스무 명의 안마사 언니들이 있었는데 열네 명은 처녀들이었고 나머지 여섯은 기혼자들이었다.······ 사장인 주인 아저씨는 영업이 끝날 때쯤에나 나타나서 일당 계산을 했고 주로 부인이 업소를 지키고 있었다.(104)

③ 따롄에서 우리는 희망에 부풀었다. 아름다운 해변과 깨끗한 도심지 그리고 공원들은 또 얼마나 잘 가꾸어놓았는지. 쩌우 형부의 친구는 고향이 따롄이었는데 연길의 싸우나에서 지배인을 하던 첸

이라는 사람이었다. 그는 중심가인 안산로의 큰길에서 벗어난 골목에 업소 자리를 구해놓고 내부공사까지 대충 마쳤다. 삼층짜리 낡은 건물이었지만 담쟁이덩굴이 회색벽에 올라붙어 있어서 근사해 보였다. 일층은 식당이었고 이층에 발 마싸지 업소를 내기로 했다. 우리는 삼층에 방 두 개짜리 월세를 얻어들었다.(115)

①, ②, ③은 중국에서 바리의 일자리 과정이다. 중국에서 바리의 첫 번째 일자리는 고중 선생을 하던 한족 부부의 아이보기와 가정부였다. 그곳에서 좋은 사람을 만나 중국어도 배우고, 안정된 생활을 하게 된다. 곧이어 낙원 안마방으로 옮겨 2년 정도를 안마사로 일하고, 샹 언니 부부를 만나 함께 따롄으로 간다. 따롄에서 그들의 안마방을 차리고, 어느 정도 안정된 생활을 한다. 희망이 가장 필요할 때는 삶의 상황이 가장 나쁠 때다. 바리는 어린 나이에 가족의 이별과 죽음이라는 가장 절망적인 상황에서 일자리를 얻고 좋은 사람들을 만나고, 삶을 살아갈 수 있겠다는 희망을 가지게 된다. 특히 따롄에서 새로운 일터를 마련하는 상황은 바리를 절망에서 희망이라는 삶의 의미를 되새기게 한다. 희망의 개인적 의미는 지금 상황이 절망적일지라도 나아질 가능성이 있다고 믿는 것이다. 희망의 극적 플롯은 최악을 두려워하지만 나아질 것을 갈망하는 것이다. 바리는 앞으로의 삶이 더 나아질 것을 갈망하는 것이다.

희망은 삶의 긍정적인 조건에서 그 상황이 내가 바라는 대로 풀려가기를 바라는 경우는 드물다. 상황을 유리하게 보는 것은 낙관적인 태도에 가깝다. 낙관적인 태도는 앞으로 일어날 일에 긍정적인 기대를 가지고 좋은 결과를 대비하는 것이다. 이러한 태도는 간혹 경솔한 태도를 보여 너무 많은 것을 걸기도 한다. 기대와 달리 상황이 엉망이 된다면,

그것은 매우 당혹스러우며, 큰 대가를 치르고, 환멸까지 줄 수 있다(래저러스&래저러스, 2018:120). 따롄에서 생활에 희망을 갖고 시작한 바리의 새로운 삶은 샹의 남편 쩌우가 동업자에게 사기를 당하면서 엄청난 결과를 초래한다. 동업자가 쓴 사채 빚을 떠안게 된 쩌우는 샹과 바리와 함께 배를 타고 영국으로 떠날 것을 계획하지만 그것 또한 쩌우는 실패하고, 샹과 바리는 뱀단이라는 밀매 조직에 팔려 영국으로 간다. 영국으로 이동하는 배안에서 자행되는 폭력과 강간 등의 인간의 기본적인 생식에 대한 어떤 행위도 보장받지 못하는 상황들은 바리에게 절망을 넘어 살아 있는 것 자체가 비정상인 상황을 경험하게 한다. 배안에서의 끔찍한 난민의 생활은 바리가 넋을 띄워 그 고통의 시간을 인내하는 것으로 묘사한다.

영국에서 불법체류자로 살아야 하는 바리는 육체적 발육이 늦어 다행히 매춘의 길로 가지 않고, 식당의 노동자로 시작한다. 바리는 불법체류자로 불안한 삶을 시작하지만 그녀의 성실함과 중국에서 익혀온 발 마사지 기술과 주변의 좋은 사람들 덕분에 다시 작은 희망을 갖게 된다. 루 아저씨와 탄 아저씨 덕분에 바리는 영국에서 안정된 일자리를 얻고 알리를 만나 결혼하고 압둘 할아버지와 같은 좋은 가족을 얻게 된다. 그러나 세계의 상황은 바리에게 평화의 시간을 그리 오래 주지 않는다. 미국에서 일어난 9·11테러 사건으로 무슬림들은 위험에 처하고, 바리의 남편 알리는 동생 우스만을 찾으러 파키스탄으로 떠난다.

> ① 홀리야 순이를 묻고 와서 나는 두 주가 지나도록 외출하지 않았다.……중략…… 나는 직장에도 나가지 않고 방 안에 처박혀 있었다. 옷장과 잡동사니를 얹어두는 칸막이 위에 순이의 앙증맞은 옷들과 인형들이 보였다. 나는 고무인형을 집어다가 배꼽을 눌러보았다.

아이 러브 유 마미, 아이 러브 유 마미…… 끝없이 중얼거리다 꺼졌다. 나는 인형을 가슴에 꼭 끌어안고 주저앉아 울다가 옷가지들을 모두 모아서 신문지에 불을 붙여 그것들을 태웠다. 불이 붙자 옷감의 색깔이 변하고 이지러지면서 재로 변해갈 때 나는 또다시 허리를 꺾으며 땅바닥에 주저앉았다. 입을 막았지만 목소리가 저절로 밖으로 터져나왔다.

샹 나쁜 년, 널 죽여버릴 거야.

내 가슴속에 감추고 있던 것을 샹이 건드렸을 뿐, 그것은 먼 길을 거쳐오는 동안 나를 괴롭히던 모든 것들에 대한 원한이었음을 나는 나중에 알게 된다.(261-262)

② 사람은 누구나 죽는다. 사고나 병으로 죽든 스스로 죽든 그건 새 출발이야. 흘리야는 새로 시작한 거다. 너도 그때까지 기다리지 않으면 안된다.

내가 처음으로 대꾸했다.

아무런 악한 짓도 저지르지 않았는데 신은 왜 저에게만 고통을 주는 거예요? 믿고 의지한다고 뭐가 달라지죠?

신은 우리를 가만히 지켜보는 게 그 본성이다. 색도 모양도 웃음도 눈물도 잠도 망각도 시작도 끝도 없지만 어느 곳에나 있다. 불행과 고통은 모두 우리가 이미 저지른 것들이 나타나는 거야. 우리에게 훌륭한 인생을 살아가도록 가르치기 위해서 우여곡절이 나타나는 거야. 그러니 이겨내야 하고 마땅히 생의 아름다움을 누리며 살아야 한다. 그게 신이 우리에게 바라시는 거란다.……중략……

아내와 딸들이 총살당하고 잠무카슈미르를 떠나면서 나는 너와 똑같이 신을 원망했다. 어째서 이렇게 선량한 사람들에게 고통을 주느냐고. 그런데 육신을 가진 자는 누구나 살아가면서 지상에서 이미 지옥을 겪는 거란다. 미움은 바로 자기가 지은 지옥이다. 신은 우리가 스스로 풀려나서 당신에게 가까이 다가오기를 잠자코 기다린다.(262-263)

슬픔은 우울과 자주 혼동되지만 우울은 아니다. 상실 직후에 슬픔이 사람의 기분을 지배하는 일은 드물다. 모든 개인에게 해당되는 절대적인 규칙은 없다. 그러나 슬픔, 애도, 우울을 자극하는 큰 상실의 피해자들은 일정한 시기 동안 갈등을 겪는다고 볼 수 있다. 그 시기 동안 상실에 저항하고 상실과 싸우다가, 심지어 부정까지 하다가, 마침내 상실을 받아들이게 된다. 상실을 돌이킬 수 없는 것으로 재평가하고 나서야 애도는 슬픔이 된다. 초기 애도 기간에는 상실의 개인적 의미가 죽음이 일어났다는 것을 부정하고, 잃은 것을 복구하려고 애를 쓰는 시도에 의해 은폐될 수도 있다(래저러스&래저러스, 2018:128-129).

알리가 동생을 찾으러 떠나고 난 후, 바리는 딸 홀리야 순이를 낳는다. 바리가 행복한 순간들은 그리 길지 않다. 행복을 느끼고 조금 익숙해지는 순간마다 불행한 사건은 발생한다. 알리에게 소식이 없는 것도 불안하지만, 딸 홀리야 순이의 귀여운 모습에 알리가 돌아오기를 손꼽아 기다리고 있는 것이다. 오랫동안 잊고 지냈던 샹 언니가 찾아와 돈을 요구하고 그동안 찾아보지 못한 미안한 마음에 돈을 주고, 새로운 삶을 살아가기를 권유하지만 샹은 더 이상 돌이킬 수 없는 삶을 살고 있었다. 그러한 샹이 바리의 집에 와서 하루 묵는 동안에 샹은 돈을 훔쳐 달아나고 홀리야 순이는 계단에서 떨어져 죽는다. 그날따라 바리는 보이지 않던 빨랫감이 눈에 들어오고 당장 하지 않아도 될 일을 한다. 샹을 믿고 어린 홀리야 순이를 맡기고 집을 나선 순간, 아니 샹이 바리를 다시 찾아온 순간 바리의 불행은 예견된 것이다. 믿었던 사람에게 배신당한 만큼 고통은 배가 되고, 사랑하는 사람을 잃은 것만큼 인간의 슬픔은 더욱 깊어진다. ①에서 바리는 딸의 죽음을 받아들일 수 없다. 바리는 두 주 동안 순이의 죽음에 저항하고 싸우고 부정하다가 슬픔에

빠진다. 슬픔을 받아들이는 것은 순이의 죽음을 일정부분 받아들인다는 것이다. 그러나 순이를 잃은 슬픔은 쉽게 잊혀지지 않을 것이다. 순이의 죽음은 바리가 살아온 지난날의 고통을 다시 되새기는 계기가 된다. 그후 바리가 넋을 띄워 서천으로 여행하는 동안 순이는 함께하며 많은 고통의 죽음들과 마주하고 생명수를 떠오면 그들의 질문에 답해주겠다고 한다. 바리는 서천 여행에서 죽은 상을 만나고 그들의 죽음과 그들의 질문에 답해준다. 바리는 압둘 할아버지에게 "아무런 악한 짓도 저지르지 않았는데 신은 왜 저에게만 고통을 주는 거예요? 믿고 의지한다고 뭐가 달라지죠?"(263)라고 소리친다. ②에서 압둘 할아버지는 "육신을 가진 자는 누구나 살아가면서 지상에서 이미 지옥을 겪는 거란다. 미움은 바로 자기가 지은 지옥이다. 신은 우리가 스스로 풀려나서 당신에게 가까이 다가오기를 잠자코 기다린다."(263)라고 대답한다. 그리고 "사람은 스스로를 구원하기 위해서 남을 위해 눈물을 흘려야 하며, 어떤 지독한 일을 겪을지라도 타인과 세상에 대한 희망을 버려서는 안된다."(286)라고 말한다. 이 말은 소설 『바리데기』의 핵심을 이루는 말이다. 이는 작가 황석영이 하고 싶은 말일 것이다. 인간은 살아가는 동안이 고행이고, 마음속의 고통은 자신이 만든 지옥의 감옥이다. 인간은 자신이 만든 감옥 속 지옥에서 스스로를 풀어주어야 자유로울 수 있는 것이다. 또한 타인을 위한 희생은 결국 자신을 위한 것이고, 타인과 세상에 대한 희망을 버리지 않아야 우리가 잘 살 수 있다는 것이다. 모두가 함께 잘 살기 어려운 불평등한 세계 상황에 대해 이것은 우리가 하나라는 공동체 의식과 세계 시민의식을 가져야 한다는 것이다. 바리는 지금까지 살아오면서 짧은 행복의 시간과 긴 고통의 시간을 살아왔다. 바리가 살아온 시간만큼 그 고통의 시간은 더 깊었을 것이다. 이러한 고통의 시간에 바리는 한 번도 자신의 삶의 고통에 대해 감정을 표출한 적이 없다. 그냥 순응하며 성실히 살아온 것이다. 죄 짓지 않고 바르게 열심히 살아온 것이다. 홀리야 순이의 죽음으로 바리는 그동안 참아왔던 고통의 감정을 단번에 분출하게 된다. 일시에 터져 나온 고통의 감정은 바리가 삶에 대한 의지를 내려놓게 하지만, 서천여행을 통해 자기극복의 시간을 보내고, 알리가 돌아오면서 바리는 다시 자신의 삶에 순응하며 살아간다.

세상을 살아가는 많은 사람들이 자신의 삶에 순응하며 살아가고 있다. 그들이 직면한 많은 고통을 끊임없이 인내하며 살아가고 있는 것이다. 그 고통의 끝이 어디인지, 언제 끝날지 알 수 없다. 죽음을 눈앞에 두고서야 회한의 감정으로 눈물을 흘릴 수도 있고, 잘 살았다는 기쁨의 눈물을 흘릴 수도 있다. 이러한 감정의 눈물은 개인적 삶의 가치와 의지에 따른 것이다. 압둘 할아버지의 지상이 지옥이라는 말에서 인간 욕망, 즉 삶과 죽음의 과정에서 지속되는 본능적 감정들이 바리를 상징으로 하는 인간들을 힘들게 함을 알 수 있으며, 바리의 삶을 서사하면서 인간이 궁극적으로 도달해야 하는 것을 볼 수 있다. 불안감은 비롯한 안도, 상실, 희망, 슬픔, 원망의 감정들은 사람이 살아야 하는 근본적 존재감을 약화시키므로 이를 초월하여 삶의 정체성을 찾는 것이 궁극의 도달점이다.

4. 삶을 성찰하고 주변 바라보기

소설 『바리데기』가 제시하는 지향점은 다양하다. 우선 외형적인 남북분단과 민족의 아픔을 대상화하고 있다. 작품에서 공산체제하 북한 주민의 형언할 수 없는 비참한 경제난을 그려내고 있고, 비인간적이고 존엄성이 상실되는 삶을 묘사함으로써 문제의식의 공감을 유도하고 있다. 민족사적 고난을 극복하고자 하는 작가의 바람이 투영된 것이다. 이러한 표면적, 이데올로기적 갈등과 현상과는 별도로 인간 삶의 궤적에서 보편적으로 나타나는 인간 본연의 감정들을 황석영은 『바리데기』를 통해 조명한 것이다.

본 소설에서 바리의 가족이 개별적으로 겪는 식량난, 공산당 치하에서 외삼촌이 저지른 반공산당 재산 침해행위로 인한 가족 신분의 불안과 해체 상황을 보여주면서 분단과 이데올로기적 압제 상태의 북한 전체를 상징화하고 있다. 중국으로의 도피와 기아로 인한 집단 사망 사실을 서술하면서 민족적이고 인간적 비애를 공감하게 한다.

인생은 고난의 연속이다. 인생길 위 희로애락과 생사에 따르는 정서는 고난을 대의(代議)한다. 바리와 같은 한 인간을 둘러 싼 자연환경, 사회제도 및 윤리관, 정치신념, 경제 여건 등은 본능적인 생존 과정에서 불안, 상실, 안도, 희망, 원망 등의 다양한 감정들을 발생시키고 더 나아가 혼란을 가중시킨다.

출생단계의 바리에게 남존여비의 유가적 가치가 적용되어 부모에게 자식이라는 정체성이 부정되는 불합리한 불안과 상실상태가 나타난다. 현재까지도 잔존하는 남아선호나 남성우위의 가치나 제도들이 부정적인 결과와 감정들을 초래하는 문제의식을 보여주고 있다. 그리고 북한의 심각한 경제난과 가족의 해체로 인한 불안과 상실감, 사랑하는 형제, 부모, 자식의 죽음 앞에 극도의 불안과 상실감이 발생하는 과정을 보여주면서 소설 상 허구를 현실의 일반적 삶에 공감을 투영시키고자 한 것이다. 단지 우리는 북한 주민의 험난한 인생 여정만을 『바리데기』에서 보는 것이 아니다. 시간과 공간을 지나가는 삶의 여정에서 바리가 느끼고 가지는 불안, 희망, 안도, 그리고 상실감과 한 등에 우리 자신을 이입하는 과정을 가지는 것이다. 바리가 직면하는 불안, 희망과 좌절은 누구나 겪게 되고 가지는 감정이다. 이러한 감정의 굴곡을 지나 자신을 되돌아보는 자기극복의 단계를 거쳐야 함을 작가는 삶의 문제에 대한 해법으로 제시하고 있다.

작가는 소설 내 윤회적 가치와 압둘 할아버지의 이슬람적 가르침을 보여주면서 죽음이 새로운 시작이라는 관점을 제시하고 이를 통해 인간사에 펼쳐지는 여러 부정적 감정을 극복하고자 한다. 바리가 가진 자신의 불안, 부모형제의 죽음에 대한 슬픔, 자식의 죽음에서 오는 비통과 샹에 대한 처절한 원한은 바리만 가질 수 있는 슬픈 감정이 아니다. 현재의 우리 모두에게 존재할 수 있는 감정이다. 불가적 해탈의 관념이나 자기 초월의 사유적 개념을 바리가 가진 불행을 지우는 수단으로 제시하고 있다.

그러나 작가는 자기성찰과 자기극복, 즉 내려놓는다는 해법을 제시하지만, 소설 말미에 런던 테러를 그리면서 한 개인이 통제할 수 없는 인간사회를 둘러싼 기류를 보여준다. 계속되는 불안과 공포, 슬픔의 한 예를 테러사건을 통해 상징하고 있다. 이는 바리도 보편의 인간들도 사회 환경 속에 존재할 수밖에 없는 답답함을 토로하고, 복잡한 사회아래 바리 자신이 자아를 확보하는, 각 개인이 자아를 복원하는 정신적 저항을 무수히 해야 함을 강조하고 있다.

소설 『바리데기』 속의 바리가 가지는 불안, 희망 등의 감정들은 근원적 본능이나 욕망 때문에 표출되는 것이고 이에 대한 연구는 당연히 현재와 미래에 걸치는 우리 삶에 대해 성찰의 자세를 견지하게 한다. 문학 작품들에 내재된 삶의 제(諸) 형상과 그에 따른 감정들은 온전히 우리의 모습이다. 인생의 지표를 제시하는 것이 문학의 가치임은 분명하다. 본 연구는 소설 『바리데기』의 가슴 시린 내용을 제시하면서 무한 경쟁의 현대를 살아가는 우리에게 자신의 삶을 성찰하고 주변을 바라보는, 가치 있는 삶을 살아가기를 희망한다.

III.

거울 속 나의 내면 보기

이청준 소설 「눈길」에 나타난 원형적 상징

　본 연구는 이청준 소설 「눈길」에 나타난 원형적 상징을 연구하는데 목적을 둔다. 소설 「눈길」에는 계절과 자연현상에 대한 상징성을 지닌 용어들이 다양하게 나타나고 있다. 또한 자연현상적인 것뿐만 아니라 사물에 관한 것과 감정에 대한 용어들도 함께 표현되고 있다. 이러한 계절과 자연현상과 관련한 다양한 상징어를 원형적 의미로 접근하여 분석하고자 한다.

　프레이저(J. G. Frajer)는 『황금의 가지The Golden Bough』에서 세계 각국의 전설이나 의식에 반복적으로 나타나는 기본적인 원형을 추적하였다. 이것은 서로 연관이 없는 다른 문화권에서도 기본적인 원형이 동일한 패턴으로 반복되고 있음을 논증한 것이다. 신화는 인간의 원형적 경험의 집적물로 종족 또는 인류의 보편적인 정서가 들어있는 것이다.

　융(C. G. Jung)은 인간의 무의식에는 모든 인류가 태고부터 물려받은 보편적인 심성이 있으며, 이것을 집단무의식(collective unconscious)이라고 불렀다. 이 원형은 유전된 형식(inherited forms)으로 모든 인류에게 보편적으로 간직된 원시심성(primitive metality)이다.

신화주의 비평가들에 의하면 각각의 문학작품들은 무의식적으로 신화에 들어있는 모티브들이 재현되고 있기 때문에 우리에게 공감을 줄 수 있다고 한다. 우수한 작품일수록 신화의 원형으로 복귀하려는 경향을 가지고 있다고 한다(김은철 · 백운복, 2003:279－280).

문학에서 나타나는 다양한 상징들은 나름의 신화적 의미를 가지고 있기도 하며, 이러한 상징들은 문학을 구성하는 중요한 요소가 되기도 한다. 특히 신화의 원형을 문학작품 안에서 찾아내고 그것이 작가들에 의해 어떻게 재현되고 있는가를 모색하는 것은 문학 연구에 있어서 중요한 부분이 될 수 있다.

이러한 관점에서 이청준 소설 「눈길」을 신화 및 원형적 상징에 의해 분석하고, 그의 작품에서 지속적으로 드러나는 다양한 신화적 요소와 원형적 상징에 대한 연구가 발전할 수 있기를 바란다. 이를 통해 이청준 작품에 대한 해석의 폭이 한 결 더해지기를 기대한다.

1. 연구사 검토

지금까지 신화적 요소에 대한 이청준의 작품 분석은 「석화촌」, 「흐르지 않는 강」, 「침몰선」, 『신화를 삼킨 섬』, 「남도소리」, 「신화의 시대」 등으로 다양한 편이지만, 연구량에 대한 성과는 크지 않은 편이다(양진오, 2005:이주미, 2015). 이에 신화적 요소와 더불어 그의 작품에서 원형적 상징의 요소들을 면밀히 살펴봄으로써 그의 연구 성과가 양적, 질적으로 집적(集積)되기를 바란다.

이청준은 4.19의 희망과 5.16의 좌절을 함께 경험한 세대로서 시대적 상처를 고스란히 안고 살아온 작가이고, 그것을 작품을 통해 표현해왔다. 그는 그 당시의 상처와 자유와 억압에 대한 갈등을 문학적 대응 방식으로 풀어내려고 하였다. 그의 이러한 문학 세계는 끊임없이 시대에 대응하고 맞서는 주인공의 모습으로 다양하게 표현되어 왔다. 소설「눈길」은 그러한 작가의 시대적 상황에 대한 소명의식과 조금은 동떨어진 작품으로 보일 수 있지만, 그의 생애에서 한 부분을 관통하고 있으며, 작가의 고향에 대한 원형적 심상을 들여다 볼 수 있는 중요한 작품임을 그의 회고에서 확인할 수 있다.[1]

이청준은 1980년대 초 한 잡지의 대담에서 고향으로부터 도망치고 싶은 탈향 욕망과 고향으로 다시 돌아가고 싶은 귀향 욕망에 대해 이야기하였다. 그에게 고향은 가난의 상징이었고, 고향을 떠나 도시로 오면서 그가 새롭게 인식한 것은 가난에 대한 부끄러움이었다. 그의 새로운 인식은 고향에서의 따스한 인정과 사랑까지도 부끄러움의 얼굴로 변하게 하였다. 그러한 가난에 대한 부끄러움과 증오, 거기서 유래하는

---

[1] 이청준은 「밤길의 선행자 좇기」에서 다음과 같이 말했다.
　"그와 똑같은 경우랄 수는 없지만 나 역시 비슷한 경험을 한 적이 있다. 62년, 내 이십대 초반시절, 서울에서 학교엘 다니다가 겨울방학이 되어 몇 년 만에 옛 시골 고향 마을로 어머니를 찾아가던 길이었다. 하루 종일 기차와 버스를 몇 차례씩 갈아타야 하는 먼 시골길이다 보니, 차가 마지막 종착지에 닿았을 때는 이미 날이 한참 저문 뒤인 데다 하늘에선 심한 눈발까지 쏟아져 내리는 날씨였다. 어머니가 계신 고향동네는 차가 머물러 앉은 면소 마을에서도 다시 십여 리의 산길을 더 걸어 들어가야 하는데, 하필이면 그날따라 밤까지 계속되는 눈발 속에 앞길을 분간하기조차 쉽지 않았다. 하지만 나는 그 장터 거리에서 마땅히 잠자리를 구할 데도 없거니와, 그 동안 내내 당신 혼자 지내고 계신 어머니를 생각하곤 곧장 밤눈길을 헤치고 나섰다.……"
　이청준, 「밤길의 선행자 좇기」, 『오마니』, 문학과의식, 1999, 16.

상처와 탈향의식에 대한 치유를 보여 준 작품이 「눈길」이다.

지금까지 「눈길」에 대한 연구는 고향 탐색에 대한 논의가 주를 이루었고, 일부는 '모성성'에 대해 논의를 하였다. 또한 '서사적 정체성'과 '죄와 주체 형식'에 대한 연구, '현실의 고통과 상처의 치유'에 대한 연구가 있었다(김효은, 2015:마희정, 2004, 2011).

다수의 논문이 '귀향과 탈향'에 대해 논의한 점에서 「눈길」에 대한 논의 범위는 한정적이라고 볼 수 있다.

본 논문은 이청준의 「눈길」을 서사에 따른 다양한 원형적 상징성을 연구하여 작품에 대한 폭넓은 해석의 계기를 제공하려고 한다. 원형적 상징에 대한 연구를 통해 작품 속 주인공의 내면세계와 더불어 작가의 내면세계도 함께 살펴 볼 수 있는 기회를 갖고자 한다. 또한 「눈길」에 드러나는 원형들의 신화적 해석도 더하여 살펴 볼 것이다. 이를 통해 소설 「눈길」의 다양한 해석의 가능성을 시사하고, 연구의 폭이 넓어지기를 기대한다.

2. 계절과 자연현상에 드러난 원형

원형(archetype)은 시간, 공간, 조건, 인종의 차이를 넘어선 보편적인 것이다. 태고 적부터 현대에 이르는 시간동안에 수없이 반복되어 왔으며, 앞으로 반복되어 갈 인류의 근원적인 행동유형이다. 모든 나라와 문화와 종족의 인간도 한결같이 생각하고, 느끼고, 행동하고, 말한 것의 유형들로 태초부터 체험의 침전이 원형이다. 원형은 인간 삶에서 보편적이고 반복적인 체험을 시간과 공간을 넘어 재생할 수 있는 가능성을 지닌 틀이다. 우리는 그 존재를 신화와 민담에서 발견할 수 있다. 세계에 알려진 이야기 속에 언제, 어디서나 발견되는 이야기의 핵심이 바로 원형이다.

원형의 개념은 집단적 무의식의 관념과 절대적인 상관관계를 이루고 있다. 원형은 정신 속 어디에서나 보편적이고, 널리 퍼져 있는 일정한 형식들(form)이 존재한다. 집단적 무의식은 모든 인간에게 동일하고 모든 사람에게 존재하는 초개인적 성질을 지닌다.

융(Jung)은 집단무의식의 원형 활동으로 신화적 심상이 나타난다는 이유로 원형을 '신화소', '신화적 모티브'라고 부른다. 모든 인간의 심성 안에는 '신화를 형성하는 구성요소'가 있다는 것이다. '원형'은 개인뿐만 아니라 집단의 의식적인 삶에 모범적인 것으로 드러나기도 한다. 의식은 그것을 끌어들여 지배하고, 의식의 삶으로 실현하게 한다. 그러므로, 집단과 개인에게 '원형'은 인간의 삶을 신화적이게 할 수 있다.

문학에서의 신화와 원형적 상징에는 세 가지 구조가 있다. 첫 번째 구조는 전위되지 않는 순수한 신화로서 신과 악마에 관한 이야기이다. 은유에 의하여 신은 바람직한 존재, 악마는 바람직하지 못한 존재로 동일시하는 두 개의 대조적인 세계를 보여준다. 이 두 세계는 문학과 같은 시대에 속하고 있는 종교가 그려내는 천국, 지옥과 동일한 것으로 여겨진다. 이 두 개의 은유 구조를 우리는 묵시적, 악마적이라고 부른다. 두 번째는 로맨스라고 부르는 일반적인 경향이다. 인간의 경험과 밀접하게 관련되어 있는 세계 속에 감추어진 신화적인 유형을 말한다. 세 번째 구조는 '사실주의' 경향이다. 이 경향은 이야기의 내용과 그것의 재현에 중점을 둔다. 아이러니 문학은 사실주의에서 출발하여 신화로 향하는 경향이 있는데, 이것은 그 신화적인 패턴이 보통 묵시적인 것보다도 악마적인 것을 시사하기 때문이다(N.프라이, 2013:276-277).

프라이는 순환적인 상징을 네 개의 주된 양상으로 나누었다. 일 년의 4계절(봄, 여름, 가을, 겨울)을 하루의 네 시기(아침, 정오, 저녁, 밤), 물 주기의 네 개의 측면(비, 샘, 강, 바다나 눈), 인생의 네 시기(청년, 장년, 노년, 죽음) 등으로 각각 대응시키고 있다. 프라이는 신, 불, 인간, 동물, 식물, 물, 광물의 이미지를 범주화하고, 이 일곱 가지 이미지의 기본적인 형식은 순환운동이며, 삶과 죽음, 노력과 휴식, 융성과 쇠퇴의 교체가 이루어진다고 하였다.

「눈길」은 어머니와 아들 간의 감정의 서사를 아들인 '나'의 일인칭 시점에서 서술하고 있다. 주인공 '나'는 어머니의 집에 하루, 이틀 머물면서 17,8년 동안 쌓인 묵은 감정을 어머니와 아내의 대화를 엿들으며 해소하는 서사적 구조로 이루어진다. '나'는 작품 속 주인공이기도 하지만 작가 자신이기도 하다. 작가는 회고에서 어머니가 사는 고향을 몇 해만에 방문하면서 걸어가던 눈길을 연상하였다고 한다. 그의 글을 통해 어머니에 대한 자신의 감정을 작품 속에 자연스럽게 표출하고 있음을 알 수 있다. 또한 「눈길」의 서사에 허구의 사연을 더한 것도 알 수 있다.

이러한 관점에서 「눈길」은 반복해서 읽을수록 전하는 감동이 배가되는 작품이다. 작품 속에서 아들과 어머니의 빚 없음의 감정은 서로를 갈등의 선상에 있게 하였으나, 작품의 후반부에 어머니의 아들에 대한 진심을 확인하는 순간 아들과 어머니는 화해의 과정에 있음을 알게 된다. 아들과 어머니는 서로 화해할 수 있는 계기를 만들지 못하고, 지금까지 살아왔으며, 그러는 동안에 서로에 대한 애증의 감정과 갈등이 심화되어온 것이다. 아들과 어머니의 중간 매개체로 아내가 등장하여 모자간의 화해를 유도하고, 결국 화해의 결과를 가져오게 한다. 아들과 어머니, 아내라는 세 인물의 대화와 감정의 교류를 통해 소설 「눈길」은 그 감동의 결을 한층 더하고 있다.

「눈길」에 지속적으로 등장하는 원형적 상징들을 살펴보는 것은 작품에 대한 감동과 문학적 의의를 더욱 강화시킬 수 있는 계기가 될 것이다. 「눈길」에 나타나는 계절의 양상과 하루의 시간을 살펴보면 다음과 같다.

① "내일 아침 올라가야겠어요."

점심상을 물러나 앉으면서 나는 마침내 입 속에서 별러 오던 소리를 내뱉어 버렸다.

노인과 아내가 동시에 밥숟가락을 멈추며 나의 얼굴을 멀거니 건너다본다.

"내일 아침 올라가다니. 이참에도 또 그렇게 쉽게?"

노인은 결국 숟가락을 상위로 내려놓으며 믿기지 않는다는 듯 되묻고 있었다.

나는 이제 내친 걸음이었다. 어차피 일이 그렇게 될 바엔 말이 나온 김에 매듭을 분명히 지어 두지 않으면 안 되었다.

"예, 내일 아침에 올라가겠어요. 방학을 얻어 온 학생 팔자도 아닌데, 남들 일할 때 저라고 이렇게 한가할 수가 있나요. 급하게 맡아 놓은 일도 한두 가지가 아니고요."

"그래도 한 며칠 쉬어 가지 않고… 난 해필 이런 더운 때를 골라 왔길래 이참에는 며칠 좀 쉬어 갈 줄 알았더니……"

"제가 무슨 더운 때 추운 때를 가려 살 여유나 있습니까."

"그래도 그 먼 길을 이렇게 단걸음에 되돌아가기야 하겠냐. 넌 항상 한동자로만 왔다가 선걸음에 새벽길을 나서곤 하더라마는……

이번에는 너 혼자도 아니고…… 하룻밤이나 차분히 좀 쉬어 가도록 하거라."(255)[2]

② 아내의 성화를 견디다 못해 노인은 결국, 마지못한 어조로 그 날 밤 일을 돌이키고 있었다. 어조에는 아직도 그날 밤의 심사가 조금도 실려 있지 않은 채였다.

"그래 저를 나무래서 냉큼 집안으로 데리고 들어갔더니라. 그리고 더운 밥 지어 먹여서 그 집에서 하룻밤을 재워 가지고 동도 트기 전에 길을 되돌려 떠나보냈더니라."(272)

③ "그날 밤사말로 갑자기 웬 눈이 그리도 많이 내렸던지 잠을 잤으면 얼마나 잤겠느냐마는 그래도 잠시 눈을 붙였다가 새벽녘에 일어나 보니 바깥이 왼통 환한 눈 천지로구나…… 눈이 왔더라도 어쩔 수가 있더냐. 서둘러 밥 한술씩을 끓여다가 속을 덥히고 그 눈길을 서둘러 나섰더니라."

나는 다시 정신이 번쩍 들고 말았다. 어찌된 일인지 노인이 마침내 그날 밤 이야기를 아내에게 가닥가닥 털어놓고 있는 중이었다.

"처지가 떳떳했으면 날이라도 좀 밝은 다음에 길을 나설 수 있었으련만, 그땐 어찌 그리 처지가 부끄럽고 저주스럽기만 했던지…… 그래 할 수 없이 새벽 눈길을 둘이서 나섰지만, 사오리나 되는 장터 차부까지 산길이 멀기는 또 얼마나 멀더냐."(274−275)

「눈길」은 현재에서 과거의 이야기를 아내와 어머니의 대화를 통해 들려주는 서사구조이다. 17,8년 전 아들과 어머니 사이에 있었던 사연을 통해 서로간의 감정을 간접적으로 표현하고 있다. ①은 현재 시점으로 '나'는 더위가 한창인 여름 어느 날 아내와 함께 어머니 댁에 머물려

---

2) 이청준, 「눈길」, 『현대문학 100년 단편소설 베스트−무진기행』, 가람기획, 1999.

고 왔지만 하루 밤을 지내고는 다시 떠난다는 말을 하자 어머니가 몹시 서운해 하는 장면이다.

'나'는 더운 때를 택하여 바쁜 일을 미리 처리하고, 어머니 댁에 며칠 동안 머물기로 하고 아내와 동행한 것이다. 그러나 어머니가 머물고 있는 '음습한 단칸 오두막'에 대한 불안한 감정이 서울로 돌아가게 하는 요인이 되고, 묵은 빚 문서가 나올까봐 조마조마한 기분은 결국 '나'가 서울로 돌아가겠다는 말을 하게 한다.

'나'가 어머니 댁을 다니러 온 시기는 계절로서는 여름이고, '나'가 어머니 댁을 떠나고자하는 하루의 시간은 아침 혹은 새벽이다. 프라이는 4계절의 여름은 문학에서 로맨스의 형식을 취한다고 말한다. 로맨스에서 플롯의 본질적인 요소는 모험이다. 주인공은 모험을 통해 위험한 여행과 준비단계의 소모험을 경험하고, 생명을 건 투쟁의 과정을 거치고, 마지막으로 주인공이 화려하게 개선하는 것으로 이루어진다. 이처럼 로맨스는 그 플롯이 갈등에서부터 제의적인 죽음을 거쳐서 우리가 희극에서 발견한 것과 같은 인지의 장면으로 진행하고 있음을 뚜렷하게 표현하고 있다. 죽음·부재·재생이라는 세 개의 리듬 속에 주인공의 서사는 진행된다. '나'와 어머니의 갈등은 더운 여름날에 첨예하게 대립되어 나타나고, 그 갈등의 대립 속에서 '나'는 다음날 아침에 떠나겠다는 말로 감정을 표현한다. 소설의 후반에 알게 되는 17,8년 전 자신을 떠나보내던 날, 자신에 대한 어머니의 감정을 새롭게 인식하게 되고, 자신이 갖고 있던 어머니에 대한 애증의 감정이 소멸하게 된다. 이러한 나의 어머니에 대한 애증의 감정은 일시적으로 부재하게 되고, 결국 '나'는 어머니와 내적 화해를 이룸으로써 어머니에 대한 애증의 감정이 애정의 감정으로 부활하게 된다. 원형적으로 더운 여름은 인간의 감정을 폭발하게 하는 요소를 지니고 있다. 이러한 관점에서 '나'는 '홀가분한 기분으로 여름 여행을 겸해'(256) 아내와 함께 어머니 댁을 방문하지만, '지열이 후끈거리는'(257) 여름의 날씨와 '금세 어디서 묵은 빚 문서라도 불쑥 불거져 나올 것 같은 조마조마한 기분'(257)으로 어머니 댁에서 맞게 되는 감정은 그의 불안감을 증가시키고, 애증의 감정을 폭발하게 한 것이다. 이러한 무더운 여름 날씨는 작품 속에서 주인공의 감정을 대립시키고, 격화하는 역할을 충분히 하고 있다.

①, ②, ③에 자주 등장하는 하루 시간의 시점은 아침 혹은 새벽녘이다. 프라이는 하루에서 새벽, 아침은 영웅이 탄생하고, 죽었던 주인공이 부활하는 재생의 시기이라고 한다. '나'는 17,8년 전, 형의 술버릇으로 집안이 망한 소식을 듣고, 어머니를 보려고 옛집을 찾아왔다. '나'는 어머니와 옛집에서 하룻밤을 보내고, 새벽녘에 떠나온다. '나'는 17,8년 전부터 어머니 집을 방문하면 밤에 도착해서 다음 날 새벽이면 떠난다. 현재도 어머니 집에 오래 머물지 못하고, 새벽이면 떠난다. 어머니의 집이 현실적으로 머물기에 적당하지 않은 까닭도 있고, '나'가 가야할 길이 멀기도 하지만, 어머니의 집을 떠나는 하루의 시기는 늘 새벽이나 이른 아침이다.

'나'가 떠나는 새벽의 시간은 고요하고, 아침의 해가 떠오르기 전인 침잠의 시간이다. 이러한 시간에 '나'는 어머니의 집을 조용히 나서는 것이다. 새벽의 고요한 시간은 '나'가 어머니와 함께 있는 공간을 떠나서 세상에 혼자 맞서야 하는 자신의 상황을 표현한 것이다. 태양이 떠오르기 전 만물이 막 잠에서 깨어나기 전의 이른 시간은 '나'가 홀로 새롭게 강한 인물로 탄생하는 시간인 것이다. 과거에도 현재에도 '나'는 홀로 사회에 맞서 살아왔다. 어린 시절부터 사회에 혼자 맞서야 한다는 불안감은 어린 '나'에게 큰 짐이고, 부담이었을 것이다. 이러한 불안의 시간을 17,8년이라는 세월 동안 가슴에 안고 살아왔던 것이다. '나'는 외적으로 강해보일지 모르나, 내적으로는 불안과 외로움이라는 감정의 상처를 고스란히 지니고 살아온 것이다. 이러한 '나'가 떠나는 새벽의 시간은 거대한 사회에 맞서야 하는 왜소한 '나'의 자아를 정립하는 재생의 시간인 것이다.

③은 '나'와 어머니가 17,8년 전 그 겨울에, 옛 집에서 마지막으로 함께 하룻밤을 머물렀다. 새벽녘에 먼 눈길을 아들과 어머니는 함께 걸어갔지만 아들을 떠나보내고, 어머니 혼자 돌아오던 기억 속의 그 날을 회상하며 어머니가 하는 말이다. 프라이는 원형이론에서 겨울은 영웅이 패배하고 혼란한 상태가 되풀이 되는 시기이라고 한다. 이러한 겨울은 페르세포네의 신화와 하마이오니와 파디타의 이야기가 담고 있는 죽음과 재생의 이야기에 비유할 수 있다(N.프라이, 2013:271-273).[3] 두 신화에서 비롯되는 긴 겨울은 죽음과 재생의 이야기이다. 소설 「눈길」에서 기억 속의 겨울은 나와 어머니의 고통스러운 기억이며, 긴 겨

---

[3] 페르세포네는 제우스와 데메테르 사이에 난 딸로 하계의 왕 하데스에게 유괴되어 하계의 여왕이 된다. 딸을 찾아 지상을 헤매는 데메테르를 측은히 여긴 제우스는 페르세포네로 하여금 일 년 중 삼분의 일을 하데스와 함께 하계에서, 나머지를 어머니와 함께 지상에서 살도록 허용한다. 이 신화의 줄거리는 겨울동안 땅 속에 묻혀 있는 씨앗이 봄에 싹터 자라다가 가을에 추수되며, 다시 겨울을 맞는다는, 곡식의 성장과정과 유사하므로 죽음과 재생의 계절적 풍요제의 근간이 되고 있다.
하마이오니와 파디타는 세익스피어의 『겨울 이야기』에 등장하는 인물들이다. 이 극의 전반부에서 하마이오니는 남편 리온티즈의 횡포로 갓 낳은 딸과 헤어져야만 하는 비극적 운명의 여주인공으로 나타나고 있다. 그러나 그 후 하마이오니 자신이 죽은 것으로 꾸며 현실세계로부터 잠적한 16년간, 시칠리아에는 겨울만이 지속되다가 잃었던 딸 파디타가 다시 그녀의 품으로 되돌아옴으로써 봄이 돌아오게 된다는 극의 진행은 데메테르와 페르세포네에 얽힌 신화적 원형을 재현한다고 볼 수 있다. 하마이오니, 파디타 두 여성인물에게서 발견되는 죽음과 재생, 잃음과 찾음의 이미지들은 바로 자연신화의 패턴과 일치하는 것이다.

울의 시간은 나와 어머니의 오랜 갈등의 시간으로 볼 수 있다. 오랜 시간동안 '빚 없음'을 주장하는 나의 고집스러움과 어머니의 무관심한 척하는 행동은 나와 어머니의 감정의 표현이었던 것이다. 그러나 오랜 겨울의 긴 갈등은 결국 '나'가 어머니의 속내를 듣고, 어머니는 속내를 말하는 것으로 서로 간의 묵은 감정이 해소되는 것을 알 수 있다.

① 저녁상을 들일 때 노인은 언제나처럼 막걸리 한 되를 가져오게 하였다. 형의 술버릇 때문에 집안 꼴이 그 지경이 되었는데도 노인은 웬일로 내게 술 걱정을 그리 하지 않았다. 집에만 가면 당신이 손수 막걸리 한 되씩을 미리 마련해다 주곤 하였다.
－한잔 마시고 잠이나 자거라.……
"그래 알았다. 저녁하고 술이나 한잔하고 일찍 쉬거라."
아침부터 먼 길을 나서려면 잠이라도 일찍 자 두라는 것이었다. 나는 말없이 노인을 따랐다. 저녁 겸해서 술 한 되를 비우고 그리고 술기를 못 견디는 사람처럼 일찌감치 잠자리를 펴고 누웠다.(273 － 274)

② 나는 아직도 눈을 뜰 수가 없었다. 불빛 아래 눈을 뜨고 일어날 수가 없었다. 사지가 마비된 듯 가라앉아 있는 때문만이 아니었다. 졸음기가 아직 아쉬워서도 아니었다. 눈꺼풀 밑으로 뜨겁게 차 오르는 것을 아내와 노인 앞에 보일 수가 없었다. 그것이 너무도 부끄러웠기 때문이었다. 아내는 이번에도 그러는 나를 알고 있었던 것 같았다.(278)

③ "그런디 이것만은 네가 잘못 안 것 같구나. 그 때 내가 뒷산 잿등에서 동네를 바로 들어가지 못하고 있었던 일 말이다. 그건 내가 갈 데가 없어 그랬던 건 아니란다. 산 사람 목숨인데 설마 그때라고 누구네 문간방 한 칸이라도 산 몸뚱이 깃들일 데 마련이 안됐겠냐.

갈 데가 없어서가 아니라 아침 햇살이 활짝 퍼져 들어 있는디, 눈에
덮인 그 우리집 지붕까지도 햇살 때문에 볼 수가 없더구나. 더구나
동네에선 아침 짓는 연기가 한참인디 그렇게 시린 눈을 해 갖고는
그 햇살이 부끄러워 차마 어떻게 동네 골목을 들어설 수가 있더냐.
그놈의 말간 햇살이 부끄러워서 그럴 엄두가 안 생겨나더구나. 시린
눈이라도 좀 가라앉히고자 그래 그러고 앉아 있었더니라⋯⋯."
(278－279)

　　인간 문명의 소산으로 존재하는 원형적인 수준에서 자연은 늘 인간
을 포함하고 있다. 신비적인 수준에서는 인간이 자연을 포함하고 있으
며, 묵시적인 세계(종교)에서 천국은 인간이 바라는 형태로 나타난다.
묵시적인 상징에서 우리는 인간을 하나의 수준에서 또 하나의 수준으
로 도달하기 위해서는 『마적』(魔笛)의 타미노처럼 물과 불의 시련을 뚫
고 나아가야 한다(N.프라이, 2013).[4]

　　물은 생명, 죽음, 치유, 재생성의 상징적 이미지를 가진다.

　　①의 막걸리, 술은 형이 집안을 망하게 한 원인이다. 형에게 술은 죽

---

4) 모차르트의 가극 『마적』의 주인공이다. 이집트의 왕자로 거대한 독사에게 물릴 뻔
　했을 때, 밤의 여왕 시녀들의 도움으로 구출되자. 그 보답으로 자라스트로의 손아귀
　에 잡혀 있는 여왕의 딸 파미나를 구한다. 타미노는 온갖 시련을 겪은 후 파미나를
　만나 그의 마적을 불면서 물과 불을 통과한 후 성전에 도착하여 환영을 받았다. 시적
　상징에 의하면 보통 이 세상에서 불이 인간 생명의 바로 위에 위치하고 물은 바로 밑
　에 위치한다. 단테는 이 세계의 표면에 아직까지 존재하고 있는 연옥의 산에서부터
　낙원, 묵시적인 세계로 가기 위해서 불의 테두리와 에덴의 개울을 건너야 한다. 불의
　세계는 불의 천사들과 빛의 천사들, 희생제의 번제물(燔祭物), 성자의 후광과 왕관
　으로 표상되고 있으며, 태양신과 같은 것으로 여겨진다. 물은 전통적으로 인간생활
　의 하위의 존재영역, 일상적인 죽음, 혼돈이나 소멸의 상태에 속해 있다. 그러므로
　죽을 때의 영혼은 물을 가로지르기도 하고 물속으로 가라앉기도 한다. 묵시적인 상
　징에는 '생명수'가 있으며, 에덴동산에서 발원하여 갈라진 네 개의 강이며, 제의에서
　는 세례의 이미지로 나타난다. N.프라이, 앞의 책, 286~287.

음이고, 그를 소멸하게 하였다. 그런 술을 어머니는 '나'에게 유별나게 하지 않고, 집에만 가면 어머니가 손수 마련해주신다. '나'는 술기운을 빌려 잠자리에 들곤 한다. '나'에게 술은 고단함을 잊고, 쉬게 하고, 자고 일어나면 새로운 기운을 내게 하는 치유의 기능을 한다. 어머니는 나에게 술을 권하여 삶의 고단함을 잠시라도 잊고 쉬게 하고 싶은 마음의 표현인 것이다. 술은 형에게 죽음을 부여했지만, 나에게 술은 모태의 상징이고, 치유를 위한 '생명수'가 되는 것이다.

②의 '뜨겁게 차오르는 것'은 눈물이다. 나는 아내와 어머니의 대화를 엿들으며 어머니의 진심을 알게 되고, 어머니에 대한 원망이 부끄러워 눈물을 흘리며 일어나질 못한다. 나는 어머니의 마음을 몰랐던 것일 수도 있고, 알면서도 외면해왔던 것일 수도 있다. 어머니의 진심을 알게 될까 두려웠던 나는 어머니의 진심을 알게 되자 뜨겁게 차오르는 눈물을 흘리며 스스로를 재생시키게 된다. 윌프레드 게린(Wilfred Guerin)은 물을 정화와 속죄, 풍요와 성장을 상징한다고 한다. '나'가 흘리는 눈물은 어머니에 대한 속죄의 눈물이기도 하다. 지금까지 어머니의 마음을 모른 채, 알려고도 하지 않은 채, 원망만을 생각하며 살아온 자신을 속죄하는 눈물인 것이다.

③에서 어머니는 어린 아들을 떠나보내고 돌아오는 눈길에서 하염없이 울게 된다. 눈부신 아침 햇살에 어머니의 시린 눈은 차마 부끄러워 마을로 들어가지 못한다. '나'는 불빛에, 어머니는 아침 햇살에 자신을 부끄러워한 것이다. 불은 정화(淨化), 생식력, 생명의 소생, 수태, 힘, 강함, 존재에 깃든 보이지 않는 힘 등을 상징한다. 태양은 우주의 지고의 힘, 만물을 꿰뚫어 보는 신과 그 힘, 부동의 존재, 우주의 심장 등을 상징한다. 불빛과 햇살은 강한 힘을 상징한다. 나는 불빛에 부끄럽고,

어머니는 아침 햇살에 부끄러워한다. 불빛과 햇살은 나와 어머니를 부끄럽게 하는 존재이다. 나는 어머니에 대한 원망의 감정이 부끄러웠고, 어머니는 어린 아들에게 아무것도 해줄 수 없는 자신의 처지가 부끄러웠던 것이다. 그러한 부끄러움의 감정은 그 대상에 대한 수치심이거나, 죄책감일 수 있다.

수치심과 죄책감은 구별하기 혼란스러울 수 있다. 도덕성과 개인적인 이상은 우리의 내적 기준들과 관련이 있는데, 이 기준들은 어린 시절에 사회와 어른들, 특히 우리를 기른 사람들과 접촉한 경험에서 파생되는 것이다. 우리는 어렸을 때 '좋은' 사람이 되는 것을 배운다. 도덕적 가치와 개인적 이상에 맞추어 살았는지 아닌지 우리에게 말해주는 것은 내적인 목소리이기 때문에 혼란이 생긴다. 그것들은 개인에 의해 내재화되며, 개인적 관점의 일부를 이루기도 한다. 프로이트는 죄책감과 수치심의 원천이 정신의 단일한 작용, 즉 초자아라고 한다. 이 초자아는 성장과정에 발생하는 것이다.

부끄러움은 수치심의 감정과도 상통한다. 수치심은 자기가 나쁜 사람이라는 이유로 사회로부터 거부당하거나 포기당할까 봐 걱정하고 있을 가능성이 많다. 이런 비판과 거부를 피하고자 하는 것이 수치심의 배후에서 작동되는 것이다. 수치심의 경험은 의식에서는 고통스러운 것일 수도 있고, 어쩌면 눈에 보이는 것일 수도 있다. 수치심을 느끼는 사람들은 거부당할 것이라는 위협을 느낀다. 이런 위협은 아이와 어른 모두에게 견디기 힘든 것일 수 있다(래저러스&래저러스, 2013:105－109).

'나'와 어머니가 느끼는 부끄러움의 감정은 서로에게 대한 수치심과 죄의식의 감정일 수 있다. '나'와 어머니는 17,8년이라는 긴 세월 동안 서로에게 '빚 없음'을 의식하고, 인정하는 관계로 살아왔다. 그것은 다르게 말하면, '나'와 어머니는 서로에 대한 부채감으로 살아온 것이다. '나'는 어머니에 대한 자식으로 도리를 다하지 못했고, 어머니는 '나'에게 부모로서의 도리를 다하지 못한 죄책감으로 서로의 감정을 억누르며 긴 세월을 살아온 것이다.

'나'와 어머니가 감정을 누르며 살아온 긴 세월은 '나'와 어머니의 오랜 갈등과 시련의 시간이기도 하다. '나'와 어머니의 오랜 갈등은 『마적』(魔笛)의 타미노처럼 물과 불의 시련을 뚫고 앞으로 나아가야 하는 것이다. 나는 어머니에 대한 원망의 감정을 털어버리고, 어머니는 아들에 대한 진정한 사랑의 감정을 가슴에 억누르고 살아온 세월의 한을 털어야 한다. '나'와 어머니는 불과 태양의 강한 힘으로 정화(淨化)되고, 서로에 대한 진심을 새로운 애정의 감정으로 소생(蘇生)시켜야 하는 것이다.

3. 사물에 나타난 원형

신화가 인간 욕망의 정점에서 일어난다는 사실은 반드시 그 신화의 세계가 인간에 의해서 도달되는 것으로서, 또는 도달할 수 있는 것으로서 표현되고 있다는 뜻은 아니다. 디아노이아의 관점에서 말하면 신화는 똑같은 세계를 활동의 영역 또는 장으로서 바라보고 있으며, 이 경우 우리는 시의 의미, 즉 패턴은 개념적인 뜻을 내포하고 있는 이미지의 구조라는 원리를 염두에 두고 있다.[5] 신화적인 이미지의 세계는 보

---

5) 아리스토텔레스의 『시학』에서 나온 용어인 디아노이아는 일반적 의미에서 문학작

통 종교에서 말하는 천국이나 낙원의 개념에 의해서 묵시적이며, 전면적인 비유의 세계이다. 이 비유의 세계에서는 모든 것이 무한한 일체성속에 포함되어 있고, 그 외의 모든 것과 똑같은 것이 될 수 있는 가능성을 갖고 있다.

묵시적인 세계인 종교에서의 천국은 현실의 여러 가지 범주를 인간이 바라는 형태로 나타내준다. 성서의 묵시적인 세계는 신의 세계(=신들의 사회=한 분의 신), 인간의 세계(=인간들의 사회=한 사람의 인간), 동물의 세계(=양의 우리=한 마리의 어린 양), 식물의 세계(=정원또는 공원=한 그루의 (생명의) 나무), 광물의 세계(=도시=한 개의 건물, 사원(寺院), 돌)와 같은 패턴을 이루고 있다.

비유기적인 세계를 인간적으로 사용한 형식이 거리가 있는 도시뿐만 아니라 고속도로 또는 도로이다. '길'의 비유는 모든 편력문학(遍歷文學, quest-literature)과 떼려야 뗄 수 없는 관계이다. 이것은 『천로역정』6)의 경우처럼 편력문학과 불가분의 관계이다. 이 범주는 기하학적이며 건축학적인 이미지가 포함된다.

> ① 지열이 후끈거리는 뒤껼 콩밭 한가운데에 오리나무 무성한 묘
> 지가 하나 있었다. 그 오리나무 그늘에 숨어 앉아 콩밭 아래로 내려

품의 테마 내지 의미를 가리킨다. 이 용어는 노스럽 프라이가 채택하여 그의 『비평의 해부』에서 다양한 방식으로 사용했다. 프라이는 의미의 다섯 유형을 제시하였다. (1) 축자적(literal) 의미—작품의 상징들의 전체적 패턴 (2) 기술적(descriptive) 의미—작품 외부의 사실 혹은 명제와 작품의 상호관계 (3) 형식적(formal) 의미—작품의 테마 (4) 원형적(archetypal) 의미—작품의 문학적 관습 혹은 장르로서의 의미 (5) 신비적(anagogic) 의미—문학 경험의 총화에 대한 작품의 관계이다. 한국문학평론가협회 편, 『문학비평용어사전 하』, 국학자료원, 2005, 529.
6) 『천로역정』은 영국종교작가 존 버니언의 종교적 우의(寓意) 소설이다. 1678~1684년에 작가 감옥에 투옥되었을 때 집필하고 출판되었다. 종교와 인간에 대한 섬세한 묘사로 영국 근대문학의 발전에 기여하였다.

다보니 집이라고 생긴 게 꼭 습지에 돋아 오른 여름 버섯 형상을 닮아 있었다.

　나는 금세 어디서 묵은 빚 문서라도 불쑥 불거져 나올 것 같은 조마조마한 기분이었다.

　애초의 허물은 그 빌어먹을 비좁고 음습한 단칸 오두막 때문이었다. 묵은 빚이 불거져 나올 것 같은 불편스런 기분이 들게 해 오는 것도 그랬고, 처음 예정을 뒤바꿔 하루만에 다시 길을 되돌아 갈 작정을 내리게 한 것 역시 그러했다. 하지만 내게 빚은 없었다. 노인에 대해선 처음부터 빚이 있을 수 없는 떳떳한 처지였다.(257)

　② "집이야 참 어렵게 장만한 집이었지야. 남같이 한 번에 지어 올린 집이 아니고 몇 해에 걸쳐서 한 칸씩 두 간씩 살림 형편 좋아서 늘여 간 집이었더니라. 그렇게 마련한 집이 결국은 내 집이 못 되고…… 그런다고 이제 그런 소린 해서 다 뭣을 하겠냐. 어차피 내 집이 못 될 운수라 그리 된 일을 이런 소리 곱씹는다고 팔려 간 집 다시 내 집이 되어 돌아올 것도 아니고……."(270)

　쿠퍼(Cooper, 1977)는 '집'은 세계의 중심, 태모(太母)의 보호자적인 측면으로 보호를 상징하고, 움막과 오두막은 우주의 중심, 우리들의 세계, 우주를 나타낸다고 하였다. '동굴'은 우주를 상징하고, 세계의 중심이며, 심장, 자기(Self)와 자아(ego)가 합일 되는 곳이다. 동굴은 신성과 인간성이 만나는 곳이기 때문에 죽었다가 소생한 신이나 구세주는 모두 동굴에서 태어난다고 한다. 고대인들에게 동굴은 인간의 안식처이고, 동굴 속에 잠재된 에너지를 자극하여 환기시킬 수 있는 곳이다. 신화 속의 집을 지상의 동굴에 투사하여 인류 최초의 사원을 동굴로 실현하는 것이다.

　김창수(2001)는 '집'은 몸과 세계 혹은 우주를 매개하는 공간이라고 한다. '집'을 통하여 몸을 영토화하고, 몸은 '집'을 통해 세계를 영토화한다. 몸은 정신이 존재하기 위한 물질적 조건이나 고통, 슬픔, 기쁨 등 감정의 내면을 바라볼 수 있는 창문이 된다. 그러한 의미에서 '집'은 '확장된 몸'이고, 소우주로서 '축소된 세계'라고 할 수 있다. 또한 '집'은 인간탄생에서 죽음까지 감싸고 있는 공간이므로 알이나 자궁, 관이나 무덤도 '집'으로 상징한다. 이처럼 '집'은 주체를 보호하고 감싸는 원리로 여성성이나 모성의 상징이 된다.

①은 현재 어머니가 사는 집이다. 어머니의 집은 '생긴 게 꼭 습지에 돋아 오른 여름 버섯 형상을 닮아'(257) 있다. 어머니가 사는 집은 동굴의 수준이다. 어머니의 버섯 모양의 동굴 같은 집은 외모가 비록 허술하기는 하지만 어머니와 형수와 조카들이 보호받고, 살아가는 그들의 소우주이다. '나' 또한 어머니를 원망하면서도 어머니를 뵈러 가서 꼭 하룻밤이라도 자고 오는 곳이다. 동굴같이 초라하고, '음습한 단칸 오두막'(257)이지만, 가족 모두가 어머니가 계신 오두막에서 그들의 세계를 만들고, 휴식을 취하는 곳이다. 어머니가 계시기 때문에 이 '음습한 단칸 오두막'도 그들의 잠재적 에너지를 소생시키는 공간이 된다.

②의 집은 그 옛날의 어머니가 살던 집이다. 아버지가 몇 해에 걸쳐 한 칸씩 늘여간 소중한 집이었지만, 그 집은 어머니의 집이 될 운수가 아니었다고 말한다. 어머니와 가족 모두에게 옛 집은 죽음과 소멸의 공간이다. 옛 집에서 아버지를 잃고, 가족이 해체되었다. 한 칸씩 늘여 온 옛집에 대한 어머니의 깊은 애정을 가족 누구도 제대로 이해하지 못할 것이다. 옛집에 대한 어머니의 애정은 어머니 자신의 몸과 마찬가지였던 것이다. 매일 쓸고 닦으며, 살아왔던 집을 잃고, '음습한 단칸 오두막'으로 옮겨와 남은 평생을 살아온 어머니이다. 어머니의 집에 대한

애착은 '나'의 어머니에 대한 원망 보다 훨씬 더 강하게 어머니의 마음 속에 한이 되어 남아 있을 것이다.

옛 집에서 가족이 해체되었다면, 현재의 음습한 오두막은 가족이 하나가 되는 공간이다. 어머니는 지금의 쓰러져가는 오두막을 가족이 쉴 수 있는 곳으로 만드는 충분한 모성애를 보여주고 있다. 어머니의 집에 대한 애착은 쓰러져가는 오두막의 기둥을 고치고, 지붕을 개량했으면 하는 작은 소망으로 나타나고 있다. 어머니는 이 쓰러져 가는 단칸 오두막에서 해체된 가족이 만나고, 떠나고, 다시 찾아와 쉴 수 있는 그러한 공간이 되기를 바라는 것이다. 「눈길」에서 집은 가족이 해체되고, 다시 만나는 공간이며, 신화에서 죽음과 소멸과 재생이 가능한 그러한 역할을 하는 곳이다.

쿠퍼(Cooper)에 의하면 나무는 현현(顯現) 세계의 전체, 하늘과 땅과 물의 총체, 돌의 정적인 생명에 반대되는 동적인 생명을 상징한다. 나무는 세계상이고, 우주축이며, 하늘과 땅과 물의 세계를 연결해서 그 사이의 교류가 가능하게 한다. 나무는 옴팔로스(Omphalos), 세계의 중심이다. 나무는 양육자, 보호자, 지지자로서의 태모, 여성을 상징하고, 태모가 지배하는 풍요의 호수로서 모태의 힘을 상징한다. 땅 속 깊은 곳, 세계의 중심에서 뻗은 뿌리로 지하수와 접촉하는 나무는 시간의 세계로 자라는 나무이다. 이러한 상징을 가진 세계수로 알려진 북유럽 신화의 우주수 '이그드라실(Yggdrasill)'은 강대한 물푸레나무 또는 상록수이며 생명의 샘, 영원한 생명과 불사를 상징한다(진 쿠퍼, 1977: 416-417).

①에서 어머니의 집을 내려다보고 있는 무성한 오리나무는 어머니와 가족을 지켜주는 세계의 중심이 되기도 한다. '나'는 오리나무 그늘

에 숨어 '습지에 돋아 오른 여름 버섯 형상'(257)의 어머니의 집을 내려다보면서 묵은 빚이 불거져 나올까 불안해한다. 그러나 '나'에게 빚은 없다고 생각하며 스스로를 위로한다. '나'가 오두막을 보고 불편한 까닭은 무엇일까? 어머니가 사는 오두막이 쓰러져가는 초라한 모습이어서 불편하기도 하지만, 그 낡은 오두막이 영원히 쓰러지지 않기를 바라는 마음이 더 크기 때문이다. 결국 그 오두막은 '나'에게 나이든 '어머니의 모습'과 같은 것이고, 오두막은 '나의 어머니'인 것이다. '나'는 어머니의 부재가 두려운 것이다. '나'에게 어머니는 원망의 대상으로 여전하게 존재해야 한다. 그렇다면 '나'는 무엇인가? '나'는 어머니를 지켜주는 나무와 같은 존재일 수 있다. 어머니의 오두막에서 가족이 쉬기도 하지만 그러한 가족의 공간을 지키고, 바라보는 존재는 오리나무와 같은 존재, '나'이기도 한 것이다. '나'는 어머니와 가족을 지켜주는 존재인 것이다. 누군가를 지켜줘야 한다는 부담감은 나에게 묵은 빚이 없다는 부채감으로 '나'를 지금까지 억눌러 왔던 감정이다. 지금까지 '나'와 가족은 어머니라는 울타리 안에서 존재해왔지만, 그러한 울타리를 지켜 온 것은 형님도 없는 집안의 실질적 가장인 '나'이기도 한 것이다. '나'와 어머니는 서로를 지켜주며, 존재하게 하는 버팀목인 것이다.

나무는 제례와 신화에서 중요한 역할을 해 왔으며, 전형적인 신화의 나무는 낙원의 나무, 생명의 나무이다. 우리에게 아티스의 수나무, 미트라스의 나무, 스칸디나비아의 세계수인 이그드라실 등이 알려져 있다. 가장 훌륭한 우주목은 '이그드라실'이다.

융(Jung)에 의하면 성장과 발달의 과정 중에 있는 '자기(Self)'가 바로 '이그드라실'이다. 땅에 뿌리를 내리고 하늘을 향해 뻗은 세계수는 대극의 합일을 의미한다. 대극합일의 의미를 원형적으로 살펴보면 우리는 세계수로부터 왔고 세계수를 통해 자기 전체성의 의식적인 현시로 되돌아가는 길을 발견하게 된다는 것이다. 북유럽의 신화에서 신이 인간을 창조했을 때 생명을 불어넣은 질료가 나무라고 한다. 신화적으로 볼 때 인간의 기원이 나무에서 시작되었다고 주장하듯이 '나'는 어머니에게서 태어난 존재이고, '나'의 근원적인 존재는 어머니이다. '나'가 다시 돌아가야 할 곳도 어머니이다. 그러나 그러한 어머니를 존재하고 지탱하게 하는 것은 '나'인 것이다. '나'는 어머니가 살아가게 하는 버팀목이었던 것이다. 결국 '나'와 어머니는 서로를 존재하게 하는 소중한 관계인 것이다.

① 어린 자식놈의 처지가 너무도 딱해서였을까. 아니 어쩌면 노인 자신의 처지까지도 그 밖엔 달리 도리가 없었을 노릇이었는지 모른다. 동구 밖까지만 바래다 주겠다던 노인은 다시 마을 뒷산의 잿길까지만 나를 좀더 바래 주마 우겼고, 그 잿길을 올라선 다음에는 새 신작로가 나설 때까지만 산길을 함께 넘어 가자 우겼다. 그럴 때마다 한 차례씩 가벼운 실랑이를 치르고 나면 노인과 나는 더 이상할 말이 있을 수가 없었다. 아닌게 아니라 날이라도 좀 밝은 다음이었으면 좋았겠는데, 날이 밝기를 기다려 동네를 나서는 건 노인이나 나나 생각을 않았다. 그나마 그 어둠을 타고 마을을 나서는 것이 노인이나 나나 마음이 편했다. 노인의 말마따나 미끄러지고 넘어지면서, 내가 미끄러지면 노인이 나를 부축해 일으키고, 노인이 넘어지면 내가 당신을 부축해 가면서, 그렇게 말없이 신작로까지 나섰다.……노인을 길가에 혼자 남겨 두고 차로 올라서 버린 그 순간부터 나는 차마 그 노인을 생각하기가 싫었고, 노인도 오늘까지 그날의 뒷얘기는 들려 준 일이 없었다.(275−276)

② "눈길을 혼자 돌아가다 보니 그 길엔 아직도 우리 둘 말고는

아무도 지나간 사람이 없지 않았겠냐. 눈발이 그친 신작로에 눈 위에
저하고 나하고 둘이 걸어온 발자국만 나란히 이어져 있구나."

"그래서 어머님은 그 발자국 때문에 아들 생각이 더 간절하셨겠
네요."

"간절하다뿐이었겠냐. 신작로를 지나고 산길을 들어서도 굽이굽
이 돌아온 그 몹쓸 발자국들에 아직도 도란도란 저 아그의 목소리나
따뜻한 온기가 남아 있는 듯만 싶었제. 산비둘기만 푸르륵 날아가도
저 아그 넋이 새가 되어 다시 되돌아오는 듯 놀라지고, 나무들이 눈
을 쓰고 서 있는 것만 보아도 뒤에서 금세 저 아그 모습이 뛰어나올
것만 싶었지야. 하다 보니 나는 굽이굽이 외지기만 한 그 산길을 저
아그 발자국만 따라 밟고 왔더니라. 내 자석아, 내 자석아, 너하고 나
하고 둘이 온 길을 이제는 이 몹쓸 늙은 것 혼자서 너를 보내고 돌아
가고 있구나!"

"어머님 그때 우시지 않았어요?"

"울기만 했겠냐. 오목오목 디뎌 논 그 아그 발자국마다 한도 없는
눈물을 뿌리며 돌아왔제. 내 자석아, 내 자석아, 부디 몸이나 성히 지
내거라. 부디부디 너라도 좋은 운 타서 복 받고 살거라…… 눈앞이
가리도록 눈물을 떨구면서 눈물로 저 아그 앞길만 빌고 왔제
……."(277)

소설 「눈길」에서 '나'와 어머니가 기억하는 '눈길'은 다르다. ①은
17,8년 전 '나'가 어머니와 눈길을 함께 걸어와서 헤어지던 그날, 나의
기억 속에 남은 어머니의 모습이다. 나의 기억 속에 어머니는 나의 처
지가 딱해서인지, 동구 밖―잿길―신작로―산길―면소 차부까지 눈길
을 넘어지고, 미끄러지고, 부축하고, 일으켜주며 함께 걸어왔다. '나'의
기억은 거기까지였다. '노인을 길가에 혼자 남겨 두고 차로 올라서 버
린 그 순간부터 나는 차마 그 노인을 생각하기가 싫었고'(276)처럼 나

는 더 이상 어머니에 대해 생각하기 싫었던 것이다. 어린 '나'는 어머니를 그곳에 두고 혼자 오기도 싫었지만, 함께 갈 수도 없는 처지가 더 싫었던 것이다. 그러한 감정을 17,8년이라는 세월 동안 가슴에 품고, 묵은 빚처럼 '나'는 살아왔던 것이다. 그래서 '나'는 기억 속 그날의 어머니의 감정은 무시하고, 자신만의 기억을 간직한 채 지금까지 살아온 것이다. 결국 '나'의 삶도 편안하지 않은 고통스런 삶이었던 것이다.

②는 17,8년 전 어머니의 기억 속의 눈길이다. 어머니는 아들과 함께 걸어온 그 눈길을 되돌아오면서 아들의 발자국과 목소리를 함께 가지고 왔다. 어린 아들을 홀로 보내는 어머니는 돌아오는 내내 눈길에서 눈물을 흘리며, 아들의 복을 비는 기도를 하며 하염없이 걸어왔다. 어머니의 기억 속에 그날의 눈길은 아들에 대한 지극한 사랑과 속죄의 기억이다.

'나'는 어머니의 그날의 기억에 대해 자신이 너무 부끄러워 일어나지 못한다. '나'는 어머니에 대한 자신의 부끄러움과 어머니의 그러한 감정을 알게 될지도 모른다는 두려움이 묵은 빚으로 불거져 나올까 불안했던 것이다. '나'의 빚 없음의 불안하고 두려운 감정은 결국 '나'의 죄책감과 어머니의 깊고 넓은 바다와 같은 사랑에 해소된다. '나'와 어머니의 긴 시간의 갈등은 서로의 속 깊은 사랑을 확인하고, 모자간의 진심을 깨닫고 사랑이 재생하는 순간을 맞게 된다.

4. 갈등을 넘어 화해와 치유

이청준 소설 「눈길」에서 나타나는 원형적 상징에 대해 알아보았다.

「눈길」에 나타나는 원형적 상징을 계절과 자연현상에 나타나는 원형과 사물에 나타나는 원형으로 나누어 살펴보았다.

신화에서 원형의 개념은 상징과 밀접한 관계를 이루는 집단적 무의식의 관념과 절대적인 상관관계를 이루고 있다. 원형은 정신 속 어디에서나 보편적으로 있고, 널리 퍼져 있는 일정한 형식들(form)이 존재한다는 것을 말한다. 상징은 개인을 뛰어넘어 보편을 지향하는 것, 정신의 삶에서 고유한 것이라고 할 수 있다.

「눈길」에 주로 나타나는 계절은 여름과 겨울이다. 하루의 주기는 새벽 및 이른 아침, 저녁 혹은 밤의 시간이다. 현재는 여름이고, 기억 속의 그날은 겨울이다. 프라이는 여름이 문학에서 로맨스의 형식을 취하고, 로맨스의 플롯은 모험이라고 한다. 주인공은 모험을 통해 죽음, 부재, 재생을 경험하게 된다. '나'는 여름이라는 계절 속에 어머니와 갈등이 첨예하게 드러난다. 이러한 갈등은 어머니의 기억 속의 그날의 이야기를 들으며, 해소되고, '사랑'이라는 감정으로 재생하게 된다. '나'와 어머니의 기억 속 그날은 겨울로서 신화의 페르세포네와 하마이오니와 파디타의 이야기처럼 긴 겨울의 갈등과 시련의 시간이었다. '나'와 어머니는 『마적』의 타미노처럼 물과 불의 시련을 뚫고 17,8년이라는 세월을 살아왔으며, 그러한 갈등은 어머니의 깊고 넓은 사랑을 확인하고, 해소하게 된다.

'나'가 어머니의 집을 찾아와 머물며 떠나는 시간은 새벽이거나 이른 아침이다. 새벽과 이른 아침은 만물이 소생하기 직전인 침잠의 시간이다. '나'가 어머니의 집을 떠나는 새벽의 시간은 거대한 사회에 맞서 나가야 하는 '나'의 자아정립과 재생의 시간이다.

「눈길」에 나타나는 사물의 원형성은 오두막과 오리나무와 기억 속의 눈길이다. 지금 어머니가 사는 집은 '음습한 단칸 오두막'이다. 과거 옛집은 크고 좋은 집이었지만 가족을 해체한 공간이었고, 현재의 낡은 집은 '나'와 가족이 휴식을 취하고, 잠재적 에너지를 소생시키는 공간 이다. 오두막은 어머니와 같은 존재이다. 이러한 오두막이 무너지기를 '나'는 바라지 않는다. 오두막을 감싸 안고 있는 오리나무는 오두막을 보호하는 존재이며, 나는 오리나무와 같은 존재이다. '나'는 어머니와 오랜 세월동안 갈등을 이루고 있지만, '나'와 어머니는 서로를 지켜주 며, 존재하게 하는 버팀목인 것이다.

'나'와 어머니의 기억 속의 '눈길'은 서로 다른 듯하지만, 결코 서로의 감정이 다르지 않음을 알 수 있다. '나'의 기억 속에 '눈길'은 어머니를 홀로 두고 떠날 수밖에 없는 원망과 죄책감이 함께 자리한다. 어머니의 기억 속에 '눈길'은 어린 아들을 홀로 보내야 하는 죄책감과 사랑으로 자리한다. '나'와 어머니는 '죄책감'과 '사랑'이라는 공통의 감정에서 서 로를 이해하게 된다.

「눈길」에 나타나는 원형적 상징성을 살펴 본 결과 각각의 상징들은 모두 '나'와 어머니의 감정의 표현이고, 그 결과는 사랑으로 귀결하는 것을 알 수 있다. '나'와 어머니의 감정은 결렬하게 대립하지만, 서로의 진심을 확인하는 순간 갈등의 감정은 소멸하고, '사랑'이라는 감정으로 재생하는 것을 알 수 있다. 소설 「눈길」에서 드러나는 모자간의 '사랑' 의 감정은 어머니의 아들에 대한 사랑도 깊지만, 아들이 품고 있는 어 머니에 대한 사랑도 매우 깊음을 알 수 있다.

최인훈 소설 『西遊記』에 나타난
자기반영적 글쓰기

최인훈은 1960년대 전 기간과 1970년대 일부 기간 동안 질적·양적으로 뛰어난 업적을 남기고 있다. 그는 다수의 작품에서 고전 소설의 제목을 그대로 차용하거나 텍스트 간에 동일한 상황을 반복적으로 나타내는 경향이 있다. 또한 소설에서 다양한 기법을 통해 실험적인 양상을 보이고 있다. 이러한 그의 작품은 전체적으로 자기반영적 특징이 두드러지게 나타나고 있다.

본 연구는 최인훈 소설 전체가 상호텍스트적인 관계에 있다는 전제에서 그의 소설 『西遊記』를 중심으로 한 자기반영적 글쓰기를 연구하는 것을 목적으로 한다. 자기반영성은 스스로를 반영한다는 뜻이고, 소설에서 자기반영성은 소설 안에 여러 가지 기법을 통해 작가의 가치나 사상이 표현되고, 작가가 의도하는 것이 작품에 반영되는 것을 말한다. 본고에서 자기반영성은 작품 속에 나타나는 반복적인 여행을 통해 반복의 의미를 밝히고, 이야기 속 이야기의 액자구조층을 분석한다. 또한 최인훈 소설 『西遊記』에 드러나는 다른 텍스트와의 관계를 밝힘으로써 작가가 소설을 통해 표현하고자하는 가치와 사상을 규명하고자 한다. 이를 통해 최인훈 소설 『西遊記』에 나타나는 자기반영적 글쓰기의 미학적 가치를 높이는 데 의의를 두고자 한다.

최인훈 소설 『西遊記』는 중국 고전 『西遊記』의 제목을 그대로 차용한 소설이지만 그 내용은 완전히 다르게 창조된 내용이다. 자기반영성은 방법론적으로 텍스트 안의 서술자나 인물이 텍스트 바깥의 작가를 반영하는 것과 텍스트 안의 구축물로서 인공적 과정이 텍스트 안에 반영되는 것으로 나눌 수 있다. 본 연구는 텍스트 안의 서술자를 중심으로 분석하되 그 안에서 발견되는 텍스트 밖의 작가를 반영하는 부분도 함께 분석할 것이다. 결국 작가가 소설을 통해 말하고자 하는 것은 소설 속 주인공을 통해 반영되는 것임을 알 수 있다.

1. 연구사 검토

최인훈 소설의 자기반영성에 관한 연구는 다음과 같다.

정영훈(2007, 2011)은 최인훈 소설에서 반복되는 의미를 중심으로 반복적인 상황과 반복적인 요소를 타자의 오인으로 분석하고, 그 안에 발견되는 향락의 요소를 연구하였다. 그의 연구는 최인훈 소설 전체를 놓고 반복의 의미를 분석하였다는 데에 의의가 있지만 정체성의 탐구라는 결론에 한정되는 아쉬움을 남기고 있다. 그의 다른 논문 「내 공간의 이론과 『서유기』 해석」은 『西遊記』에 대한 난해성을 이해하기 위해 내공간의 이론을 내적 외적 세계를 구분하여 물리적 실체에 대해 설명하고 있지만 이것은 『西遊記』에 대한 난해성을 더욱 가중시키고 있다.

손유경(2000)은 최인훈과 이청준의 소설에 나타나는 자기반영성을 비교 연구하였다. 최인훈 소설은 하이퍼텍스트적인 양상을 보이며, 작가의 비판적 시선을 드러내는 전략적 장치로 기능하고, 이청준은 자기 변형과 자기 모방의 양상을 나타낸다고 한다. 두 작가의 작품에 대한 총체적인 분석에는 의의가 있지만 작품의 구체적인 분석에는 미흡함이 보인다.

연남경(2009)은 최인훈 소설 『화두』를 중심으로 그의 소설 전반에 나타난 자기반영성을 연구하였다. 소설에서 다층적인 화자의 층위를 분석하여 텍스트 간의 관계를 설정하고, 대화적 읽기를 통한 세밀한 분석에 의의가 있지만 『西遊記』에 대해서는 역사적 인물과의 대화에 치중하여 역사의식에 대한 서술에 그치고 있다.

자기반영성에 대한 폭넓은 정의로 최인훈 소설의 자기반영성에 대한 연구는 아직 미흡한 실정이다. 또한 최인훈 소설 전체를 두고 연구하는 경향으로 인해 각 작품에 대한 구체적인 분석에는 아쉬움이 많았다. 이에 연구자는 최인훈 소설 『西遊記』를 중심으로 그의 소설에 대한 구체적인 자기반영성을 연구하는 데 근간을 이루고자 한다.

2. 반복적인 여행에 나타나는 자기반영성

최인훈 소설 『西遊記』를 작가의 앞선 소설 『灰色人』의 연작소설로 보고, 주인공 독고준을 동일인물로 간주한다. 『灰色人』의 시간적 배경은 1958년 가을 저녁에 시작해서 1959년 여름 저녁에 끝을 맺고, 공간적 배경은 독고준이 이유정의 방으로 들어가는 장면에서 끝난다. 『灰色人』에서 독고준은 가족을 북한에 두고 어린 시절 월남하여 남한에서 아버지를 만나지만 아버지가 돌아가시고 혼자 남게 된다. 혼자라는 외로움과 현실의 경제적 어려움은 그를 절망하게 한다. 북한에서 경험한 성적 체험은 그의 여성관에 영향을 주고, 남한에서 만나는 여성들과 적절한 관계로 발전하지 못한다. 독고준은 결국 현실과 불화하는 모습을 보여준다. 독고준의 이러한 모습은 그대로 『西遊記』로 옮겨온다. 『西遊記』의 첫 장면은 '고고학 입문의 한 편'이라는 영화로 시작하지만 중심 내용은 독고준이 이유정의 방에서 나와서 자신의 방으로 돌아가는 장면에서 시작한다. 독고준은 자신의 방으로 돌아가는 복도의 짧은 시간동안 사유 세계가 환상적인 공간 이동을 이루며 전개된다. 소설 속 중심 내용과 시간들이 파편화되어 시간과 공간의 자유로운 이동과 반복이 이루어진다.

> 「西遊記」는 「灰色人」의 속편으로 쓴 작품인데, <단테>를 인용하여 말해서 <나의 지옥편>이라고 부르고 싶다. 나는 이 작품에서 <사회적 자아>라는 인간 개인의 내면 구조를 붙잡은 듯싶다. 개인에 있어서 <사회>라는 것은 <프로이드>가 말하는 <초자아>의 형태로 개인의 의식 속에 모형이 <빌트-인 Built-in> 되어 있는 것으로 보아야 할 것 같다. ……「西遊記」에서는 <자기 안에 있는 남(그러면서도 자기 안에 있고 보면 그것은 자기이기도 한)>, 그러한 의식의 구조를 탐구해 보았다.
>   ― 「원시인이 되기 위한 문명한 의식」, 22-23.

최인훈은 그의 수필에서 『西遊記』에 대해 『灰色人』의 속편임을 분명히 밝히고 있다. 또한 '개인의 의식 속에 모형이 <빌트-인 Built-in> 되어 있는 것'으로 보고, 주인공 독고준의 '자기 안에 있는 남'이라는 의식의 구조를 탐구하는 실험적 기법을 통해 '일부러 계산된 단절과 지리멸렬의 분위기'로 전개했다고 한다. 최인훈은 소설을 쓸 당시를 '변혁의 시대'라고 표현한다. 일제 강점기와 한국전쟁을 겪은 우리 민족은 새롭고 안정된 국가를 건설해야 하는 시점에 4·19 혁명과 5·16 군사정변을 겪으면서 자유와 민주주의에 대한 의식의 변화를 요구한다. 이러한 의식의 변화는 피난민 최인훈 뿐만 아니라 우리 민족이 요구하는 시대의 흐름인 것이다. 변화의 흐름 속에 '<인간>'을 구성하고 있는 <안>과 <밖>이 어느 것이 어느 것인지 뒤죽박죽되기 마련이고, 그럴 때는 인간구조의 모형을 다시 환기하는 일은 건강한 반응'이라고 최인훈은 말한다. 그는 『西遊記』에서 당시의 변화와 혼돈된 상황에 대해 개인의식의 혼돈성이라는 주제로 의식 구조의 탐구라는 실험적 기법으로 작품을 서술하였다. 작품 속 주인공의 환상 여행이 당시의 혼돈된 현실과 최인훈 자신의 의식과 시대에 대한 반영임을 밝히는 것이다. 이것이 그 시대의 작가가 해야 할 역할이자, 임무라고 여긴다. 그는 소설을 통해 작가로서의 소임을 하고자 한 것이다. 『西遊記』는 작품의 첫 부분에서 '이 필름은 고고학 입문 시리즈 가운데 한 편으로 최근에 발굴된 고대인의 두개골 화석의 대뇌 피질부에 대한 의미론적 해독'(최인훈, 2008:7)이라고 작품의 내용에 대해 독자들에게 미리 언급한다. 『西遊記』는 첫 장에 이러한 내용으로 시작하여 소설 전체가 사실이 아니고 허구임을 밝히는 메타픽션이다. 메타픽션은 픽션과 리얼리티 사이의 관계에 의문을 제기하면서 스스로가 하나의 인공품임을 의식적·체계적으로 드러내는 소설쓰기이다. 작가는 스스로의 글쓰기

행위에 대해 비판하고 반성하는 자의식적 행위를 글 속에 드러낸다.[1] 최인훈은 소설에서 주인공의 의식을 통해 끊임없이 질문하고, 반성하는 모습을 보여준다. 이것은 최인훈이 보여주는 글쓰기 행위의 자의식적 행위로 볼 수 있다. 독자들은 『西遊記』가 허구임을 알면서 소설을 읽지만 내용의 흐름에 따라 현실과 환상의 경계를 혼동하고, 소설에서 당면한 세상이 현실인지 환상인지 의심하면서 읽게 된다. 『西遊記』의 난해성은 현실과 환상의 경계에 대한 혼동에서 시작되고, 반복적인 읽기를 통해 현실과 환상의 경계를 구분하는 지점에서 『西遊記』에 대한 흥미는 커지고, 난해성도 해소된다.

독고준은 어린 시절 수학여행을 갔던 정거장 석왕사(釋王寺)를 통해 4회의 반복적인 여행을 하게 된다. 독고준은 'W시의 그 여름을 기억하는 그녀'를 만나기 위해 여행을 시작하지만 그의 여행은 반복적인 장소로 '이탈과 되돌아 옴'의 구조를 가지게 된다. 독고준은 과거로의 반복적인 여행을 통해 자신의 무의식 속에 억압된 것을 기억하고자 하는 행위가 반영된 것이다. 그의 의식은 현실에서 나아가고자 여행을 감행하지만 그의 무의식은 여행의 반복을 통해 억압된 기억을 회상하고자 한다.

들뢰즈는 반복을 개념의 동일성이나 부정적 조건으로만 설명하지 않는다. 이산, 소외, 억압이라는 자연적 봉쇄의 세 가지 경우로서 이것을 명목적 개념, 자연의 개념, 자유의 개념으로 표현한다. 반복의 명목

---

1) 메타픽션은 소설의 창작과 그 소설의 창작에 관한 진술을 동시에 하는 것으로 나타나며 자신의 텍스트에 대한 불신, 의혹, 상상, 환상 등의 방법을 동원한다. 외부세계를 향한 거울을 들고 있는 소설가들이 외부세계를 향해 들고 있는 거울을 향해 또 다른 거울을 들고 있는 '거울놀이'를 하는 것이다. 유종호 外, 『문학비평 용어사전 상, 하』, 한국문학평론가협회 편, 국학자료원, 2006, 597~598.

적 개념은 무한한 내포를 지니고, 반복의 자연 개념은 기억을 결여하고 소외되어 자신의 바깥에 있다. 반복의 자유 개념은 무의식 상태에 놓여 있고 기억의 내용과 표상이 억압되어 있다. 이 모든 경우에 반복하는 것은 오로지 '포괄'하거나 '이해'하지 못하기 때문에 반복한다. 어디서 건 반복을 정당화하는 것은 개념의 불충분성이고, 그 개념의 표상에 동반하는 기억과 자기의식, 재기억과 재인의 불충분성이라고 한다(질 들뢰즈, 2005:56).

독고준의 반복은 자연과 자유의 개념으로 볼 수 있다. 독고준의 무의식은 과거 기억에서 결여되고 소외되어 자신의 바깥에 놓여 있다. 그의 의식은 외부에서 내부로 진입하기 위해 반복을 행하는 것이다. 또 자신이 잃어버린 기억이 무엇인지를 찾기 위해 자신의 과거 속으로 여행을 감행하는 것이다. 잃어버린 기억을 통해 자신이 찾고자 하는 과거의 일을 되돌아보고 회상하여 자신의 정체성을 찾아가는 것이다.

그의 무의식에 잠재된 기억은 외부 조건에 의해 억압되어 있다. 억압된 그의 기억은 회상하지 못하고, 알지 못하고, 의식하지 못하므로 반복을 행하는 것이다. 반복을 통해 무의식 속에서 그의 기억을 회상(回想)하고, 그의 회상 속에 떠오르는 기억은 전쟁의 상흔과 그의 욕망이다. 그가 겪은 전쟁의 상흔은 어린 시절 학교에서 겪은 자아비판회이고, 그가 욕망하는 것은 'W시의 그 여름날을 기억하는 그녀'를 만나는 것이다. 독고준은 그 여름날을 기억하는 그녀를 만나기 위해 지금 여행을 감행하는 것이고, 여행을 하는 과정에 그가 겪은 전쟁의 상흔들이 하나씩 드러나는 것이다.

프리츠 퍼얼스(Fritz Perls)는 게슈탈트 심리치료에서 내담자가 자신의 진정한 욕구나 감정을 회피해버림으로 미해결 과제들을 쌓아간다고 한다. 치료자는 내담자의 회피행동을 지적하고 자신의 진정한 동기를 직면시켜주어 미해결 과제를 해소해주어야 한다. 내담자가 자신의 미해결 과제들을 직면하기 두려워하는 이유는 그것을 직면하면 큰 일이 벌어질 것이라는 잘못된 상상을 하기 때문이다. 치료적 작업은 바로 이러한 상상이 허구라는 것을 깨닫도록 만들어 주는 것이다. 직면한다는 것은 진실을 회피하지 않고 있는 그대로 받아들이는 것이다. 현실이 즐겁든 고통스럽든 그것을 방어하거나 왜곡하지 않고, 있는 그대로 받아들이는 자세를 뜻한다(김정규, 1996:255). 그렇게 하기 위해서는 진정한 용기가 필요한 것이다.

독고준은 여행을 하면서 자신의 상흔과 직면하게 된다. 여행의 반복은 그의 상흔을 반복하여 직면하게 함으로 상흔에 맞서는 용기를 갖게 한다. 상흔에 맞서는 용기는 상흔을 치유하는 한 방법으로 상흔에 직면하기를 반복함으로 그 상흔에 대한 두려움은 사라지게 된다. 상흔에 대한 두려움이 사라지면 그 기억은 더 이상 상흔이 아니라 기억 속의 일일뿐이다. 그의 무의식은 더 이상 전쟁에 대한 상흔의 기억을 억압하지 않을 것이다. 독고준이 상흔에 대한 두려움을 회피하지 않고 당당히 맞서는 용기를 가짐으로 그의 상흔은 치유가 되어가는 것이다. 또한 그의 기억 속에 무너진 자존감을 회복하게 된다. 그는 반복적인 여행을 통해 잃어버린 기억을 찾고, 그의 기억을 억압하는 요인을 밝혀내고, 억압하는 요인을 제거함으로써 재기억과 자기의식이 이루어진 것이다.

정거장 석왕사는 그의 기억 속에 그리운 고향의 한 부분이며, 어린 시절 수학여행을 갔던 곳이다. 반복적인 여행의 마지막 정거장에서 이루어지는 재판의 과정은 그 상흔의 직접적인 억압 원인인 지도원 선생과 대면하고 맞서게 한다. 지도원 선생과의 재판 과정은 독고준이 자신을 변호하고 무죄 판결을 받음으로써 그의 상흔을 완전히 치유하는 계기를 맞는다. 반복을 통해 억압되고 결여된 기억은 그가 극복해야할 의식의 과정이다. 독고준의 의식은 자신의 무의식에 잠재한 지도원 선생에 대한 분노와 그로인한 기억에 대한 억압을 치유하고자 애쓰는 것이다.

독고준의 기억은 반복을 통해 폭격으로 파괴된 도시의 모습을 아름다운 고향의 모습으로 재건하고, 지도원 선생에게 상처받은 자신을 그에 맞서는 당당한 인물로 거듭나야 한다. 그것은 과거의 억압된 기억으로부터 자신을 자유롭게 하는 유일한 방법이다. 고향으로 돌아갈 수 없는 독고준의 현실은 최인훈의 현실과 상응한다. 최인훈은 어린 시절 해군 함정 LST편으로 전 가족이 월남했다. 그의 기억 속에 그리운 고향에 대한 기억은 다시는 돌아갈 수 없는 곳으로 그의 내면에 자리하고 있다. 최인훈은 그의 소설에서 전쟁에 대한 기억과 고향에 대한 그리움을 반복적으로 드러낸다. 최인훈의 전쟁에 대한 기억과 고향에 대한 반복적인 글쓰기 방법은 그가 경험한 전쟁의 상흔을 드러내는 과정이고, 그의 상흔 치유의 한 방법으로 볼 수 있다.[2]

3. 이야기 속 이야기의 액자구조화

『西遊記』는 시간과 공간의 자유로운 이동으로 인해 현실과 환상이라는 중층 구조를 이루고 있다. 『西遊記』에서 현실 세계는 시간과 공간

---

[2] 김윤식은 최인훈이 중학교 시절에 겪은 자아비판의 경험이 그가 작가의 길로 들어서게 한 하나의 정신적 상처(trauma)라고 지적한다. 김윤식, 「유죄 판결과 결백 증명의 내력－최인훈론」, 『김윤식 선집4』, 솔, 1996, 124.

을 명확히 구분할 수 있지만, 환상 세계에서는 시간과 공간의 자유로운 이동이 이루어져 명확한 구분이 어렵다. 환상 세계에서 공간 이동은 반복적인 장소로 회귀하는 구조를 이루고, 시간의 연속성은 무시간성을 추구한다.

이야기의 첫 부분에서 '고고학 입문'의 영상 필름이라고 제시하여 중층구조를 이루고 있음을 밝힌다. 독고준이 이유정의 방에서 나오는 현실 세계가 1층 액자구조이고, 독고준이 자신의 방으로 들어가기 전 이층 복도에서 일어나는 환상 세계가 2층 액자구조이다. 또한 독고준이 환상 세계에서 이야기책 속의 이야기를 읽고, 다시 꿈속에서 자신이 구렁이로 변신한 이야기는 3층 액자구조를 이루고 있다.

1층 액자구조는 독고준이 이유정의 방에서 나오는 현실 세계를 나타낸다. 현실에서 그는 월남한 청년으로 북한에 두고 온 가족과 고향에 대한 그리움과 남한 현실에 대한 불만이 가득한 청년으로 전작 『灰色人』에서 묘사되었다. 이유정에 대한 애정으로 그녀의 방에 들어가지만 그녀 방에 우두커니 서 있다가 나오는 관념적인 지식인의 모습을 보여준다. 그가 2층 자신의 방으로 올라가는 복도에서 환상 세계로 이어지는 2층 액자 구조를 이룬다. 환상 세계에서 독고준은 누군가에게 이끌려가다가 'W시의 그 여름을 기억하는 그녀'를 찾고자 환상 여행을 감행한다. 환상 여행을 감행하는 독고준은 1층 액자 구조에서 보여준 독고준 자신 그대로이며, 그가 기억하고자 하는 것과 욕망하는 것을 찾고자 여행을 시작한다. 『灰色人』과 『西遊記』의 주인공 독고준이 그대로 등장함으로 두 작품은 연작소설로서 상호텍스트적인 관계에 있다. 『灰色人』에서 독고준은 아버지의 옛 고향을 찾아 자신의 조상을 찾지만 찾지 못하여 실망하고, 고향에 대한 그리움과 가족에 대한 연민의 감정이 고스란히 『西遊記』의 독고준으로 이어져 무의식 속의 환상 여행을 감행하게 한다.

3층 액자구조는 환상 세계에서 이야기책을 읽는 부분과 독고준이 꿈속에서 구렁이로 변신하는 두 부분으로 나누어진다. 3층 액자구조의 첫 번째는 환상 세계에서 읽은 다섯 편의 이야기이다. 소설의 내용은 스스로가 인공품임을 의식적으로 드러내는 메타픽션이다.[3]

첫 번째 '배안에 있는 선장의 이야기'는 인간의 본질인 몸과 영혼에 대한 알레고리로 읽힌다. 아리스토텔레스로부터 플라톤 이후의 철학자들에게 '배안에 있는 선장의 이야기'는 영혼(선장)과 몸(배)에 관한 플라톤 가르침의 대표적인 예로 쓰인다. 플라톤은 초기 대화편에서 몸은 영혼의 도구나 매개물이 아니라, 영혼을 방해하고, 심지어 오염시키는 것으로 보았다. 인간은 영혼을 몸과 분리시킴으로써 자신을 깨끗하게 할 수 있다고 한다. 그 이유는 육체적인 욕망 때문이기도 하지만, 정화(淨化)는 인식론적인 문제와 관계되기 때문이다. 육체의 욕망은 영혼을 제한하며, 진리와 접촉하는 것을 막는다고 한다. 그것은 고통과 마찬가지로 영혼의 생활에 방해물이 되기도 한다. 진정한 영혼의 본질은 몸의 간섭을 받지 않고 사유 과정이 독자적으로 가능할 때 비로소 파악된다. 사물의 본질을 파악하기 위해서는 눈과 귀 등의 감각 기관을 통해 들어오는 것을 모두 제거해 버려야 한다(반 퍼스, 1985:43). 플라톤은 영혼과 몸을 평면적인 동등한 관계에 두지 않고, 영혼은 몸과 다른 세계에

---

3) 연구자는 다섯 편의 이야기에서 첫 번째, 두 번째, 세 번째 이야기만을 다루기로 한다. 이야기 속 이야기인 다섯 편의 이야기는 모두 액자구조층을 이루고 있다. 첫 번째와 두 번째 이야기는 인간의 본질에 대한 알레고리적 관계이고, 세 번째 이야기는 4장에서 다룰 것이다. 네 번째와 다섯 번째 이야기는 인간소외라는 현대사회의 문제점을 지적한 것 외에는 특별한 내용을 찾지 못하여 여기서는 더 이상 다루지 않기로 한다.

있다고 본다. 영혼이 지향하는 세계는 고귀한 이데아의 세계로 운명이라는 영혼 불멸설을 말한다. 영혼은 지상의 현실보다 앞서 있는 이상적인 이데아의 세계로 인간의 육체(몸)는 사라질 수 있으나 영혼은 영원히 존재하는 것이다.

이야기에서 선장은 그의 외로움을 달래고자하는 욕망으로 배아래 한 사람만을 배 위로 올렸다. 그러나 그로 인해 배 아래에서 폭동이 일어나고, 그 폭동은 선장이 죽은 후에도 계속된다. 배 아래에 있는 선원들은 선장이 죽었는지 살았는지 확인도 하지 않고, 배위로 올라가겠다는 욕망 때문에 끊임없이 싸우는 것이다. 영혼에 속하는 선장은 죽었으나 몸에 해당하는 배는 여전히 망망대해를 목적 없이 가고 있다. 플라톤에 의하면 영혼은 고귀한 것이어서 영혼이 없는 몸은 죽은 것이고, 아무 의미가 없다. 영혼에 해당하는 선장은 죽고, 몸에 해당하는 배는 목적 없이 망망대해를 떠다니고 있다. 이것은 영혼이 없는 몸만 움직이는 것이다. 영혼이 없는 몸은 어떠한 의미도 없다. 망망대해를 떠다니는 배는 의미 없는 항해의 연속인 것이다. 영혼과 몸은 정신과 물질로 비유할 수 있으며, 정의를 상실한 혼란한 사회의 이기심과 물질만능주의가 만연한 사회 현상을 비유한 것으로 볼 수 있다. 최인훈은 영혼 없는 배의 목적 없는 항해를 당시 사회 현상에 비유한 것이다. 전후 한국사회가 거대한 서양 문물에 떠밀려 한국적인 문화와 정서를 상실하고, 영혼 없는 배처럼 서양 문물에 정처 없이 떠밀려 다니는 현실을 비판한 것이다.

두 번째 이야기는 옛날에 아주 영험한 호랑이가 살았는데 늙어서 죽자 그 몸에 구더기가 산을 이루어 움직이고, 그 구더기들은 호랑이의 형상을 하고 어디로 가는지 알지 못하는 길을 계속 가는 것이다. 호랑이 형상을 한 구더기의 이동도 인간의 본질에 대한 알레고리이다. 플라톤은 '동굴 비유'에서 날 때부터 동굴에 묶여 암벽에 투사된 사물의 그림자만을 보고 자란 사람들은 그것이 사물의 전체인 것으로 착각한다고 한다. 그들 중 한 사람이 동굴 속으로 스며드는 빛을 보고, 그 동굴을 빠져나와 참 현실과 만나게 된다. 동굴에서 나왔던 그 사람은 다시 동굴로 돌아가 그가 체득한 새로운 지식을 이야기하지만 그는 조롱을 받고 결국 동료들의 손에 죽임을 당한다(반 퍼스, 1985:49). 호랑이 형상의 구더기 산은 영혼 없는 몸이다. 영혼 없는 몸은 목적 없이 계속 이동한다. 호랑이 형상을 한 구더기의 모습을 보고 모든 동물은 무서워서 도망간다. 호랑이가 아니지만 호랑이 모습의 구더기 산을 보고 호랑이인줄 착각하고 모두 도망간다. 이 이야기도 사물의 진실한 내면을 보지 못하고 겉모습만을 보고 판단하는 당시 사회의 혼란한 모습과 우상에 대한 인간의 어리석은 행동을 비판하고 있다. 구더기 산인지 호랑이인지를 정확하게 알지 못하는 현실과 호랑이에 대한 거대한 힘의 원형은 그 그림자만 보아도 두려움에 떨게 하는 위력을 가진다. 혼란한 사회일수록 인간은 어떤 우상화된 모습에 현혹되고, 사물에 대한 정확한 판단력을 상실한다. 또한 사물의 본질을 잘 파악하지 못하고, 그 본질을 은폐시키는 것이다. 이것은 당시의 혼란한 사회 현실과 인간의 이기적이고, 어리석은 본성을 비판한 것이다.

이 두 이야기는 영혼과 몸이라는 인간의 본질에 대한 알레고리이고, 더 나아가 타락한 사회 현실과 인간의 어리석은 본성에 대한 비판이다. 또한 사물의 본질에 대한 인식론의 중요성을 강조하고 있다. 자신에 대해 인식하지 못하고, 자신이 나아가야 할 방향을 정하지 못하는 현대인과 물질이 사람을 우선하는 사회 현상을 비판하는 것이다. 이러한 현실은 지금도 진행되고 있는 사실이며, 사물의 본질에 대한 깊은 이해를 요구하는 작가의 의도가 반영된 것이다.

3층 액자구조의 두 번째는 꿈속 꿈인 독고준이 구렁이로 변신한 꿈이다. 구렁이로 변신한 독고준은 가족으로부터 소외되어 자신에 대해 성찰하는 시간을 갖게 된다. 독고준의 성찰은 소설 『西遊記』의 전체 내용에 해당하는 것을 한 지면에 요약하여 나타내고 있다. 주인공 독고준의 파편화된 내면세계가 꿈속의 꿈으로 액자구조화를 이루며, 소설 전체 내용을 한 면에 드러냄으로써 이야기의 거울 반사가 이루어지고 있다.

　　또아리를 틀고 엎드려 있는 그의 머리는 더욱 맑아지고 무럭무럭 새살이 돋아나듯 그는 지난날의 기억들을 되새겨가는 것이었다. 그는 자기 인생을 망쳐버린 그 여름날을 생각하였다. 그러자 그는 그 기억들의 맨 끝자리에 떠오르는 얼굴을 보는 것이었다. 깊은 밤에 비행기 지나는 소리가 우렁우렁 들려오면 그는 그 여름날 철로 위에 들어서는 것이었다.……촛불을 켜놓은 방과 후의 교실에서 그는 자아비판을 하고 있었다. 요란한 소리를 내며 손차가 달려온다. 구더기 집이 된 죽은 개가 풀밭을 헤치고 달려가고 있었다. 그는 죽은 개를 집에 데리고 갈 수는 없었다. 사람이 없는 텅 빈 도시는 그를 취하게 했다. 그는 뜻 없이 거리를 헤맨다. 그는 소부르주아이고 책과 현실을 혼동하는 아이였지만 소년단 지도원에게 다시는 싫은 소리를 듣지 않기 위해서 폭탄이 쏟아지는 거리로 수십 리를 걸어온 용감한 소년이었다. 그는 사람이 없는 도시가 좋았다.……천주교당의 십자가는 무서운 철의 새들이 덮쳐드는 그 하늘을 향하여 자신이 있다는 듯이 눈부시게 빛나고 있다. 그것도 그의 것이었다. 그는 어느 집 꽃밭을 보고 있었다. 꽃들은 아름다웠다. 요란한 폭음. 문은 열리고 젊은 여자가 달려나왔다. 손을 잡고 뛴다. 방공호 속은 숨이 막힐 듯하다. 강철의 날개가 공기를 찢는 소리가 들리고 쿵, 하고 땅이 울린다.

그러자 바로 머리 위에서 굉장한 소리가 나면서 그에게로 무너져 오는 살냄새와 그리고 머리칼.

—『西遊記』, 235－236[4].

　구렁이로 변신한 독고준은 자신의 과거를 회상한다. 자신의 어린 시절을 회상하며 자신이 진정으로 욕망하는 것이 무엇인지를 기억하게 한다. 그는 '자기 인생을 망쳐버린 그 여름날'을 생각한다. 촛불을 켜놓은 방과 후의 교실에서 이루어진 자아비판은 다시는 경험하기 싫은 그의 상흔이다. 소부르주아로 낙인된 자신을 소외시키는 학교라는 사회 속에 자신을 인정받는 인물로 재진입하고자 욕망한다. 그의 욕망은 전쟁의 폭격 속에 두려움을 떨치고 철로 길을 걸어가는 어린 소년의 모습을 회상하게 한다. 그러나 그가 도착한 학교는 폭격으로 폐허가 되고 텅 빈 교실이었다. 그의 기억은 자신을 비난하는 지도원 선생에게 당당히 맞섬으로 인정받는 용감한 소년으로 재기억되기를 욕망한다. 폐허가 된 도시의 그녀와 방공호 속에서의 숨막히는 두려움의 성경험은 어린 독고준을 이불 속에서 성장하게 한다. 독고준의 억압된 기억은 액자 구조를 통한 반복된 내용의 거울 반사를 통해 잃어버린 기억을 되살리고, 어린 시절 가졌던 두려움과 용기를 재기억하고, 자신에 대해 성찰하게 한다. 자신에 대한 성찰을 통해 자신이 진정으로 욕망하는 것이 무엇인지를 깨닫고 꿈에서 깨어난다. 그리고 자신이 욕망하는 것을 찾아 다시 여행을 떠난다.

　프로이트는 꿈을 원망 충족(願望充足)이라고 한다. 꿈의 작용이 의도하고 있는 것은 잠을 방해하는 심적 자극을 원망 충족에 의해서 제거하

---

4) 최인훈, 『西遊記』최인훈 전집 3, 문학과지성사, 2008.

는 일이다. 왜곡된 꿈은 검열에 의해서 물리쳐지고 금지 당한다. 원망의 존재 자체가 꿈 왜곡의 원인이다. 불안몽(不安夢)은 일반적으로 잠을 깨게 하는 꿈이다. 고통스러운 꿈은 징벌의 의향이 많다. 징벌 또한 원망 충족이다. 그러므로 꿈은 충족된 원망 혹은 현실화된 불안 또는 징벌이다. 꿈은 항상 무의식적인 원망의 충족이다(S.프로이드, 2008:220).

꿈은 독고준의 무의식을 표현한다. 독고준은 꿈에서 구렁이로 변신한 자신의 모습을 보고, 사랑하는 동생들에게 소외된다. 자신이 가장으로 책임져야할 동생들에 대한 부담감은 자신이 아무것도 할 수 없는 구렁이로 변신하는 꿈을 꾸게 하고, 구렁이로 변한 자신을 동생들은 괴물로 보며 두려워한다. 자신의 변한 모습에도 여전히 자신을 사랑하는 오빠로 대하기를 바라는 그의 소망은 이루어지지 않고, 자신을 괴물로 보는 동생들을 원망하게 된다. 동생들에 대한 원망은 독고준에게 자신을 성찰하는 계기를 주고, 자신이 잃어버린 고향과 꿈을 기억하게 한다. 그는 꿈을 통해 잃어버린 고향에 대한 아련한 추억과 자신이 욕망하는 것을 되찾게 된다. 그는 꿈을 통해 현실의 원망을 충족한 것이다. 독고준이 경험하는 두려움과 고통의 현실은 그가 꾸는 꿈속의 일들이다.

4. 텍스트의 교류성

4.1. 우리를 슬프게 하는 것들

제라르 쥬네트는 '명시적이건 은밀하게건 간에 한 텍스트를 다른 텍스트들과의 관계 속에 놓는 그 모든 것'을 가리키기 위해 '텍스트 교류성'

이라는 용어를 사용한다. 추상성과 포괄성이 큰 순서대로 다섯 가지 유형의 텍스트 교류 관계를 정의하면, 첫 번째가 '상호텍스트성'이다. 이것은 두 텍스트가 인용, 표절, 그리고 언급의 형태를 통해 서로 효과적인 공존 관계를 유지하는 것이다. 두 번째 유형은 '부속적 텍스트성'으로 어떤 문학 작품 전체 속에서 텍스트 본체와 '부속 텍스트'—제목, 머리말, 책의 속표지, 표제어, 도안, 심지어는 책 장정과 서명된 작가 친필—간의 관계를 말한다. 세 번째 유형은 '메타텍스트성'이다. 이것은 한 텍스트가 다른 텍스트에 대해 논평을 가하는 비평적 관계로서, 논평되는 텍스트는 공공연하게 거론될 수도 있고, 아니면 아무 언급 없이 환기될 수도 있다. 네 번째 유형 '텍스트 전형성'은 어떤 텍스트의 제목이나 부제에 의해 시사 또는 부인되는 장르 분류를 말한다. 텍스트 전형성은 어떤 텍스트가 시, 수필, 소설 등 스스로의 장르를 특징 지으려는 의지와 관련된다. 다섯 번째 유형 '하이퍼텍스트성'은 한 텍스트와 이것이 변형시키고 수정을 가하고 정화시키고 확장시키는 기존의 텍스트와의 관계를 말한다. 기존의 텍스트에 대해 변형을 가하는 것을 말하는데 하이퍼텍스트성의 방식이나 정도는 모든 텍스트들이 동일하지는 않다(로버트 스탬, 1998:58).

이야기 속 이야기 세 번째 이야기는 '우리를 슬프게 하는 것들'에 관해 나열하고 있다. '우리를 슬프게 하는 것들'은 최인훈 소설 『西遊記』와 『小說家 丘甫氏의 一日』과 수필 <우리를 슬프게 하는 것들>에 공통적으로 나오는 부분으로 텍스트간의 교류성이 나타나는 부분이다.

① 배고파 우는 아이는 우리를 슬프게 한다. 어느 마을 돌담에 기댄 어린이의 나무뿌리로 포식한 창황蒼黃빛의 배 위에 이른 봄의 햇

빛이 떨어져 있을 때, 대체로 봄은 우리를 슬프게 한다.……순수의 밀실에서 고운 이의 머리카락을 언제까지고 희롱하고 싶은 나이에 비순수의 광장이 너무나 어지러운 것이, 그리하여 부드러운 어깨를 밀어놓고 원치 않는 영웅이 되기 위하여 그곳으로 달려가야 하는 시대가 결국 우리의 마음을 슬프게 한다.

―『西遊記』, 65-68.

② 까치 소리가 서글프다는 것은 이런 뜻이었다. 까치가 울면 좋은 일이 있다고 한다. 구보씨는 까치 소리를 들을 때마다, 기계적으로, 언제나, 틀림없이, 그 생각이 떠오른다기보다, 절로 그렇게 된다. 그 느낌은 구보씨의 어떤 사상(思想)보다도 뚜렷하다. 자기가 정말 믿고 있는 것이란 까치 소리 하나뿐인지도 모른다, 하는 감상적인 생각을 그때마다 하는데, 영락없이 그러면 구보씨는 가슴인가 머릿속인가 어느 한 군데에 까치 알만한 구멍이 뽀곡 뚫리면서 그 사이로 송진 같은 싸아한 슬픔이 풍겨나오는 것을 맡는 것이었다.

―『小說家 丘甫氏의 一日』, 12.

③ 夜間通行制限이 우리를 슬프게 한다. 밤의 시간. 삶의 절반을 몰수당한 우리의 시간이 우리를 한없이 슬프게 한다.……파키스탄에서 自由를 위해 일어선 사람들이 世界의 與論에서 黙殺될 때. 水銀 콩나물. 石灰 두부. 밀가루 牛乳. 물 먹여 殺害되는 소. 물감 주사를 맞은 과일. 엉터리 抗生劑, 그 뒷소식은 어떤 신문에도 나지 않을 때. 가짜 무장 간첩들이 서울 市內에 들어왔던 일에 대한 뒤처리 소식이 어느 신문에도 나지 않을 때. 이런 모든 일은 우리를 슬프게 한다―

―『小說家 丘甫氏의 一日』, 169-171.

④ 한 독재자의 죽음이 우리를 슬프게 한다.……이유는 어쨌든 인민은 동원의 '대상'이고 '참여'의 '대상'이었던 괴상한 문화의 '상

징'이며 실체였던 인물의 죽음을 온 주민이 울면서 맞이하는 우리 형제들의 상황이 우리를 슬프게 한다.……50년전, 우리를 점령하고 있던 이웃이 망할 때, 우리는 이런 광경을 목격했었다. 폭격으로 폐허가 된 도시의 왕궁 앞에서 꿇어앉은 수많은 일본 백성들이 전쟁에 진 것은 저이들 충성이 모자란 탓이었노라고 패전을 '사죄'하는 일본 백성들의 모습을 우리는 보았다. 그 매저키즘의 풍경, 그 노예의 정서! 그러나, 우리를 슬프게 하는 것은 일본 백성들의 그 모습이 아니었다. 그런 인간군이 구성한 제국의 노예였던 사실이 그때나 지금이나 우리를 슬프게 한다. 우리는 노예들의 노예들이었다.

― <우리를 슬프게 하는 것들>, 308―310.

①은 소설 『西遊記』에 나오는 '우리를 슬프게 하는 것'이다. 독고준은 배고파 우는 아이의 모습에, 동물원에 간힌 사슴의 뿔이 잘려 죽어 있는 사진에, 하숙집에서 앓고 있을 때, 달아나는 UN군용 열차에, 환상 속에 도착한 고향 집에서 낯선 이들에게 반동분자라는 소리를 들을 때, 통행금지를 알리는 사이렌 소리에, 철창 안에 간힌 어떤 죄수의 혈색 좋은 얼굴에, 순수하고 싶은 나이에 비수순의 광장이 너무나 어지러운 때, 원치 않는 영웅이 되기 위하여 그곳으로 달려가야 하는 시대가 슬프다고 한다. 식민지 현실과 정리되지 않은 친일 잔재, 전쟁으로 인해 잃어버린 고향과 그로 인해 사라진 어린 영혼들, 그리고 다시 찾은 고향에서 던져지는 오명과 위정자들의 위선적인 삶에 분노하고, 서민들의 안타까운 현실에 슬퍼한다. 독고준은 해방 후 겪게 되는 혼란한 사회 상황과 전후 빈곤한 현실에 대해 슬프다고 자신의 감정을 토로한다.

②와 ③은 소설 『小說家 丘甫氏의 一日』에 나오는 구보의 슬픔이다. 『小說家 丘甫氏의 一日』의 제1장 첫 부분에서 피난민 구보는 어느 날

아침, 잠에서 깨어 하루 일과를 정리하고 뒤척이다가 문득 까치의 울음 소리를 듣는다. 까치가 울면 좋은 일이 있을 거라는 토속적인 믿음이 있지만, 구보는 까치의 울음을 듣고 그 믿음을 생각하면 슬퍼진다고 한다. 이러한 구보의 슬픈 마음은 제8장에서 그가 쓴 원고 '우리를 슬프게 하는 것들'이라는 글에서 구체적으로 표현한다. 구보는 자유를 위해 일 어선 사람들이 세계의 여론에 묵살되고, 수은 콩나물, 석회 두부, 밀가 루 우유, 물 먹여 살해된 소, 물감 주사를 맞은 과일, 엉터리 항생제 등 에 관한 향후 처리 소식을 언론에서 보도하지 않았을 때 슬퍼진다고 한 다. 구보는 야간통행제한으로 일어나는 밤의 금기(禁忌) 상황과 당면한 사회의 부조리한 현실들이 자신을 슬프게 한다고 말한다. 구보는 엉터 리 언론 보도에 실망하고, 국민의 권리와 자유를 묵살한 당시의 정치와 사회 현실이 슬픈 것이다.

④는 최인훈 수필 <우리를 슬프게 하는 것들>의 한 부분이다. 최인 훈은 1994년 7월 8일, 김일성의 죽음을 애통해하는 북한 동포들의 모 습을 보고 슬프다고 한다. 김일성이 죽어서 슬픈 게 아니라 인민을 한 인격의 존재로 인정하지 않고, 인민을 동원의 대상으로 여기고, 세계가 하루 안에 오고가는 지구촌 시대에 고립된 문명 속을 살아가는 북한 동 포들의 모습이 슬프다고 한다. 북한 동포들은 그들이 당하는 것이 무엇 인지도 모르고 영원한 인민의 아버지 독재자의 죽음에 울부짖는 모습 을 보고 같은 민족으로 같은 동포로서 그들의 우매한 모습이 슬프다고 한다. 최인훈은 월남 작가로서 그가 느끼는 북한 동포들의 모습은 더욱 뼈저리게 와 닿은 것이다. 일본이 전쟁에 패망하여 황제의 궁 앞에 꿇 어앉아 사죄하는 그들의 노예 정서에 놀라며, 그러한 노예의 노예였다 는 사실에 슬퍼한다. 전쟁의 패배로 고통을 겪어야 할 일본은 재빠른

상전의 선택과 잇속으로 빠른 경제 성장을 이루어 번영하고 있는데, 그들의 노예였던 우리는 아직도 가장 야만한 20세기의 골짜기를 헤매는 모습이 슬프다고 한다. 월남한 최인훈은 북한 동포들의 야만적인 삶에 슬프고, 남한의 정치적·경제적 혼란에 더욱 슬퍼지는 것이다. 피난민 최인훈은 남쪽의 이 땅에 단 한명의 초등학교 동창생을 만날 수 없는 생애를 보낸 자신을 슬퍼한다. 또 '현실이 소설보다 기구하고, 역사가 연극보다 극적이고, 그런데 누군가 왼쪽으로 뛰라면 왼쪽으로 뛰고, 오른쪽으로 뛰라면 오른쪽으로 뛰어야'(최인훈, 2005:311) 하는 이런 연극 같은 현실에 사는 우리들이 가장 슬프다고 말한다. 독고준과 구보의 개인적인 슬픔의 감정은 작가 최인훈의 슬픈 감정을 반영한 것이다. 최인훈은 자신이 슬퍼하는 현실을 작품 속 사회 현실에 빗대어 표현한 것이다. 최인훈이 당면한 현실의 슬픔은 이러한 현실에 사는 우리 모두의 슬픔이다.

『西遊記』와 『小說家 丘甫氏의 一日』에서 소설의 발표 연대가 1966년과 1969년으로 당시의 사회 상황은 통행금지가 있었다. 전쟁 후 사회를 통제하는 수단으로 쓰인 통행금지가 가난한 현실에서 시민들의 생계를 억압하는 하나의 장치로 역할하고, 이러한 당시의 상황을 그의 소설에서 자신을 슬프게 하는 것이라고 말한다. 그의 공통된 주제는 시간이 흐른 1994년에 수필 <우리를 슬프게 하는 것들>에서 같은 주제의 글을 쓰게 한다. 오랜 시간을 두고 최인훈은 자신을 슬프게 하는 일에 대해 식민지와 한국 전쟁 등의 고통스러운 역사적 사실과 당면한 사회 현실에 대한 비판으로 상호관련성을 드러내고 있다. 최인훈은 세 작품을 통해 자신의 슬픔을 표현하고 있다. 텍스트간의 공통되는 주제와 내용을 통해 부속적 텍스트성이라는 작품 간의 교류성을 분명히 나타내고 있다. 또한 이러한 공통된 주제의 지속적인 반영을 통해 최인훈 자신의 역사와 사회 현실에 대한 비판의식을 분명히 표현하고 있다.

4.2. 카프카의 「변신」과 고전 『西遊記』

『西遊記』는 『灰色人』의 연작소설로서 주인공 독고준이 같은 인물이기도 하지만 『灰色人』에서 다음과 같은 사실을 언급하고 있다. 첫째, 『灰色人』에서 독고준은 카프카의 문학에 대해 '신(神)을 잃은 세계에서의 인간의 고독, 권위를 잃은 세계의 뜻 없음, 꿈의 세계, 분해과정에 있는 부르조아 정신의 말기 증상,……문학으로서 가능한 상징의 끝은 카프카일 것'(『灰色人』, 207)이라고 극찬한다. 독고준은 작품 속에서 카프카와 발자크의 문학 세계를 비교하며, 카프카를 자신의 위대한 선배라고 말한다. 둘째, 『灰色人』에서 독고준은 아버지가 생전에 가르쳐 준 남한의 옛 고향 주소를 찾아가 자신의 조상을 찾아보지만 찾지 못하고 허탈한 마음으로 집에 돌아온다. 집에서 이유정이 어딜 갔다 왔냐는 질문에 '손오공의 서유기(西遊記)를 다녀왔다'(『灰色人』, 260)고 말함으로써 최인훈의 다음 작품이 『西遊記』임을 암시하는 효과를 주었다. 이처럼 최인훈은 『灰色人』에서 그의 다음 작품 『西遊記』에 대한 카프카의 「변신」과 고전 『西遊記』에 대한 일부 소재와 제목의 차용을 암시하고 있다.

『西遊記』에서 독고준이 꿈속에서 구렁이로 변신하여 겪는 일들은 카프카의 소설 「변신」에서 차용한 것으로 보인다. 그가 카프카의 소설을 감동적으로 읽고 자신의 모범 작가로 삼았다는 것은 『灰色人』에서 이미 알려진 사실이다. 「변신」에서 주인공 그레고르는 어느 날 아침 해

충으로 변신한 자신의 모습 때문에 일을 할 수 없게 되자 가족들로부터 소외되어 쓸쓸한 죽음을 맞는다. 「변신」과 『西遊記』의 공통점은 두 작품의 주인공이 가족을 사랑하고, 가족의 생계를 위해 개인의 삶을 희생하고 봉사와 헌신으로 지금까지 살아온 성실한 인물이라는 점이다. 또한 소설에서 두 주인공은 어느 날 아침 자신의 몸이 해충과 구렁이로 변해 있고, 이로 인해 그들이 사랑하는 가족으로부터 소외되고, 멸시받는다. 「변신」에서 주인공 그레고르는 결국 식음을 전폐하여 쓸쓸한 죽음을 선택하지만, 『西遊記』에서 주인공 독고준은 자신의 잃어버린 고향과 꿈을 찾는 계기를 맞게 된다.

「변신」은 주인공 그레고르가 가족으로부터 소외되어 쓸쓸히 죽음을 선택하는 가족 간의 소통 부재와 이로 인한 현대 사회의 소외 현상을 비판한다. 『西遊記』에서 주인공 독고준은 가족으로부터 소외되지만 자신을 성찰하게 된다. 자신에 대한 성찰은 어린 시절 소망했던 꿈과 자신이 용감한 소년이었다는 사실을 깨닫게 되어 기억 속에 무너진 자존감을 회복하게 된다. 자존감의 회복은 자아를 찾는 계기가 되고, 독고준 자신의 미래를 선택할 수 있는 기회를 얻게 한다. 「변신」의 구조는 현실에서 모든 일이 일어나는 구조이고, 『西遊記』의 구조는 현실－꿈－꿈속 꿈－현실이라는 다층구조이다. 『西遊記』는 「변신」의 기본 형식에서 구조의 발전과 내용의 확장을 이루었다.

독고준은 『西遊記』에서 고전 『西遊記』에 대해 다음과 같이 말한다.

> 『서유기西遊記』의 사상은 깊다.……생명 없는 물건이, 혹은 제 분수를 넘은 동물들이 부처의 뜰에서 도망쳐 나와 소동을 피운 끝에 부처의 호통 한마디로 쥐구멍 찾듯 본 모습을 드러낸다는 그 이야기는 훌륭한 자연철학이며, 논리학이며 신학神學이다. 목숨 없는

물건이 자기 환상幻想 속에서 '나'를 참칭僭稱하고 부처의 뜰을 벗
어나 헤맨 끝에 부처의 노여움, 혹은 부르심으로 깨어 본래의 자리
에 돌아간다는 것은 그대로 기독교의 창조 · 죄 · 구원의 이야기가
아닌가.

　　　　　　　　　　　　　　　　　　　　　　　　　　　　　—『西遊記』, 261−262.

　　독고준은 고전『西遊記』의 사상이 깊다고 한다. 생명이 있는 동물이
든 생명이 없는 기물이든 본래의 자기 분수를 넘어 소동을 피우다가 부
처의 호통 한마디에 자신의 모습으로 돌아가는 것이 진리의 참뜻이라
고 한다. 세상의 모든 것이 부처님 손바닥 안에서 이루어지는 것이고,
자기 환상에 빠져 헤매다가 스스로 깨달음을 얻을 수도 있고, 신의 꾸
짖음으로 '자아'를 찾을 수도 있다. 결국 자기 본연의 모습, 참 자아로
돌아가는 것은 신의 영역에서 이루어지는 인간의 삶이고, 도리인 것이
다. 인간의 삶은 신이 관람하는 무대 위에서 이루어지고, 신은 그것을
관람하는 관객이다. 인간은 결코 신의 영역을 침범할 수 없으며, 인간
은 신의 시선 아래에 있는 것이다. 고전『西遊記』는 부처의 호통에 모
든 미물이 본 모습을 드러내는 자연철학과 논리학과 신학(神學)이 있는
책이라고 한다. 그래서 독고준은『西遊記』의 사상이 깊다고 찬사한다.
　　고전『西遊記』는 토착적인 서방 낙원설과 불교의 서방정토설이 결
합하여 빚어낸 환상문학이다. 당나라 때에 현장(玄奘, 596−664) 스님
이 인도에 가서 불경을 갖고 왔던 역사적 사실을 근거로 다양한 상상을
가미하여 지어진 소설이다. 작가 오승은(吳承恩, 1506−1582)은 <대
당삼장취경시화(大唐三藏取經時話)>와 <서유기잡극(西遊記雜劇)> 등
을 바탕으로 오늘날 전해지는 100회본『西遊記』를 완성하였다.『西遊
記』의 환상적인 내용들은 큰 도리를 밝히기 위한 장치이고, 깨달음을

통해 자기완성을 이루는데 목적이 있다. 또한 참된 자아를 찾아가는 마음의 행로를 환상으로 그려낸 것이다(유용강, 2008:43).

최인훈의 『西遊記』는 고전 『西遊記』의 제목을 차용하고, 이야기의 기본 구조가 여행기이고, 고전적 모험소설의 기본 구조인 '이탈과 되돌아 옴'이라는 점에서 상호텍스트성이 두드러진다. 고전 『西遊記』는 새롭고 낯선 공간으로의 모험담이지만 최인훈의 『西遊記』는 '기억과 무의식'의 정신적 영역으로 자아를 찾아가는 여행으로 고전 『西遊記』보다 확장된 형식을 보여주고 있다. 최인훈의 『西遊記』는 카프카의 「변신」과 고전 『西遊記』의 내용과 기본 구조를 차용하면서 그들의 내용과 구조에서 변화하고, 발전된 형식을 보여준다.

5. 내 안의 상흔 치유

본 연구는 최인훈 소설 전체가 상호텍스트적인 관계에 있다는 전제에서 그의 소설 『西遊記』에 드러난 다양한 실험 양상을 자기반영성이라는 관점에서 연구하였다.

『西遊記』에 나타난 자기반영성을 다른 작품과의 상호텍스트 관계에 있다는 전제에서 출발하여 세 가지로 나누어 분석하였다.

첫 번째는 소설에서 드러나는 반복의 의미이다. 주인공 독고준은 어린 시절 수학여행을 갔던 정거장 석왕사(釋王寺)를 반복적으로 여행한다. 독고준은 'W시의 그 여름을 기억하는 그녀'를 만나기 위해 여행을 시작하지만 그의 여행은 반복적인 장소로 '이탈과 되돌아 옴'의 구조를 가진다. 과거 기억에서 결여되고 소외된 독고준의 의식은 외부에서 내부로 진입하기 위해 반복을 행하는 것이다. 그의 무의식에 잠재된 기억은 외부 조건에 의해 억압되어 있다. 독고준의 반복된 여행은 기억을 억압하는 요인을 제거함으로 재기억과 자기의식이 이루어진다. 독고준의 억압된 기억은 최인훈의 억압된 기억과 상응한다. 최인훈은 그의 여러 소설에서 전쟁에 대한 기억과 고향에 대한 그리움을 반복적으로 드러낸다. 최인훈의 반복적인 글쓰기 방법은 그가 성인된 후에도 치유되지 않은 자신의 억압된 기억에 대한 상흔이고, 그의 상흔을 치유하는 방법으로 볼 수 있다.

두 번째는 『西遊記』에 드러나는 액자구조층이다. 『西遊記』는 자유로운 공간 이동과 반복적인 장소로 회귀하는 공간구조를 이루고, 시간은 현재에서 과거로의 자유로운 이동이 가능한 무시간성을 이룬다. 이러한 환상적인 여행은 꿈속의 꿈이라는 중층 구조로 거울 속의 거울 반사가 이어지는 액자구조화를 이룬다. 3층 액자 구조에서 나타나는 영혼과 몸이라는 인간 본질에 대한 알레고리와 구렁이로 변한 독고준의 내면 성찰의 시간은 그의 내면세계를 파편화시킨다. 독고준의 성찰은 소설 전체 내용을 한 면에 드러냄으로써 이야기의 거울 반사가 이루어진다. 이러한 다층구조의 형식은 최인훈의 실험적이고, 미학적인 글쓰기의 한 부분으로 볼 수 있다.

세 번째는 『西遊記』와 다른 작품과의 교류성에 관한 것이다. 소설에서 표면적으로 드러난 '우리를 슬프게 하는 것들'은 최인훈 소설 『西遊記』와 『小說家 丘甫氏의 一日』과 수필 <우리를 슬프게 하는 것들>에 공통적으로 나오는 부분으로 텍스트간의 교류성이 두드러진다. 최인훈이 느끼는 슬픔은 그의 역사의식과 사회 현실에 대한 비판의식을 반영하고 있다. 1960년대 통행금지가 있던 시절의 가난한 서민들의 삶과

30년이라는 세월이 흐른 뒤인 1994년에 쓴 글에서 그가 느끼는 슬픔은 당면한 상황이 달라도 그의 감정과 시대의 아픔을 고스란히 반영하고 있다. 식민지와 한국 전쟁을 경험한 자로서 그 후 한국사회 현실에 대한 정치적·경제적 혼란은 최인훈뿐만 아니라 그 시대를 함께한 이들의 슬픔인 것이다. 최인훈은 텍스트간의 공통되는 주제와 내용을 통해 텍스트간의 교류를 분명히 드러내고, 자신의 역사의식을 함께 반영하고 있다.

『西遊記』는 카프카의 「변신」과 고전 『西遊記』와 상호텍스트적인 관계이다. 「변신」에서 주인공 그레고르는 식음을 전폐하여 쓸쓸한 죽음을 선택하지만, 『西遊記』에서 독고준은 자신에 대해 성찰하고, 미래를 선택하는 기회를 얻는다. 「변신」의 구조는 현실에서 모든 일이 일어나는 구조이고, 『西遊記』의 구조는 '현실－꿈－꿈속 꿈－현실'이라는 다층구조이다.

최인훈은 고전 『西遊記』의 제목과 '이탈과 되돌아 옴'이라는 고전 모험소설의 기본 구조를 차용하였다. 고전 『西遊記』는 새롭고 낯선 공간으로의 모험담이지만 최인훈의 『西遊記』는 '기억과 무의식'의 정신적 영역으로 자아를 찾아가는 여행으로 고전 『西遊記』보다 발전된 구조와 형식을 보여준다.

최인훈 소설 『西遊記』의 자기반영적 글쓰기 연구의 의의는 다음과 같다.

첫째, 최인훈은 기존 소설의 제목과 형식을 빌려오지만 내용과 형식의 발전을 추구하는 실험적 글쓰기 방법을 시도하였다. 작가로서 끊임없이 변화하고 모험하고자 하는 작가의 의지를 표출한 것이다.

둘째, 환상적인 시간과 공간 이동을 통해 소설의 구조를 다층화하여 소설의 미학적 가치를 높이는 데 기여하였다. 그는 소설이라는 장르에 정체되지 않고, 장르의 확장과 소설의 비전을 제시하고자 노력한 것이다.

셋째, 소설을 통해 그가 당면한 역사와 사회 현실에 대한 비판 의식을 꾸준히 표현하였다. 소설을 통해 그의 역사의식을 표현하고, 사회 발전을 추구한 것이다.

최인훈 소설 『西遊記』에 나타난 자기반영적 글쓰기를 연구하여 작가의 역사와 사회에 대한 비판 의식과 소설 형식의 다양한 실험적 기법을 살펴보았다. 이를 통해 작가로서 소임을 다하고 소설 장르의 미래를 제시하고자 한 최인훈의 글쓰기 방식에 대한 다양한 연구가 확대되기를 기대한다.

참고문헌

1. 기본도서

김성한, 『五分間』, 을유문화사, 1957.

김승옥, 「무진기행」, 『한국현대문학 100년, 단편소설·베스트20 – 무진기행』, 가람기획, 1999.

김원일, 「미망(未忘)」, 『한국현대문학 100년, 단편소설·베스트20 – 무진기행』, 가람기획, 1999.

이청준, 「눈길」, 『한국현대문학 100년, 단편소설·베스트20 – 무진기행』, 가람기획, 1999.

이청준, 「병신과 머저리」, 『병신과 머저리』 이청준 전집 1, 문학과지성사, 2011.

최인훈, 『광장/구운몽』 최인훈 전집 1, 문학과지성사, 2006.

최인훈, 『灰色人』 최인훈 전집 2, 문학과지성사, 2007.

최인훈, 『西遊記』 최인훈 전집 3, 문학과지성사, 2008.

최인훈, 『小說家 丘甫氏의 一日』 최인훈 전집 4, 문학과지성사, 2005.

최인훈, 『길에 관한 명상』, 솔과학, 2005.

황석영, 『바리데기』, 창비, 2007.

2. 논문

권영민, 「김성한의 바비도-역사적 상상력의 문제」, 『한국현대소설작품론』, 문장, 1981.

김갑숙·정남희, 「신화와 종교적 관점애서의 집-나무-사람 상징에 관한 연구」, 『미술치료 연구』제17권, 한국미술치료학회, 2010.

김미영, 「김승옥 소설의 '개인' 연구」, 『현대소설연구』제34호, 한국현대소설학회, 2007.

김민희·민경환, 「노년기 장사경험과 정서조절의 특징」, 『한국심리학회지:일반』제23권 2호, 한국심리학회, 2004.

김보민, 「노년소설에 나타난 죽음인식과 대응」, 『인문학논총』제32집, 경성대학교 인문과학연구소, 2013.

김복순, 「1960년대 소설의 연애전유 양상과 젠더」, 『대중서사연구』제19호, 대중서사학회, 2008.

김상대 외, 「2015노년기 신체질환이 불안의 발생에 미치는 전향적 연구」, 『생물치료정신의학』제23권 3호, 대한생물치료정신의학회, 2015.

김상선, 「신세대론」, 『국어국문학』제23호, 국어국문학회, 1961. 5.

김성숙, 「나이듦에 대한 메타적 사유 수업모델-<벤자민 버튼의 시간은 거꾸로 흐른다>를 중심으로」, 『리터러시연구』제9권 1호, 한국리터러시학회, 2018.

김영화, 「김성한론」, 『현대문학』제311호, 1980. 11.

김인숙, 「황석영의 『바리데기』에 나타난 민족 문제」, 『한국학연구』제41집, 고려대학교 한국학연구소, 2012.

김재영, 「황석영 소설 『바리데기』에 나타난 탈근대적 인식과 형식적 특성」, 『우리말글』제55집, 우리말글학회, 2012.

김재천·안현, 「한국전쟁의 발발과 미국 세계전략의 변화」, 『21세기정치학회보』제20권 3호, 2010.

김정현, 「현대에서 죽음의 의미」, 『열린정신 인문학연구』 제15권2호, 원광대
학교 인문학연구소, 2014.

김준현, 「김성한 단편소설의 우화성 연구」, 『동악어문학』 제46집, 동악어문학
회, 2006.

김지연, 「「무진기행」의 '부끄러움' 읽기」, 『비평문학』 제67호, 한국비평문학
회, 2018.

김지혜, 「현대소설을 통한 죽음교육 연구」, 『문학과환경』 제17권3호, 문학과
환경학회, 2018.

김진기, 「김성한 소설의 자유주의적 특성」, 『동악어문학』 제45집, 동악어문학
회, 2005.

김창수, 「한국 근대시에 나타난 집 이미지 연구」, 고려대학교박사학위논문,
2001.

김학균, 「김성한 단편소설에 나타난 도덕성 회복 의지 고찰」, 『현대문학의 연
구』 제44집, 한국현대문학회, 2011.

김효은, 「경계 세계에 놓인 불안한 존재들의 환부의 의미」, 『Trans-Humanities』
제12권 1호, 이화여자대학교이화인문과학원, 2019.

김효은, 「증상으로서의 죄와 주체의 형식」, 『한국현대문학연구』제45집, 한국
현대문학회, 2015.

나은진, 「김성한 단편소설의 서사구조」, 『현대소설연구』 제10집, 한국현대소
설학회, 1999.

노원석, 「노년기 우울증에 대한 이해와 상담을 통한 치유」, 『개신논집』 제14
집, 개신대학원대학교, 2014.

류진아, 「김승옥 소설에 나타난 여성인식 연구 — 현상학적인 장소개념을 중심
으로」, 『국어문학』 제57집, 국어문학회, 2014.

마희정, 「이청준 소설에 나타난 고향탐색의 과정」, 『한국현대문학회학술발표
자료집』, 한국현대문학회, 2004.

마희정, 「이청준의 <눈길>에 나타난 "모성성"」, 『현대소설연구』 제47집, 한국현대소설학회, 2011.

박선애, 김정석, 「나혜석의 「경희」를 통해 본 1910년대 노년의 모습」, 『한국문학과예술』 제16집, 숭실대학교 한국문학과예술연구소, 2015.

박수현, 「김성한 소설에 나타난 인간 한계성 연구」, 『한국문예비평연구』 제27집, 한국현대문예비평학회, 2008.

박승희, 「민족과 세계의 연대 방식 - 황석영의 『바리데기』를 중심으로」, 『한민족어문학』 제57호, 한민족어문학회, 2010.

박은태, 「1960년대 소설연구」, 부산대박사학위논문, 2002.

박해랑, 「최인훈 <廣場>의 환상성 연구」, 『한국문학논총』 제64집, 한국문학회, 2013.

박해랑, 「최인훈 소설 <西遊記>연구」, 『한국문학논총』 제67집, 한국문학회, 2014.

박해랑, 「김성한 단편소설에 나타난 비극성 연구」, 『한국언어문학』 제97집, 한국언어문학회, 2016.

박해랑, 「최인훈 소설 <西遊記>에 나타난 자기반영적 글쓰기 연구」, 『한국문학논총』 제74집, 한국문학회, 2016.

박해랑, 「글쓰기 사례를 통해서 본 인성교육 방안」, 『교양교육연구』 제11권1호, 한국교양교육학회, 2017.

박해랑, 「성찰적 글쓰기를 통한 글쓰기교육 효과 연구」, 『문화와융합』 제39권5호, 한국문화융합학회, 2017.

박해랑, 「김승옥 소설 「무진기행」에 드러나는 감정 연구」, 『영주어문』 제40집, 영주어문학회, 2018.

박해랑, 「이청준 소설 「눈길」에 나타난 원형적 상징 연구」, 『국제언어문학』 제40호, 국제언어문학회, 2018.

박해랑, 「황석영 소설 『바리데기』에 나타나는 삶에 대한 감정 연구」, 『리터러시연구』 제10권3호, 한국리터러시학회, 2019.

박해랑, 「김원일 <미망(未忘)>에 나타나는 노년기의 삶에 대한 심리 연구」, 『돈암어문학』 제35집, 돈암어문학회, 2019.

박해랑, 「황석영 소설 『바리데기』에 나타나는 생사관(生死觀) 연구」, 『영주어문』 제43집, 영주어문학회, 2019.

박해랑, 「『광장』과 「병신과 머저리」에 나타나는 전쟁의 폭력 양상 연구」, 『리터러시연구』 제10권 5호, 한국리터러시학회, 2019.

방민호, 「전후 소설에 나타난 알레고리 연구-장용학, 김성한 소설을 중심으로」, 서울대석사학위논문, 1993.

백 철, 「하나의 돌이 던져지다」, 서울신문, 1960.11.27.

서영채, 「가해자의 자리를 향한 열망과 죄책감-「병신과 머저리」가 한국전쟁을 재현하는 방식」, 『한국현대문학연구』 제50집, 한국현대문학회, 2016.

손유경, 「최인훈·이청준 소설에 나타난 텍스트의 자기반영성 연구」, 서울대학교석사학위논문, 2000.

송기섭, 「<병신과 머저리>의 내면성과 아이러니」, 『현대소설연구』 제41집, 한국현대소설학회, 2009.

신동한, 「확대해석의 의의」, 서울신문, 1960.12.14.

신동흔, 「황석영 소설을 통해 본 이야기 전통의 현대적 재현 문제」, 『한국문학연구』 제58호, 동국대학교 한국문학연구소, 2018.

신영덕, 「황순원의 전쟁소설 연구」, 『한국문학이론과 비평』 제10집, 한국문학이론과 비평학회, 2001.

신철하, 「문학·이데올로기·형식: <광장>에 접근하는 한 방식」, 『동아시아문화연구』 제34집, 한양대학교 한국학연구소, 2000.

신형철, 「여성을 여행하(지 않)는 문학-「무진기행」의 정신분석적 읽기」, 『한국근대문학연구』 제5권 2호, 한국현대문학회, 2004.

안철현, 「한국전쟁 직후 국내정치의 특성-전쟁의 영향을 중심으로」, 『국제정치논총』, 한국국제정치학회, 1990.

양보경, 「박완서 노년소설의 젠더 윤리 양상 연구」, 『아시아여성연구』 제53권 2호, 숙명여자대학교 아시아여성연구원, 2014.

양준석 외, 「생사학 연구동향과 학문성 모색」, 『인문과학연구』 제49호, 강원 대학교 인문과학 연구소, 2016.

양진오, 「이청준의 신화적 상상력과 그 문학적 의미－「흐르지 않는 강」을 중 심으로」, 『인문과학연구』 제29집, 대구대학교 인문교양연구소, 2005.

엄찬호, 「한국전쟁 전후 민간인 학살에 대한 분노와 치유」, 『인문과학연구』 제36호, 강원대학교인문과학연구소, 2013.

연남경, 「최인훈 소설의 자기 반영적 글쓰기 연구」, 이화여자대학교 박사학위 논문, 2009.

윤충로, 「20세기 한국의 전쟁 경험과 폭력」, 『민주주의와 인권』 제11권 2호, 전남대학교 5 · 18연구소, 2011.

이경재, 「한국전쟁기 소설에 나타난 여성 표상 연구」, 『한국현대문학연구』 제 50집, 한국현대문학회. 2012.

이나미, 「한국전쟁시기 좌익에 의한 대량학살 연구」, 『21세기정치학회보』 제 22권 1호, 21세기정치학회, 2012.

이명원, 「약속 없는 시대의 최저낙원－황석영의 『바리데기』에 대하여」, 『문 화과학』 제52집, 문화과학사, 2007.

이미화, 「박범신 『은교』에 나타난 노년의 섹슈얼리티 연구」, 『우리문학연구』 제40집, 우리문학회, 2013.

이상운, 「김성한 단편소설 연구 － 작중 인물을 중심으로」, 연세대석사학위논 문, 1986.

이수형, 「유럽과 동북아 안보에 미친 한국전쟁의 영향 : 냉전의 평화와 갈등의 비대칭 구도 정립」, 『GRI 연구논총』 제12권 3호, 경기연구원, 2010.

이완범, 「한국전쟁연구의 국내적 동향: 그 연구사적 검토」, 『한국과국제정치』 제6권 2호, 경남대 극동문제연구소, 1990.

이은자, 「김성한의 지식인 소설」, 『오늘의 문예비평』, 1993.

이임하, 「한국전쟁과 여성노동의 확대」, 『한국사학보』 제14집, 고려사학회, 2003.

이정석, 「풍자적 알레고리와 냉소주의 : 오분간」, 『전후소설 담론의 이데올로기와 유토피아』, 새미, 2005.

이주미, 「『신화를 삼킨 섬』에 나타난 아기장수 신화의 소설적 전유 방식」, 『한민족문화연구』 제59집, 한민족문화학회, 2015.

이지원, 「유치환 시에 나타난 콤플렉스와 욕망의 상관관계 연구」, 『영주어문』 제38집, 영주어문학회, 2018.

이평전, 「1960~70년대 소설에 재현된 주체의 인정(認定)투쟁의 의미 연구」, 『영주어문』 제38집, 영주어문학회, 2018.

이평전, 「황석영 소설에 나타난 동아시아 지역 담론 연구」, 『호서문화논총』 제26호, 서원대학교 직지문화산업연구소, 2017.

임성관, 「노년기 치료적 도서 활동 필요성에 관한 연구」, 『한국비블리아학회지』 제22권 1호, 한국비블리아학회, 2011.

전흥남, 「문순태의 노년소설에 나타난 '노인상'과 소통의 방식」, 『국어문학』 제52집, 국어문학회, 2012.

정병석, 「儒家의 죽음관 : 生死의 連續과 不朽의 죽음」, 『민족문화논총』 제58집, 영남대학교 민족문화연구소, 2014.

정연정, 「서사무가와 소설의 구조적 상관관계 연구-서사무가 「바리공주」와 황석영의 바리데기를 중심으로」, 『한국문학과예술』 제5집, 숭실대학교 한국문학과예술연구소, 2010.

정영훈, 「내 공간의 이론과 『서유기』 해석」, 『우리어문연구』 제40집, 우리어문학회, 2011.

정영훈, 「최인훈 소설에서의 반복의 의미」, 『현대소설연구』 제35호, 한국현대소설학회, 2007.

정재서, 「여행의 상징의미 및 그 문화적 수용-목천자전(穆天子傳)』에서 최인훈의 『서유기(西遊記)』까지」, 『중어중문학회』 제33권, 한국중어중문학회, 2003.

주현진, 「문학 문화콘텐츠의 원형, 낭독」, 『국제언어문학』 제34호, 국제언어
　　　문학회, 2016.

천이두, 「50년대 문학의 재조명」, 『현대문학』 제361호, 1985.

최명숙, 「최일남 노년소설에 나타난 죽음 의식 연구 - ≪아주 느린 시간≫을
　　　중심으로」, 『현대소설연구』 제55호, 한국현대소설학회, 2014.

최애순, 「김성한의 부조리 인식과 인간 탐구」, 『현대소설연구』 제21호, 한국
　　　현대소설학회, 2004.

최용석, 「김성한의 전후소설에 나타난 현실인식 고찰」, 『한국문학이론과 비
　　　평』 제27집, 한국문학이론과 비평학회, 2005.

현길언, 「인간 존재에 대한 탐구의 한 형식」, 『1950년대 한국문학연구』, 보고
　　　사, 1997.

홍원경, 「전후소설에 드러난 욕망의 양상 - 김성한, 서기원의 초기작품을 중심
　　　으로」, 『어문론집』 제33집, 한국어문학회, 2005.

3. 저서

곽혜원, 『존엄한 삶, 존엄한 죽음』, 새물결플러스, 2014.

구인환, 『한국근대소설연구』, 삼영사, 1997.

구인회, 『죽음에 관한 철학적 고찰』, 한길사, 2015.

권영민 편, 『한국현대문학대사전』, 서울대학교출판부, 2004.

김병익, 『다시 읽는 『광장』』 『광장/구운몽』 : 최인훈전집 1, 문학과지성사, 1996.

김성한, 『김성한 작품집』, 지식을만드는지식, 2010.

김성한, 『五分間』, 을유문화사, 1957.

김영화, 『광장과 밀실의 상실, 분단 상황과 문학』, 국학자료원, 1992.

김윤식 · 정호웅, 『한국소설사』, 문학동네, 2000.

김은철 · 백운복, 『문학의 이해』, 새문사, 2003.

김정규, 『게슈탈트 심리치료』, 학지사, 1996.

김　현, 『르네 지라르 혹은 폭력의 구조』, 나남, 1987.

김　현, 『사랑의 재확인』 광장/구운몽:최인훈전집 1, 문학과지성사, 1996.

김　훈, 「무진을 찾아가다」, 『무진기행』, 나남출판, 2005.

박상환, 『라이프니츠와 동양사상－비교철학을 통한 공존의 길』, 미크로, 2005.

박해랑, 『비극적 세계 극복과 부활의 힘』, 국학자료원, 2016.

배관문, 『죽음을 두고 대화하다』, 모시는사람들, 2015.

부위훈, 『죽음, 그, 마지막 성장』, 청계, 2001.

시마노조 스스무, 다케우치 세이치 엮음, 『生死學 1』(정효운 역, 『사생학이란 무엇인가』), 한울, 2010.

오생근, 『믿음의 世界와 窓의 文學』, 최인훈, 1999.

우찬제, 『불안의 수사학』, 소명출판, 2012.

유용강, 『『서유기』 즐거운 여행－『西遊記』 새로운 해설』, 나선희 옮김, 차이나하우스, 2008.

이성식 · 전신현 편역, 『감정사회학』, 한울아카데미, 1995.

이어령, 「죽은 욕망을 일으켜 세우는 逆유토피아」, 『무진기행』, 나남출판, 2005.

이철범, 『선택할 수 없는 민족적 생의 비극－최인훈의 <광장>에 접근하는 한 방식, 분단 · 문학 · 통일』, 종로서적, 1988.

이청준, 『오마니』, 문학과의식, 1998.

이호규, 『1960년대 소설 연구 : 일상, 주체 생산, 그리고 자유』, 새미, 2001.

전병술, 한국죽음학회 웰다잉 가이드라인 제정위원회 엮음, 『죽음맞이』, 모시는사람들, 2013.

정병준, 『한국전쟁: 38선 충돌과 전쟁의 형성』, 돌베개, 2006.

정진홍, 『삶과 죽음의 인문학』, 석탑출판, 2012.

정토웅, 『한국전쟁의 영향－한국의 정치 · 군사 · 경제적 측면』, 군사 40, 2000.

조대엽 외, 『현대 한국인의 세대 경험과 문화』, 집문당, 2005.

진 쿠퍼, 이윤기 역, 『그림으로 보는 세계 문화 상징 사전』, 까치, 1977.

천선영,『죽음을 살다』, 나남, 2012.

천이두,『밀실과 광장, 한국소설의 관점』, 문학과지성사, 1980.

한국문학평론가협회 편,『문학비평용어사전 하』, 국학자료원, 2005.

한림대학교 생사학연구소 엮음,『생과 사의 인문학』, 모시는사람들, 2015.

함한희,『한국전쟁과 여성─경계에 선 여성들』, 역사비평, 2010.

황석영,「분쟁과 대립을 넘어 21세기의 생명수를 찾아서」,『바리데기』, 창비, 2007.

Barbalet, J. M., 박형신 역,『감정과 사회학』, 이학사, 2009.

Barbalet, J. M., 박형신 · 정수남 역,『감정의 거시사회학─감정은 사회를 어떻게 움직이는가?』, 일신사, 2007.

Barthes, Roland., 김희영 역,『텍스트의 즐거움』, 동문선, 1978.

C. A. 반 퍼스, 손봉호 · 강영안 역,『몸, 영혼, 정신』, 서광사, 1985.

Deleuze, Gilles., 김상환 역,『차이와 반복』, 민음사, 2005.

EBS <데스> 제작팀,『죽음』, 책담, 2005.

Freud, Sigmund., 서석연 역,『정신분석학 입문』, 범우사, 2008.

Fromm, Erich., 원창화 역,『자유로부터의 도피』, 홍신문화사, 2009.

Frye, Northrop., 임철규 역,『비평의 해부』, 한길사, 2013.

G. Genette, Palimpsests: Literature in the second degree, trans. by Channa Newman & Claude Doubinsky, Lincoln and London : University of Nebraska Press, 1997.

Goldmann, Lucien., 송기형 · 정과리 옮김,『숨은 神』, 연구사, 1986.

Jung, Carl Gustav., 이윤기 역,『인간과 상징』, 열린책들, 2001.

Kagan, Shelly., 박세연 역,『DEATH 죽음이란 무엇인가』, 엘도라도, 2012.

Lacan, Jacques., 권택영 역,『욕망이론』, 문예출판사, 2004.

M. L. 폰 프란츠, 권오석 역,『C. G. 융 심리학 해설』, 홍신문화사, 2008.

O'Conor, Joseph., 설기문 · 오규영 역,『두려움 극복을 위한 NLP전략－불안과
　　두려움으로부터의 자유』, 학지사, 2012.

R. S. Lazarus · B. N. Lazarus., 정영목 역,『감정과 이성』, 문예출판사, 2018.

Stam, Robert.,『자기 반영의 영화와 문학』, 오세필 · 구종상 옮김, 한나래,
　　1998.

찾아보기

/ 용어 · 작품 · 기타

Ⓝ

/ 인명

ㄱ

박해랑 朴海浪

대구에서 태어남
동국대학교 대학원 국어국문학과 박사 졸업(현대문학 전공)
前 동국대학교 교양교육원 전임연구원
前 동국대학교 파라미타칼리지 외래교수
前 성신여자대학교 교양교육원 교양학부 외래교수
前 숭실대학교 베어드교양대학 외래교수
現 서원대학교 교양대학 교수

최인훈 소설『廣場』,『灰色人』,『西遊記』,『小說家 丘甫氏의 一日』,『颱風』의
인물 심리 연구로 석ㆍ박사학위 취득
김성한, 김승옥, 김원일, 이청준, 황석영 등 소설 연구
현대문학을 통한 치유 방법 연구
2016년『비극적 세계 극복과 부활의 힘』출간
2017년 KBS부산방송총국 '고전 아카데미 시민 강좌' 특강
2018년 남지도서관 '길 위의 인문학' 특강

인 문 학 동 행

문학 속 삶과 죽음, 치유의 길

| 초판 1쇄 인쇄일 | 2019년 10월 15일 |
| 초판 1쇄 발행일 | 2019년 10월 30일 |

지은이	박해랑
펴낸이	정진이
편집/디자인	우정민 우민지
마케팅	정찬용 정구형
영업관리	한선희 최재희
책임편집	우정민
펴낸곳	국학자료원 새미 (주)
	등록일 2005 03 15 제25100-2005-000008호
	서울특별시 강동구 성안로 13 (성내동, 현영빌딩 2층)
	Tel 442-4623 Fax 6499-3082
	www.kookhak.c o.kr
	kookhak2001@hanmail.net

| ISBN | 979-11-89817-96-1 *93800 |
| 가격 | 18,000원 |